相思树上合欢枝

——李商隐的诗歌人生

张诗群◎著

重庆出版社
重庆出版集团

图书在版编目（CIP）数据

相思树上合欢枝：李商隐的诗歌人生 / 张诗群著. -- 重庆：重庆出版社,
2012.6
ISBN 978-7-229-05095-5
Ⅰ. ①相… Ⅱ. ①张… Ⅲ. ①李商隐（812～约858）—唐诗—诗歌欣赏
Ⅳ. ①I207.22

中国版本图书馆CIP数据核字(2011)第260356号

相思树上合欢枝：李商隐的诗歌人生

XIANG SI SHU SHANG HE HUAN ZHI

张诗群 著

选题策划：胡 波

特约编辑：翡 翠

责任编辑：罗玉平 李 梅

责任校对：胡 琳

装帧设计：刘苗苗

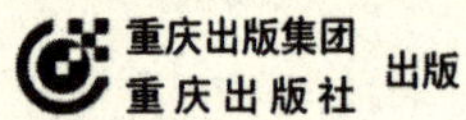

出版

重庆长江二路205号 邮政编码：400016 http://www.cqph.com

重庆现代彩色书报印务有限公司 印刷

重庆出版集团图书发行有限公司发行

E-MAIL:fxchu@cqph.com 邮购电话：023-68809452

全国新华书店经销

开本：890mm*1240mm 1/32 印张：7 字数：181千字

2012年6月第1版 2012年6月第1版第1次印刷

ISBN 978-7-229-05095-5

定价：26.00元

如有印装质量问题，请向本集团图书发行有限公司调换：023-68706683

目录 CONTENTS

絮语闲言

没来由地喜欢“唐”这个字，有一点淡淡的古意，也许是沾了唐朝的光。人的意识中，总有一些感觉说不清道不明：春夜寂寂，明月高悬；远芳侵古道，落红满花径；长眉画了，绣帘初卷……彼时，心会熨帖、柔软地安放在宁静繁富的诗意间。哪怕长梦难醒，也合我心意。

如果可以效仿古人，打一打马儿，就能远走天涯，我倒是希望误入桃源，就从秦汉开始，一路上穿行过魏晋南北朝的三百多年，最后，我要在长安驻足，把我的斑骓系在唐朝的垂杨岸边。

袁腾飞说，历史是个什么玩意儿？我说，历史的臂膀上，披着一条唐朝的织锦披帛。

大唐王朝，是最具中国气象的朝代，丰腴华美，各尽其妍。李白把长袖挥挥，酒未醒墨未干，“狂风吹我心，西挂咸阳树”，一股脑地把浪漫恣意泼洒出去，就垒起了盛唐的绝壁高峰；杜甫呢，他总是心事重重，困居长安，漂泊西南，他沉到生活的底端，两手一抄，就是满把悲辛的沙砾，他把沙砾装进盛唐的衣兜，历史就有了沉郁顿挫的回音。

弱水三千，只取一瓢饮。无端想起一种色彩，孔雀蓝。还有一种洛阳牡丹，茄蓝丹砂。悠远的纯蓝，深敛的茄紫。色调是沉静了些，却不乏富丽，在唐朝的浓艳多姿里铺展开，像夜空般深邃斑斓。

王维的诗就有这样幽蓝的色调，暗淡的光，微冥得恰到好处，安静里有禅意，轻轻吟诵，心底有丝丝轻烟袅娜升起：独坐幽篁里，弹琴复长啸。深林人不知，明月来相照。

盛唐过后，似乎群芳开过，君心已老。事实也正如此，经历过安史之乱的李唐王朝日渐衰落，宦官掌权，藩镇割据，党争激烈，外患侵扰，短暂的元和中兴和会昌中兴是最后一抹残照，大厦倾圮，水流花谢。

晚唐，是需要用惋惜的目光目送她沉落的。只因，曾那样煊赫地辉煌过。晚唐的政治气候适合在晦暗潮湿中开放的花朵，隐秘，迷醉，又暗香缠绕。

于是，忧郁多情的李商隐，走进了这段时光。

李商隐（约813—858年），字义山，号玉溪生、樊南生。和李白杜甫相比，他晚生了一百多年。这一百年间，长安城物换星移，车马辚辚，离那个开放张扬的盛唐已相去甚远。他是一株生长在晦暗中的植物，一生少有奔放的时刻。瘦瘦的他，瘦而多愁，他把愁绪都逼进了内心，有许多故事要讲，却又万般隐藏，只在诗笺里滴一点进去，染化开来，不承想，却尽得风人意绪。

在他的诗中穿行，我仿佛能嗅到他衣襟上千年前的沉香，能听到他惆怅哀伤的叹息，能见到他眉宇间收拢的一丝愁绪。

在晚唐暗寂的历史星空下，那个丰神俊逸、忧郁多情的英俊少年，缠绵悱恻地爱过，为不可预知的未来奋斗过，为失意和孤独伤感过。他挣扎在梦想和现实边缘，他在他的时空下生活，那样真实，像此刻间我们的呼吸。

他的一生，在离乱背景下凸显悲情。幼年失怙，尝遍了生活的艰辛；少年时名动洛阳，被牛党人令狐楚召至幕府，其后又阴错阳差卷入党争旋涡，以致仕途失意，郁郁终生。

可是他的万丈才情，千年时光的漠漠黄沙也无法将其掩盖。

他像蓝田山的良玉，在幽幽时空中生出了玄美的烟霭；可是他铭心刻骨的缠绵恋情，像沧海月明夜的一颗鲛人泪珠，散发凄美夺人的辉光，成为人世间的爱情传奇。

这些句子你一定烂熟于心："相见时难别亦难，东风无力百花残"。"春蚕到死丝方尽，蜡炬成灰泪始干"。"昨夜星辰昨夜风，画楼西畔桂堂东"。"身无彩凤双飞翼，心有灵犀一点通"。

他的心底有一座富矿，却欲说还休，欲说还休。他把这些最美的诗句用《无题》来命名，无题之下，是否有解？答案在他心里。

时光不断地淘洗，他的情与诗，千年之后没有暗淡，不绝如缕，仿若断肠草，蔓生时空，让千年也显得逼仄。

诗家总爱西昆好，独恨无人作郑笺。也许他要反驳道：原本，这只是写给回忆的诗，我只要她懂，自己懂，就好。

后人总是好奇，那些点燃了他的思念，让他用尽一生去怀想的女子，她们，到底是谁？

千百年来，许多人试图看清她们的面容，却只能在他诗文的残篇断简里，拾几枚钗环翠翘，听几声锦瑟和鸣，如此而已。

民国女子苏雪林在《玉溪诗谜》中似乎找到了她们的背影：除了妻子王氏，还有宫人和女冠。后来又有一种说法是，那个宫人和女冠，其实只是同一个女子。

我近乎虔诚地相信着，深情是一种蛊，和着醇醪饮下，就是一生的蚀人心魄。一个男人的深情，只倾倒给一生最珍爱的女子，才配得上我们持久的注目与感动。

春心莫共花争发，一寸相思一寸灰。这样刻骨的思念，一经写出，便是无法逾越的经典。斯人已去，世间再无人，翻唱一曲断肠歌。

第一章
生逢末世，少年英俊

如果可以重活一次，可以选择降生的朝代，或许，李商隐会把晚唐远远推开。逃离晚唐，可能就逃离了一生的悲剧命运。

可是，这如果，只是遐想中的烟花一朵。

没有选择。反过来想，也或许正因了晦暗潮湿的晚唐，才有了万丈才情的李商隐。蜩螗世事，总是这样悖谬着互相依存。

李商隐（约813—858年），字义山，号玉溪生，又号樊南生。唐宪宗元和八年（公元813年），义山出生在河南荥阳（今河南郑州）一户温饱尚可却也乏善可陈的小官僚家庭。

生不逢时，应是对他最贴切的写照。大唐盛世，已在公元755年的安史之乱中耗尽了元气，此时的李唐王朝已无法扭转日薄西山的命运。李家不过是这洪流中的一粒泥沙，被裹挟着，江河日下。

虽然生不逢时，义山也算得上是没落的贵族余脉。义山祖籍怀州河内（今河南沁阳），论谱系，他与大唐开国皇帝李渊同宗，都是西汉前将军李广、十六国时期西凉国开国君主李暠之后。一路推算下来，唐高祖李渊为李暠七世孙，义山当是李暠十五世裔孙，与皇室宗亲同属一脉，流淌着同样的李氏血液。

只是，这一脉王室血缘并没有给他的一生带来快乐，反倒徒增了许多孤寂没落的贵族式忧伤。义山后来在《哭遂州萧侍郎》中提起“公先真帝子，我系本王孙”时，没人真当了一回事，反而弄得他有一丝攀附皇室的嫌疑，毕竟，李唐王室不点头认亲，谁说了也不算数。

时运多舛，晚唐的政治气候已是山雨欲来，更遑论庙堂的清明与黎庶的安乐。这无法抵达的距离，和一份潜意识的担忧，使得与王室同宗的义山多了几分刻骨的体验，忧思甚于他人，却也只能空自焦虑。

丢开这一层王室渊源，其实，义山的家世并没有怎样的煊赫过。父亲李嗣，曾任殿中侍御史，在李商隐出生的时候，李嗣担任获嘉县县令，祖父李俌曾为邢州录事参军，高曾祖也只担任过县尉之类的小官，虽不曾鲜花着锦烈火烹油，日子倒也抵得上半个小康。从祖父李俌开始，李家老少渡过汤汤黄河水，举家从怀州河内（今河南沁阳），迁往两百里外的荥阳（今郑州）。后来，李嗣又赴获嘉县任职。这两次迁移似是预言，义山的一生，便始终在路上，迁徙漂泊。

没落是从父亲的去世开始的。义山三四岁时，李嗣从获嘉县离职，受聘为浙江东、西两道观察使幕僚，年幼的义山随父前往浙江居住。江南物候，总是温润宜人。义山的童年应是快乐的，六度春秋寒暑，他被江南多情的烟雨浸润，在父亲慈严并济的呵护中，“五年读经书，七年弄笔砚”（《上崔华州书》），由小小的芽苗长成一个早熟早慧的小儿郎。

六年的快乐时光很快就过去了，同快乐一并离去的是父亲。这一年，李嗣病故，客死异乡。义山的天空，倾斜了。

“某年方就傅，家难旋臻。躬奉板舆，以引丹旐。四海无可归之地，九族无可倚之亲。既祔故邱，便同逋骇，生人穷困，闻见所无。及衣裳外除，旨甘是急。乃占数东甸，佣书贩舂……”（《祭裴氏姊文》）

这一段回忆，读来备觉凄寒。“年方就傅”，该是随师入学的年纪，八九岁的孩童，放在今天，还在母亲的怀里撒娇，可丧父的义山，却要举着亡父的引魂幡，和母亲一起把父亲的灵柩运回遥远的故乡荥阳安葬。

他是长子，家道的崩殂离乱，需要他用瘦弱的肩膀去承担，哪怕，他只是一个总角小儿。“总角之宴，言笑晏晏”，《诗经》的美好放在这里让人不忍卒读，对比之下，义山的悲，有如长江之水。

义山纤细如发的情感，从童年便已现端倪，或者可以说，童年的遭际是他情感婉致多愁的发轫。如他所言，“既袝故邱，便同逋骇”，将父亲安葬于故乡祖坟，他便成了一个无家可归的流浪人，日日逃亡在幼年失怙的孤寂中。

在心思缜密多愁善感的人心底，对故乡的认同更多来自于心灵的归属和慰藉。地理上的故乡在版图上，而灵魂中的故乡只在血脉亲情中。亲人在，故乡在；亲人殁，故乡在何方？当生命中最亲的那个人离去，故乡便浓缩成一页温暖的纸片，一抔土，将它连同亲人，葬在望乡。

刻骨铭心的孤寂，像一只虫子钻进了义山幼小的心灵，他过早地品尝到了人世的冷暖。忧郁的种子，自此在他心里生了根芽。四海虽大，再没有栖息安顿之所；九族虽广，再无可抚怀促膝之人。这一份悲切，逼进了义山的骨髓，多年后落于纸端，仍是深深的悲凉。

回到荥阳，义山为父守孝三年。“生人穷困，闻见所无”，这三年中，孤儿寡母的窘迫用“闻见所无”来注解，应是到了无以复加的地步。

好在，他还有堂叔。

丧父后最无助的时刻，是堂叔给了义山一家最有力的支撑。这种支撑不仅是物质上的接济，更是一种心灵和精神上的温暖照拂。

身处乡野的堂叔是一位学养深厚的隐士。早年入太学读书，其父曾为“郊社令”，也就是专门掌管祭祀的官员。父亡后，堂叔便退居乡野，发誓终生不仕，只为父亲结庐扫墓了此残生。及至义山扶柩返乡，更兼义山灵心早慧，堂叔便倾其所学，亲为传授古文和书法。

“商隐与仲弟羲叟、再从弟宣岳等亲授经典，教为文章，生徒之中，叨称达者”。显然，义山的聪慧极得堂叔的喜爱，几年后义山能以《才论》《圣论》扬名洛阳，与堂叔的精心调教不无关联。

转眼三年孝满。脱下孝服，生计问题又逼近眉端。为了谋生养家，十三岁，义山再度举家搬迁，这一次他来到了洛阳，在洛阳东甸以“佣书贩舂”——替人抄书写字、舂谷卖米，勉强度日。

东都洛阳，是一座繁华之城。每日，义山穿行在洛阳街头，见惯了高位庸者的醉生梦死，也见惯了底层才子的落魄潦倒。想想自己的遭遇，又何尝不是左思《咏史》诗句所言：世胄蹑高位，英俊沉下僚？

年幼经历的磨难和怀才不遇的郁闷，在这个日渐成熟的少年心底，已郁结成垒，不吐不快。终于某一日，义山忍不住思如泉涌，于是搦管挥毫，顷刻之间，文辞华美、激扬飞湍的古文《才论》便一气呵成。不几日，又一篇《圣论》精彩收笔。这两篇古文很快在洛阳士大夫中间争相传诵。

这一年，义山十六岁。

他已是一个英俊少年。一袭青衫，瘦比沈约，或许还有忧郁的眼神，一张青春的面容，一段人生最灿烂的年华。此刻他的生活，蕴藏着无限可能，包括遇见生命中至关重要的人，也包括，情感的最初体验。

他的诗，开始有了湿润的水汽。一首《无题》，他捎带着写进了自己的辛酸身世。他在诗中刻意描绘的女子，与后来的女冠宋华阳不同，也与柳枝和王氏不同，他只是有些心动，有些怜惜，仿佛遇见了另一个忧伤的自己。

◎十五泣春风

无题

八岁偷照镜，长眉已能画。
十岁去踏青，芙蓉作裙衩。
十二学弹筝，银甲不曾卸。
十四藏六亲，悬知犹未嫁。
十五泣春风，背面秋千下。

这首诗读到最后，心里总会一凛，仿佛一件瓷器捧在手里，说不出的喜爱，好端端地，却一下落在棉花垫子上，发出一声轻响。

他把这一声响，微微地攥着，生怕怜惜得过了，反而掩盖了她的芳华。

洛阳城，是义山生命中重要的栖居地。那年他从荥阳迁居洛阳，不过是个十三岁的舞勺少年，小小年纪，却已在老家为去世的父亲守满了三年孝。

来不及伤感，他来到洛阳城后，时光不觉又溜走了三年。除了京都长安，东都洛阳是另一座政治中心，晚唐畸形的繁华无处不在。只是，在车水马龙的浮世面前，一颗困顿的心总是与寂寞如影随形。

十六岁，义山已是一个眉目清朗的少年，他慢慢吸引了一些人的目光，他的古文《才论》《圣论》在锦衣玉食的士大夫中间传诵一时，文辞那样卓尔不群，仿佛他是李白《少年行》中的五陵少年，银鞍白马，斜倚垂杨，人面桃花，春风几度。尽管他居然只是一个替人抄书写字、舂谷卖米为生的落魄少年。

即便如此，又有什么关系？就像后世孟庭苇所唱：野百合也有春天。

他在这首诗中着意描写的女子，或许只是他的邻居，也或许，是他匆匆行走在洛阳街头，偶然路过谁家的宅院时，惊鸿一瞥之下，让他的心微微一悸的女子。他的一生并不漫长，最先闯入他内心的女子淡雅芳纯，一如初春时节的轻黄淡绿，茸茸地铺满了他整个身心。

从此他便对她心存念想，关注起她来，不为人知，不为她知。

她挑起绣帘步下庭阶时，他恐怕会有轻微而短暂的眩晕。正是暮春，阶上有落红，满园绿色，芳菲正好。她闲闲坐在蔷薇花下，黛眉轻敛，眼波流转间欲语含嗔。她轻抬手臂，用纤长的银甲调筝试弦，因她轻微的举动，绣了莲花的罗裙曳下地来，拂撩着脚下蔓生的春草。而后，她侧过脸忽然微笑，稍一凝神，十指便在筝上轻拢慢捻开来。一曲《流水》从琴台上汩汩而下，缓慢地，将他淹没。

这首诗有仿古的痕迹。义山有意为之，一定是因为民歌形式的清新唯美，唯有如此，才能与她的不染俗尘相契合。

想起古诗里描述焦仲卿的妻子刘兰芝："十三能织素，十四学裁衣，十五弹箜篌，十六诵诗书，十七为君妇，心中常悲苦。"一样朗朗上口，末尾也一样地以悲凉收梢。

他写这首诗的冲动，缘于最后那一句。十五泣春风，背面秋千下。她何以在秋千架上暗自哭泣，可能他也没有弄明白。看着那凄哀的身影，忽然触及自己年少的辛酸，便有什么在心里猛蜇了一下，他便痛了。

庭院里蕙圃衡兰，风吹芷若。她只淡然坐在秋千架上，无意于春花秋月。及笄之年，她是一朵粉色的合欢，小团扇般明艳动人。少女的情思从何而起？从八岁时的揽镜自照，学画长眉，制芰荷以为衣兮，集芙蓉以为裳；十岁，她便依样在罗裙上绣了芙蓉，穿着芙蓉朵朵的罗裙去郊游踏青；十二岁，她戴上尖尖的银甲，穷日月以练秦筝；十四岁，她满腹心事藏于闺阁，偷听门前车马往还，悬着一颗扑通乱跳的心，听他们商议她的嫁期；十五岁转眼即至，满眼落红委地，她的命运便也若此，芳华逐水流，惝恍中她徒有无法掌控的明日，和那个不称心意的待嫁郎君，忽然间悲从心来。

如果，她知道隔着庭院宅门，有一个叫李商隐的英俊少年痴望了她许久，并为她痛惜伤怀，不知会作何感想？只是，这如果来得多么不及时，她没等泪水流了满脸，就背过身下了秋千，转过花丛，缓缓隐入轩门而去。

她没有听到，身后一声长叹，一颗心也随之凋零。

这个故事到此便戛然而止，在以后的岁月中，她与他也没有任何交集。她的背影他也许会一直记着，记到天长地久，也不会遁形远去，像个剪影般，贴在时空的花墙上……

这首《无题》，写的虽是女孩子，又何尝没有义山自己的影子？生命初开，都一样的稚嫩美妙，凭什么一百多年前，长安城的少年郎就可以“落花踏尽游何处，笑入胡姬酒肆中”，一百多年后，少年失怙的义山只能佣书贩舂维持家计？那么小，担子已然那么沉。十五泣春风，便也写进了他自己。

第二章
将军樽旁，一人衣白

机会总是青睐有准备的人。这句话很励志，退回去一千多年，也适用少年李商隐。

《才论》和《圣论》一经流传，义山的才名便广为传诵，这份才名有没有给他一家的窘迫生活带来转机不好猜测，但有一点可以肯定，义山凭借这个虚拟的软梯，顺利进入到上层贵族文艺圈。

喜欢吟风弄月的洛阳城士大夫们，顿觉眼前一亮，如此绝妙的文章，居然出自一个年仅十六岁的少年之手，并且这儒雅俊逸的少年身世如此寒苦，竟是端的惹人怜爱。于是，在官宦贵族吟诗雅聚的某些场所，便多了一位引人注目的青衣少年。

少年时的义山相貌俊美，有庾信、潘岳之仪。在汉语词汇里，“以貌取人”常被用作贬义词，但从古至今，人们也没能摆脱外貌对人的影响力。就连三国时以仁厚著称的刘备，也差点以貌丑为由而错失凤雏庞统。因此，义山的美姿仪可看作仅次于他文章才名的另一优势。《史记》描绘平原君为“翩翩浊世之佳公子也”，义山呢，起码也是个翩翩美少年，这为他日后缠绵的情感生活埋下了伏笔。

有才名，美姿仪，这样的少年受人关注总在情理之中。更何况，义山的《才论》《圣论》，为机会来临作了充足的铺垫。很快，这机会便来了。一位对义山一生都影响深远的人——东都留守令狐楚，此时出现了。

在晚唐政界和文学界，令狐楚是一个大腕级人物。贞元七年(公元791年)，令狐楚登进士第，此后一直官居高位，屡屡升迁。难得的是，这位炙手可热的官场要员才思俊丽，能文工诗，尤喜四六骈文，曾颇得德宗皇帝李适欣赏，是当时独领风骚的文坛翘楚。

洛阳城出现了一位名噪一时的少年才俊，这个消息对于一向惜才并有极高文学造诣的令狐楚来说，自然是心生揽才之意。而令狐大人的盛名厚德，义山更是敬仰已久，早就想以诗文登门拜谒。在义山生活的年代，白衣儒生为了寻得施展才华的机遇，常常写一些含蓄婉转的自荐诗上达官员，以求进阶，时称“干谒”。严格来讲，这算不得什么潜规则，毕竟，干谒能否成功，那是要靠作品质量说话的。

毋庸置疑，才华横溢的义山正式进入了令狐楚的视野。令狐楚对义山可谓恩德备至，不但时时接济义山一家的生活，还亲自教义山写作四六骈文，也就是当时流行官场的今体文，使义山在熟谙的古文基础上，逐渐在骈体文创作上丰满了羽翼。在令狐幕府，义山可以自由出入，并在令狐楚的安排和建议下，与令狐家公子们结交同游。《旧唐书·文苑传·李商隐》中说得很明白：

“楚以其少俊，深礼之。令与诸子游。”

这“诸子”中就包括日后成为宰相的令狐公子——令狐绹，义山曾与令狐绹关系密切，至于日后两人一度失和，那是令狐楚去世，义山介入牛李党争之后的事情了。

唐文宗大和三年（公元829年）三月，义山的堂叔在荥阳病逝。同年十一月，令狐楚由东都留守升迁俭校右仆射、天平军节度使，治所在梁山附近的郓城，郓城也就是水浒故事的发祥地，“梁山一百单八将，七十二名在郓城”说的就是这个地方。

从荥阳奔丧回到洛阳不久，义山便被告知，令狐楚已辟聘他为天平军幕府巡官，成为令狐幕府名正言顺的僚属。此时，十七岁的义山正值青春好年华，虽只是一介白衣，不曾科考及第，但他的逼人才气和风流韵致，在群贤毕至的令狐幕府已是极具眼球效益的焦点。

与令狐楚来往密切的官员和社交名流们，常常在类似于沙龙的聚会中，宴饮酬酢、即席赋诗，顺带PK一下智商和才情。每逢酒饮三分醉，诗赋七分味的关键时刻，令狐大人少不了要让义山出马，随便拟个题，义山便能即景生情，人家还在捻须苦思，他这厢已笔落纸端诗情摇曳了，引得举座为之喝彩，给令狐大人挣足了面子，也赢得了许多溢美之词。

义山后来在向令狐楚陈述这一段经历时，言辞中仍是意犹未尽的美好回忆。

“每水槛花朝，菊亭雪夜，篇什率征于继和，杯觞曲赐其尽欢，委曲款言，绸缪顾遇。”（《上令狐相公状一》）

如果说堂叔是义山的第一位恩师，那么在义山急需扶掖的入世之初，令狐楚则充当了恩师加伯乐的角色。这一段知遇之恩，我们用“没齿难忘”四个字替义山酬情，似乎也不为过。几年后，令狐楚从天平节度使任上调离，还不忘“岁给资装”，以钱物相赠，资助义山入京赶考。至开成二年（公元837年）令狐楚临终之际，还将人生中最后一件大事，代拟《遗表》的重任特意嘱托义山去完成。此番厚意，义山怎能不铭心刻骨？

“天平之年，大刀长戟，将军樽旁，一人衣白。十年忽然，蜩宣甲化。人誉公怜，人谮公骂。公高如天，愚卑如地。”（《奠相国令狐公文》）

将军樽旁，一人衣白。义山以一介寒门白衣，从洛阳被令狐楚慧眼识珠开始，相伴左右共十年时光。这十年在令狐楚的影响和护佑下，义山汲甘饮露得以顺利成长，特别是骈体文写作，使他如褪去壳甲的蝉儿获得了新生。有人赞扬他时，令狐楚对他越发喜欢；有人诋毁中伤他时，令狐楚则严厉指责那人，甚至不惜出言喝骂。

这哪里是恩威并重的官场中人，这分明是心怀慈爱的护雏长者形象，一息一念，都真实得像义山熟悉的父辈。义山后来在专呈令狐楚的《谢书》中这样写道：

微意何曾有一毫，空携笔砚奉龙韬。
自蒙半夜传衣后，不羡王祥得佩刀。

于茫茫人海中相遇，原本不过是陌路，令狐楚却对义山倾注了亲人般无尽的厚爱扶持。这份知遇之恩，比之东汉人王祥获赠吕虔那把助他登三公之位的佩刀更令人珍重和难以忘怀。诗中这份谢忱是真实温暖的。

“每水槛花朝，菊亭雪夜”。“将军樽旁，一人衣白”。这样的时光是多么美好，不说义山难忘，就连今天的我们，念这样的词句，也流连其境，叹时光恍隔。

◎同是将军客

天平公座中呈令狐令公，时蔡京在坐，京曾为僧徒，故有第五句。

罢执霓旌上醮坛，慢妆娇树水晶盘。
更深欲诉蛾眉敛，衣薄临醒玉艳寒。
白足禅僧思败道，青袍御史拟休官。
虽然同是将军客，不敢公然子细看。

读这首诗，常感叹汉字的奇妙。事隔千年，诗中的每一个字都如蛛丝，沾了些千年前的月色和烟尘，直到今天，也仍然能研出当时况味。一幕旧戏，戏服虽然陈旧了些，唱腔也尽管含混了些，但戏中的人物却是活的，有情绪，还有呼吸。

诗的题目很长，不算精练，却透露了很多真实的信息。义山说，在天平公幕府座中，我把这首诗呈给令狐公，当时蔡京也在，因为他曾做过僧徒，所以诗中第五句的“白足禅僧”便来源于此。

在天平军幕府，义山度过了几年快乐时光。“将军樽旁，一人衣白”，这一句颇有些自怜自恋的意味。令狐幕府，衮衮诸公名又利，一介白衣儒生，能以才名伴坐府主身旁，已是幸运之至。于是他一定会谨言慎行，才能取得一种地位和礼仪的平衡。然而，这只是我们的猜想。

写这首诗时，义山已为令狐幕府巡官。令狐府还是“座上客常满，樽中酒不空”的盛况，义山，却已不是那青涩少年。

唐朝是开放的朝代，即便到了晚唐也犹是如此。宴饮，少不了女人助兴。

这是一个妩媚的女人，妩媚是女人以柔克刚的法宝，更何况是在开放的唐朝，迷死人不偿命，官伎冶情也不用客人埋单。

她曾是女冠，过着手执霓旌，祷神祭醮的日子。唐朝道教兴盛，入道是个时尚的职业，女人，特别是上流社会女人，自请出家为道是件颇为流行的事情。甚至很多大唐公主都自愿出宫入为道籍，过着比皇宫内还随意自在的逍遥生活。

这个妩媚的女人，曾为女冠的日子离她有些遥远了。她只是一个普通的女子，无法像皇室公主那样家世富贵行止自由，或者是出于别的什么原因，总之她后来脱下道袍，凭着美貌和才艺做了令狐府的歌舞乐伎。

那天，天平军幕府如往常一般觥筹交错。这个女人甫一出场，四围的嘈杂倏地尘埃落定，像一枚石子刚刚投进湖水，此时只剩下涟漪在众人心间一波波无声荡漾。烛光下，她淡妆的容颜、轻歌曼舞的柔软身姿，如一株婀娜小树在水晶盘里伸枝展叶，惹人心驰。

昔日赵飞燕身轻善舞，汉成帝为她造水晶盘，令宫人托举着，飞燕立于盘中歌舞。水晶盘三个字，义山用来隐射眼前这位女子的妙曼身姿，已是极致的赞美。更兼她蛾眉轻敛，眼如秋水。屋外更已深，夜已寒，她羽衣下的肌肤该有薄凉的寒意，若隐若现间，泛出冷艳的白皙，更添几分无法抵挡的魅惑。

屋子里的男人似乎都看得呆了，不呆的那个，也正在情挚浓烈地酝酿新诗。

于满座酒酣耳热中，义山游目四望。也许，他此时尚有几分矜重自持和心虚，毕竟，再美丽再妖娆，她也是恩师府中的女人。他往回收了收有些心猿意马的绮思，把目光投向了别人。很快，他的目光逮住了两个人，“白足禅僧”和“青袍御史”。

蔡京，晚唐官宦名士之一。提起这个名字，今人或许首先想到的是北宋那个有才但贪渎的奸相蔡京，似乎晚唐的这位蔡京已淹没在奸相蔡京的名下了，其实不然。此蔡京写过一首《咏子规》，诗中有一句“凝成紫塞风前泪，惊破红楼梦里心”，被很多红学家认为是曹雪芹《红楼梦》书名的由来。蔡京早年为僧徒，在道场中与令狐楚相识，令狐楚爱其才，令其还俗读书，后于文宗开成元年（公元836年）登进士第，一度成为法律严明的好官。应该说，受知于令狐楚，蔡京与义山一样的幸运。

显然，因蔡京曾为僧徒的经历，便有了“白足禅僧”的指代。禅僧好理解，“白足”为何？传说鸠摩罗什的弟子昙始双足白皙，即便赤脚从泥水中走过，也不会污湿脚面，时称“白足和尚”，后来便以此借指高僧。

这样的宴席是让人愉悦的，除了幕僚知己，就是美酒佳人，此刻，借着醺然酒意戏谑一下同道中人，似乎更添情致。写诗的义山就这么做了。

义山这首诗表达的画面，色调浓墨铺陈，美人淡笔勾勒，同道写意烘托，虚实点染间，一幅行酒图人物毕现，世相洒然。我仿佛看见义山在千年前这场宴会的光影中，对着醉眼迷离的蔡京坏坏地笑了，顷刻间笔落纸端，挥毫立就。一句“白足禅僧思败道”，将蔡京的窘态定格在了这一刻，也让美人令人屏息的容颜给人无限的遐想空间。

青袍御史，有研究者猜测八成是刘蕡。对中晚唐来说，刘蕡是颗发光的金石，无奈腐朽的末世只能让他闪烁着悲壮的光芒。

唐敬宗宝历二年（公元826年），刘蕡进士及第。大和二年（公元828年），文宗李昂即位后，力图改变宦官掌权的局面，下旨举贤良方正，也就是施行人才兴国战略。刘蕡在应试对策中痛斥宦官乱政，主张诛灭宦官，改革朝政。考官虽大为赏佩，却慑于宦官威力，只能放弃录用。此一段令亲者痛、仇者快的忍痛弃贤的故事让许多人扼腕长叹，连刘蕡的竞争对手、同时应考的河南府参军李郃都心有戚戚，“刘蕡下第，我辈登科，实厚颜矣。”令狐楚敬其刚正直言，聘为幕府从事并礼遇有加。只是最后，刘蕡的结局仍然惨烈，遭到宦官的诬陷报复，贬为柳州司户参军后，卒于任上。

如果时光永远停留在令狐府的那一夕欢宴，该有多好。诗酒趁年华，举座皆良朋，有知己相聚，有美人可赏。似乎只有此刻，严凛刚正一生的刘蕡才是快乐的，如此，即便忘形一回又有何妨？知己间，本就是无话不可谈，无形不可露，连嘲笑和恶搞都有温暖的颜色。于是义山以情状入诗，他说，你们快瞧，如果能携美人归隐，我们的青袍御史就算是休官，怕也是愿意的呢。

转笔到自己，义山含蓄起来，并小小地狡猾了一回。同是将军府的僚属，他们都在为美人痴狂，我却不敢公然细看。是心虚情怯，还是书生的腼腆？义山此时的心理很微妙也很有意思。恩师府中的女人，是要赞美的，何况确实美得让人目眩神迷，但全盘托出自己的爱慕绮思，怎么着也不合适，因为她是恩师府中的女人。

于是最终呈给令狐楚的这首诗，便有了现在的样子，他描绘了一幅场景，他的心迹却是画外音。借着对场景的渲染，映衬了美人无以复加的美妙姿颜，同样借着场景的渲染，反衬了自己清醒内敛的谨慎修持。义山是聪明的，也不乏真诚和善意。

如今读这首诗，也许很多人只记住了诗中的欢宴，和欢宴中亚情色的描述，却读不破义山当时的心境。世事无常，时过境迁，谁又能知晓旧时月色，谁又能体察前路迷茫？正如义山当年，无法预料他今后有多少曲折和遗憾。

第三章
乱世蜩螗，寸心不堪剪

天下没有不散之筵席，天下也没有永久的承恩。令狐楚这棵大树，虽叶茂根深，终不是自己长久的倚靠。对于布衣士子来说，要实现达则兼济天下的愿望，除了科举仕进的路，似乎再没有别的路好走。

才情卓绝的义山自然也有万丈凌云之志，况且，在令狐幕府的第二年（公元830年），义山就亲睹了令狐绹进士及第的志得意满。令狐绹才情尚不及他，却能一蹴而就，如此看来，科考于他，只不过是远处树梢上澄黄的一枚熟果，他只消走过去，踮起脚尖轻轻一摘……然而，事实远非推理中的情节。

在令狐幕府做了两年巡官后，大和五年（公元831年）三月，义山开始参加唐朝一年一度的进士考试。本以为能像孟郊《登科后》诗中所写那样，“春风得意马蹄疾，一朝看遍长安花”。不料，等到放榜的日子，义山却名落孙山。果子熟了，却被别人摘了。一场空等待，一场空欢喜。

凭义山的聪慧，“五年读经书，七年弄笔砚”，十六著《才论》《圣论》名动洛阳城，即便在当时春笋般冒尖的儒生士子们中间，义山也算得上佼佼者，按理说中个进士不是多难的事，难道少年成名的义山反不如令狐绹才智高韬？当然不是。

古代科举制度由隋至唐已渐趋完备，大唐科考名目繁多，尤以进士和明经为重。进士侧重诗赋，考的是才情，这恰好是义山的长项；明经重经贴、墨义，考的是死记硬背功夫，把经书诵到滚瓜烂熟并通晓释义，做到至全至透无人匹敌就OK了。因此，考进士难，得明经易，便有了“三十老明经，五十少进士”之说。

制度由人定，制度也就有了弹性和空间。唐朝科考取士与现在的高考不同，除了成绩，还有一项重要的参考元素，就是考前的投卷推荐。眼看考试在即，士子们总要拿出自己的代表作，或投礼部，叫公卷；或投达官公卿代为推荐，称行卷。不管最后结果如何，在考前先混个脸熟，博取考官的好感，有了印象分垫底，即便这次不取，下次取中的机会也因之前的情面自然增加了几分。

义山不是不知道行卷的重要，只是他有太重的文人气节。身边的儒生们四处奔走行卷干谒，义山却懒得走动。才高，也为才所累。文人的耿介清高在强大的俗世面前总有几许悲壮的行色，最后大抵除了屈服就是自灭。后来义山在《上崔华州书》中说：“凡为进士者五年……居五年间，未曾衣袖文章，谒人求知。”

原以为能像令狐绹那样一举得中，不料在进士试上，义山总绕不过去，接连考了五次才得以过关，并非文谢清华，也非才情不逮，却是输在行卷的世故人情，这实在是一件很悲哀的事情。

“未曾衣袖文章，谒人求知”，在考官眼里，这恰是文人浅陋的孤傲和不守礼节的乖张，于是大和五年的那一场考试，义山被主考官礼部侍郎贾餗所憎，并且这无来由的憎一直影响到义山大和六年、大和七年的科考，名落孙山便在意料之中了；大和九年，二十三岁的义山再赴长安应试，却又为工部侍郎兼集贤殿学士崔郸所不取，原因似乎牵扯到朝中的朋党之争，按理这事和义山没什么关系，但朝中各派的人事纠结本就千丝蛛网难以厘清，无意中亲近了这一派的某个谁，势必就得罪了另一派的N个谁，这些暗潮涌动的争斗，年轻的义山又何尝得知？

不能不说到令狐楚。以令狐楚在朝中的名望，如果他替义山向考官通融一下，也许结局又另当别论。令狐楚曾“岁给资装”，竭力支持义山入京赶考。但在替义山说情这件事上，令狐楚却有所保留。

首先是性格使然。英雄常被英雄惜，既然义山不喜欢行卷求人，想必作为义山恩师的令狐楚也有同样的文人脾性，况且，义山本就十分优秀，犯不着走这个后门。

其次在大和六年（公元832年）二月，令狐楚调任河东节度使，刚赴新任，无暇他顾。

最后也是最根本的原因，几年前令狐绹考进士时，令狐楚已经为自己的儿子欠了考官一个人情。这人情不一定是令狐楚主动示意求情，考官倒过来示好令狐大人也有可能。不管是被动还是主动，既然这人情债已欠过一次，以令狐楚的个性，是断不能再违心地欠下第二次了。

说到底，义山的落榜是被潜规则给误下了。对恩师关键时刻的不施援手，他丝毫没有怨怼的意思，反而觉得有愧于令狐楚多年的悉心调教。在《上令狐相公状》中，他自责“摧颓不迁，拔刺未化，仰尘裁鉴，有负吹嘘”，只剩下愧意和忧闷而已。

从大和五年到大和九年，义山一直在应试与落第间左右飘摇。失去羽翼的鹞鹰，纵有一飞冲天的梦想，也只能把梦暂时嚼碎咽下，在推推搡搡中接受命运一次又一次的嘲弄和挑逗。一个外表俊逸儒雅，内里明彻通透的才子，却怎奈忧愤和惶然如影随形，这境地，很让人怅惘纠结。

大和七年春，应是放榜不久，郁闷的义山随友人一同赴宴。席上，烛光映照下，一盘油亮的嫩笋香气袅袅，惹人垂涎。主人滔滔不绝，炫耀长安城中这盘嫩笋的昂贵价格，众食客随声附和赞叹不已。义山不语，却心有所动。如此幼嫩的笋芽，它们本可以在深谷幽壑自由自在地长成一片修篁茂林，却在嫩芽刚刚破土、笋尖长不盈寸时便被齐根剪去，以高价送上宴席，葬身食客的胃囊。

笋啊笋，空怀了一腔凌云志，和自己的命运何其相似！万般感喟瞬间填满心间，义山取笔以笋入诗，以释满怀郁结：

嫩箨香苞初出林，于陵论价重如金。

皇都陆海应无数，忍剪凌云一寸心。

——李商隐《初食笋呈座中》

稚嫩的笋衣啊，它包裹着笋心在春天刚刚钻出林地，在少竹的于陵（巫陵）地界它们价重如金。京都长安的山珍海味难以数尽，怎忍心偏要剪断这寸长的笋芽，摧残它一片壮志凌云心？！

委屈、忧愤、不平，义山想高声唱出来，唱给这晚唐最后的浮靡，他想大声喊出来，问这不平人世清贫士子的路到底在哪里？

有泪意，让它埋在心底。他就是这初出林的笋芽，未及展望云天，就遭遇刈杀的命运。只因未与俗世同流，未媚上行卷，便四番应举，四番落第。木秀于林，风必摧之。行高于人，众必非之。这世道，是一个颠倒的乾坤，他生在这混乱颓败的末世，便注定了英俊的面容上，一生都将写满忧郁的神情。

◎君王不可问，昨夜约黄归

效长吉

长长汉殿眉，窄窄楚宫衣。

镜好鸾空舞，帘疏燕误飞。

君王不可问，昨夜约黄归。

这首《效长吉》，是义山仿效李贺所作宫体诗而作，但其实并没有多少李贺诗的影子。义山郑重其事地贴上效仿的标签，起码告诉了后世读诗人：对于像流星一样划过中唐夜空的才子李贺，他是推崇并深深缅怀的。

这缅怀里，有自怜的意思。天涯沦落，诗才高绝，更兼一颗忧愤孤心、一腔烟絮愁怀。对这人世刻骨铭心的体察，两人的境遇，如泪与汗的相似，咸涩绝无二致。

李贺祖籍陇西，公元790年生于福昌昌谷（今河南洛阳宜阳县），唐宗室郑王李亮后裔。虽家道中落，却与义山一样，少有才名，甚至出名时的年龄比义山当年更小。

李贺七岁那年，韩愈、皇甫湜听闻这个七岁小儿善作辞章，不肯相信。终有一日路过李贺家门，“使贺赋诗，援笔辄就，如素构，自目曰《高轩过》，二人大惊，自是有名。”（《唐摭言》）

七岁，总角荷衣，便以长短之歌名动京师，若论寻常推测，这孩子日后的锦绣前程应是倚马可待。

张爱玲女士说，出名要趁早。只是，趁了早又能怎样？倒是光焰提前燃尽，只余子夜里更长久的寂灭楸然。李贺成年后，顺利通过河南府试，获得“乡贡进士”资格，眼看珠冠可得，不料引得同时竞争的士子们嫉恨，说什么李贺父亲李晋肃的“晋”字与进士的“进”同音，李贺举进士便犯了父讳，依据礼法家规，李贺应避讳不得参加进士试。

多么荒唐的理由！然而更荒唐的是，礼部居然准了这个垃圾透顶的理由，即便韩愈特意为之作《讳辩》进行驳斥，也依然无法扭转不得应考的荒唐结局。

一个不上台面的烂理由，改写了李长吉一生的命运，何其不幸！如生在大宋，在那个不分门第不论出身的科举时代，写出“男儿何不带吴钩，收取关山五十州”这样豪迈诗句的李长吉，断不至于沦落到“我当二十不得意，一心愁谢如枯兰”的田地。

此后的几年光阴，虽当青春好年华，李贺却活在凄凉的晚景里。“况是青春日将暮，桃花乱落如红雨”。没了前程，只有诗是慰籍。于是，他骑一头瘦驴，带着小奚奴，身背破旧锦囊，在山川原野间纵情流连，遇有苦吟所得诗句，即刻取笔记下，投入身后的锦囊，辗转叨念，以至夜不成眠，母亲叹息，“是儿要当呕出心乃已尔！”他竟比以苦吟出名的贾岛还要呕心沥血几分。

“幽兰露，如啼眼，无物结同心，烟花不堪剪。”这是李贺写钱塘苏小小的诗句，凄美哀怨，念之恻然魂牵。宿命一般，这样的诗句许是太过凄婉，不仅给了那个早夭的苏小小，也成了李贺送给自己的挽歌。公元816年，病愁缠身的李贺遽然早逝，年仅二十七岁。也正是这一年，年幼的义山随父从获嘉移居江南。

李贺的生平逸事，今人多从《李长吉小传》中所得。为长吉作小传的这个人，便是李商隐。时间，杳杳不可再回还。斯年斯月，世上有义山，再无李长吉。

虽然长吉比义山早生了约二十三年，虽然长吉早逝时义山还是懵懂孩提，两人未曾谋面，不曾有过交集，但同样皇室后裔的家世背景，同样的少负才名，同样的家道中落，同样的多愁善感，甚至科考时同样的无端受挫……使得多年后的义山懂得，他深埋心底的苦楚失落，唯有这个长眠林泉之下的人，最能体贴明了。

因而，落第之年，义山写下《效长吉》，想来是别有寄托幽怀。这一年他二十一岁，长吉举荐被逸的这一年也恰好二十一岁。他前半生的整个命运仿佛是李长吉的翻版。“郁郁涧底松，离离山上苗。以彼径寸茎，荫此百尺条。”他们都是才子，是唐诗森林里冷拔奇峭的两株松，却也是左思《咏史》诗中的涧底之松。英俊仪伟，灼灼其华，怎奈这是一个荒唐的世道。

长长汉殿眉，窄窄楚宫衣。
镜好鸾空舞，帘疏燕误飞。
君王不可问，昨夜约黄归。

这首宫体诗，艳极，却是冷的，仿佛幽幽的风穿过了屋宇，卷起帘幔和宫女额前的发丝，一直幽幽地吹进了人心里，最终漫漶成一场梦，妖媚、暗沉，且孤寂。

她是一个宫女，有着昭君的长眉和楚王所爱的细腰，更兼肌肤胜雪，娇柔妩媚如弱柳扶风。此刻春日迟迟，宫中花树香醺，甲帐闲垂，她懒懒靠在雕栏上，身后铜镜上的孤鸾在春光里寂寞独舞，一只春燕误入疏帘闯入空荡荡的屋子，惊动了这满庭寂寞春深。

诗的前四句，仍是离不了的宫怨闲愁，素来宫女诗的结局大抵如白乐天笔下的上阳人，“唯向深宫望明月，东西四五百回圆。”脱不了单一的哀怨底子。《效长吉》却不，义山在诗的最后来了个反向大翻转，虽也是软软的一句，冷不丁地，甩出了一记耳光。

他在嘲讽，这不可一世的威严王朝和腐朽堕落的荒唐制度。

宫门深似海，不过是一个华丽的大冢，无边的孤寂，虚葬了多少青春岁月。可是昨日，这宫女却私自出了宫门，半夜归来时，额角涂黄，艳若夭桃明月。君王也断不会知道她去了哪里。

李贺有一首《湖中曲》，说的是女子临水理妆，与男子约定半夜漏尽时两人相会：

长眉越沙采兰若，桂叶水荭春漠漠。

横船醉眠白昼闲，渡口梅风歌扇薄。

燕钗玉股照青渠，越王娇郎小字书。

蜀纸封巾报云鬓，晚漏壶中水淋尽。

她告诉情郎，待到半夜漏壶中的水滴尽之时，便是两人的幽会时分。

君王不可问，昨夜约黄归。这一句，脑海里便有了宫女出宫私会男子的情景，反正，历来后宫多的是寂寞红颜，熬到苍苍白发，不过闲坐着说说玄宗打发凄凉晚景而已。三千宫女胭脂面，几个春来无泪痕！百无聊赖，便有宫女红叶题诗，借流水寄与禁宫之外的有情人。

唐人孟棨在《本事诗》中曾记载过这个典故，说诗人顾况曾在洛阳皇宫外的水上拾得一枚梧桐叶，叶上有诗，“一入深宫里，年年不见春。聊题一片叶，寄与有情人。”顾况第二日也题诗于叶上，从上游顺水漂下，“花落深宫莺亦悲，上阳宫女断肠时。帝城不禁东流水，叶上题诗欲寄谁？”十余日后，又于水上拾得一枚梧桐叶，上题：“一叶题诗出禁城，谁人酬和独含情。自嗟不及波中叶，荡漾乘春取次行。”

宫女的怨，多么惹人萦怀牵念。她们怀想着禁宫外的烟火岁月和寻常爱情，却被精美的牢笼禁锢着。独有义山这出格的一句，是一把反叛的火，在夜色里妩媚且野性地跳跃着，使人性为之复苏闪亮。高居庙堂的君王虽皇权无边，可人心是无法抚平的，一个小小的寂寞宫女就悄悄背叛了他，多么可笑的讽刺！

科考受挫，如长吉，怎一个荒唐了得！这蛮横无理、漏洞百出的制度，虽抵抗不了，却是可以嘲讽和诅咒的。义山蘸着浓墨，把这愤懑之声在毫端揉了又揉，极艳极媚，极冷又极重地写下了《效长吉》。

好一记漂亮无形的耳光。

第四章
追随崔戎，叹相知短暂

大和七年（公元833年）六月，在河东节度使任上已一年有余的令狐楚从太原入京，调任检校右仆射兼吏部尚书。此时，两度科举落第的义山带着一颗失意孤独的心，回到洛阳家中，先是看望了母亲和弟弟，又只身来到荥阳给堂叔上坟祭扫。

当义山跪倒在堂叔坟前，他的内心应是浸透了愧疚和忧愤，多年前，他在堂叔的殷切教导下读诗书弄管砚，如今，他拿什么来告慰堂叔的在天之灵？

接二连三地落第，与当年名动洛阳城相比，巨大的反差压得义山愁肠百结郁闷难当。令狐幕府他暂时是不想去了，一则他自忖这么多年已欠令狐家太多恩情，二则令狐楚“岁给资装”送他应考，他却落榜而归，这不符合义山心气孤高的才子性情。况且，在最失意的低谷，他总是希望回到家乡亲人身边去默默倾诉和疗伤，于是，祭拜了堂叔，义山便去干谒堂叔的世交知己、荥阳刺史萧浣，又经萧浣的延誉和引荐，义山被华州刺史崔戎辟聘为幕府掌书记，工作也不复杂，还是代草章奏。

崔戎，博陵（今河北安平）人氏。为官清廉，深受百姓爱戴。华州曾有这样的旧例，官府置钱万缗，为刺史个人私用。崔戎到任后分文不取，将这万缗钱财直接充作军费。崔戎还极其爱民。有一次，有兄弟二人为分家不公，一纸诉状告到了府衙，崔戎没有当堂喝问，而是暗自垂泪，自责为官一任，却没能让百姓相亲相爱和睦团结，来告状的兄弟顿然心有所动，于是尽弃前嫌，重归于好。

无论是官品还是人品，崔戎都是难得的大贤之人。能在他的幕府当差，是义山的造化。

及待见面互相问起先祖，义山才知，崔戎居然还是自己的远房表叔，其高伯祖玄暐曾封博陵郡王。崔戎的谦和加上远亲这层关系，使义山安下心来，在华州度过了一段短暂却珍贵的快乐时光。

从堂叔到令狐楚再到崔戎，他们犹如温暖的火苗，照亮了义山的前半生，使他的旅程不至于那么寒冷孤寂。

在华州幕府，义山重温了过去在令狐府曾有过的快乐时日，所不同的是，他和令狐楚始终隔着一段仰视的距离让他去敬畏，而他与崔戎之间，却消弭了这段距离变得亲近和真切。两人时常促膝相谈，纵论晚唐时局，兴至之时甚至忘却时间，崔戎为此竟免去了幕府的坐衙和参见等礼节。义山进士试夙愿未偿，一直是他的心结，崔戎深表理解，并特意送他去安静的南山僧寺温习课业，以备来年科考。

这些细节，是一个父辈对子侄亲人的深切关怀，怎不令义山感动异常？义山在《安平公诗》中一一作了回忆：

……

丈人博陵王名家，怜我总角称才华。
华州留语晓至暮，高声喝吏放两衙。
明朝骑马出城外，送我习业南山阿。

可惜，这样温暖的日子并不长久。大和八年（公元834年）三月，崔戎迁兖、海、沂、密四州观察使，治所在齐鲁莽荒之地兖州。

崔戎是一个清明的好官，从华州离任时，百姓遮道挽留，泣请留任。甚至有人情急之下，脱下他的靴子，弄断他的马蹬，舍不得让他起程离开，崔戎只好在夜间悄悄骑马离去。义山目睹了这一切，崔戎的人格光辉自此成为他心间永久的照拂。

大和八年五月，义山跟随崔戎抵达兖州任所。刚一赴任，崔戎就马不停蹄地四处考察州治民情，连断几桩宿案，百姓喜极相告，额手称庆。然而仅一月有余，六月十日，操劳过度加之水土不服，崔戎不幸染病身亡，享年五十五岁。

义山的悲，有泪如倾。人生得一知己足矣，何况知己兼知遇。刚相逢未曾尽欢，却又撒手离去。失去了良师益友，好比在孤寂荒漠失去了唯一的伴侣，此时的义山似一枝蓬勃的苦楝，虽青春，却味苦性寒。

一年后的大和九年，逢崔戎的周年祭，义山在崔戎的长安旧宅怀念知己，悲歌啼哭数百言写下了《安平公诗》，他在诗中说：

古人常叹知己少，况我沦贱艰虞多。
如公之德世一二，岂得无泪如黄河。

如果崔戎健在，义山此后的路将会顺畅许多。但生逢末世，世事蜩螗，他的命运不过是城倾之下一只蝼蚁的命运，谁还顾得上他的疼痛？谁还管得了他的未来？

城倾之时，已来日无多。

◎留得枯荷听雨声

宿骆氏亭寄怀崔雍崔兖

竹坞无尘水槛清，
相思迢递隔重城。
秋阴不散霜飞晚，

留得枯荷听雨声。

这是一首我喜欢的诗，尤喜最后那一句：留得枯荷听雨声。

寂寥，萧寒，却是一种清明飒然的境界。

大和八年，崔戎在兖州任上病逝，义山瞬间如落单的鸟儿，茫然于天地间不知何往。转眼已是深秋，为了生计，他往来奔波于河洛荥阳间，一边继续温习功课，一边拜访亲友，寻求新的仕进机会。

这一日天已向晚，秋天的萧瑟气息笼盖四野。天空有些阴云，秋风扫过，凉意沁肌，眼看一场秋雨就要来临。此时，奔波一天的义山终于借宿在一个叫骆氏亭的驿站。他卸下行李，稍作休憩后，便信步走出客房，独自一人，赏这一片陌生的风景。

这是一个建在水畔的亭馆，义山穿过长廊，来到临水一侧的亭阁边，靠在栏杆上向远处眺望。

视野里，一片云水杳杳，山隐隐，水茫茫。想起人生大概也是这样的底色，苍茫而萧冷，自己不过是寄生于天地间的一只蜉蝣，好不容易得到一丝灯火的温暖照拂，却倏忽间油尽灯灭，接下来的境况更加寒凉孤寂。

崔戎的音容笑貌此时浮现于眼前。义山忽然刻骨地想念起这位表叔、这位视自己为友为子的知己，在这样阴霾重重的秋日傍晚，在这样深浓的秋意里，这种想念让义山痛彻心扉。

往事漫上心来。义山忆起昔年在华州幕府，和崔戎的儿子崔雍、崔兖亲密无间友好相处的日子。现在，他们远在长安的崔家府宅，却已失去至爱的亲人。

义山心念微动，与崔雍、崔兖远隔天涯，已好久不见，不如聊寄数言，略致问候吧。只是，哀痛往事不堪再提，那就以诗遣怀，以表牵挂罢了。

眼前这一片衰飒秋景虽然冷寂，展眼细看，却别有意味。义山收回目光，只见近侧水畔竹坞茂密，竿竿翠竹清秀挺拔，一丛绿影叠映水上，使萧瑟的秋景泛出一丝鲜亮的活色。更近处，是亭馆的曲径雕栏，它们静静地临水照影，清澈的湖水，倒映出它们孤单洁净且婉致清丽的身影。

义山略作思忖，缓缓吟道："竹坞无尘水槛清。"这一句起，已是满腹清寂，欲休却难将息。

抬起头，遥望云天处，想这半年来的遭际，物是人非，身如漂萍。远在长安城的崔雍、崔衮，和自己一样，都是安平公崔戎牵挂爱护的人，此刻却不能与他们畅叙伤怀，互致安慰。唯有思念像一只断线的风筝，却又怎奈山水迢遥，无法飞抵长安城与他们执手相言。

这季候本已是秋尽寒来时节，不料今年的秋季迟迟不愿谢幕，天空层阴不开，致使冷霜也迟迟不来，徒添许多索寞难耐的衰寒之意。

义山的心，在低回中辗转再三。竹坞，水槛，秋阴，冷霜，种种意象在眼前交叠，织出一种让他蚀骨丢魂的飘零之感和无从抵达的相思之叹。

几茎枯荷，蓦然映入他的眼帘。在浅水的湖汊，一片零乱的残荷支棱在湖面，干枯断裂的荷梗，依然托举着泛黄的枯叶，与水中的倒影构成许多不规则的几何图形，像许多梦的碎片，是在追忆夏风轻拂，还是在留念荷叶的青春时光？

暮秋枯荷，是多么孤清的晚景。秋阴不散，飞霜迟来，却留得这枯荷残叶，或许是为了等待一场冬雨，奏给失意的人听，却也是一种行到水穷、坐看云起的境界。

秋阴不散霜飞晚，留得枯荷听雨声。在义山心里，他这样写，别具深意。人生风雨晚来急，虽然自己尚值年少，却遭逢乱世国衰，他成长的足迹已历经人世的风吹雨打，幼年失怙、科举落第、知交零落、四处漂泊……纵如此，日子还是不停地运转，总不至于泥足深陷不再往前。那么，即便命运的摧折已使形体枯槁，还是要留一颗闲适鲜活的心，侧身枯荷听雨声，活出诗意的境界。

这一份切切的心思，义山寄予崔雍、崔兖，为与他们共勉。生如朝露，转瞬晞灭，不如珍惜眼前，于凄凉中寻安乐。

这清平中寓境界的诗句自义山写出，已流传了千百年。犹记得曹雪芹在《红楼梦》中也曾提过，第四十回《史太君两宴大观园，金鸳鸯三宣牙牌令》中，宝玉看着荇叶渚的枯荷说："这些破荷叶可恨，怎么还不叫人来拔去？"黛玉却道："我最不喜欢李义山的诗，只喜他这一句'留得残荷听雨声'。偏偏你们又不留着残荷了。"宝玉忙说："果然好句。以后咱们就别叫人拔去了。"以黛玉的孤僻小性儿，能被她喜欢的，自是金字塔顶端洁净的清风。只是，改"枯荷"为"残荷"，或是曹雪芹无意的疏忽？

从兖州幕府回到洛阳，这一时期义山的心情也许经历的困厄越多，就越平静超然，大抵如此。

此时，他并不知道，一段擦肩而过的爱情，已悄然来临。

第五章
纤纤柳枝失奈何

柳枝，在义山情感世界中是一道偶然出现的虹，他惊异于她的美，醉心于她的热烈，只是等到再次抬头仰望时，她已倏忽不见。

也许，惆怅的美才会叫人难以忘怀。

崔戎病逝后，义山从兖州回到洛阳。此时，他正当二十出头的年纪，虽已经历许多曲折，却是挡不住的年少英俊，才气逼人。

洛阳城，是义山的第二故乡。多年前，他像一只羽翼未丰的雏鸟，带着弟弟羲叟随母迁居洛阳，在东甸春谷卖米、替人抄书勉强度日。重回洛阳，他已在外漂泊数年，虽然没有多大业绩，但已几入幕府，见识了一些达官贵人，也结识了一些知交友人，快乐有过，失意有过，这一切已成为他成长必需的营养，使他成熟和坚定。

有着些许的沧桑、英俊又才华出众的男子，让女子芳心暗许，不是多难的事情。

柳枝，就是那个怀春的女子。

义山有个堂兄叫李让山，家住洛阳城。义山当年以《才论》《圣论》名满洛阳，最后竟被令狐大人招入幕府，堂兄让山很是引以为荣。

这一天正是春日迟迟，花香馥郁，浓荫匝地。让山外出骑马归来，下马时见蜂飞蝶绕，满眼春光明媚，于是忽然兴起，随口吟出义山《燕台诗四首》中的第一首《春》：

风光冉冉东西陌，几日娇魂寻不得。
蜜房羽客类芳心，冶叶倡条遍相识。
暖蔼辉迟桃树西，高鬟立共桃鬟齐。
雄龙雌凤杳何许？絮乱丝繁天亦迷。
醉起微阳若初曙，映帘梦断闻残语。
愁将铁网罥珊瑚，海阔天宽迷处所。
衣带无情有宽窄，春烟自碧秋霜白。
研丹擘石天不知，愿得天牢锁冤魄。
夹罗委箧单绡起，香肌冷衬琤琤佩。
今日东风自不胜，化作幽光入西海。

说实话，义山的《燕台诗四首》，与那些著名的无题诗一样，内容扑朔迷离，至今仍是一个谜。但《燕台诗四首》的春、夏、秋、冬应是写尽了四季的特点，并融合了美好惆怅的情感色彩，似隐藏着一段不为人知的恋情，美艳，却又令人幽怨魂断。因此，在诗中读情，读景，都不为过。

让山正沉醉在义山的春日诗情中，彼时，一个女子，立在南边的柳树下，竟听得呆了。让山诵完，女子回过神来，向让山急切地问："谁人有此？谁人为是？"让山循声望去，见是邻居家的女孩柳枝。在她身侧，几行柳树枝叶披拂，微风掠过，扬起柳梢和她额前的发丝，在这暖意微醺的春光里，她像走入画中的女子，裙裾曳地，衣带飘飞，艳若夭桃。

让山听柳枝相问，颇有几分得意，据实相告说作者正是自己的堂弟李商隐。柳枝听此言，不假思索地拿起衣裙罗带，劈手撕下，将断带打成结，交给让山说："请替奴家转赠李商隐，就说奴家向他乞诗，请他将诗稿题在裙带上。"

如果义山没有杜撰，这样的女子，无论在历史的哪一段河流中，都是鲜亮的一抹红，让人过眼难忘。义山后来在《柳枝五首·并序》中回忆柳枝“手断长带，结让山为赠叔乞诗”时，还是有惊艳赞叹的语气。彼时那个女子果敢的举动，让多少忸怩作态的女性顿然失色。

这样的女子不得不让人萦怀，义山肯定是心有所动，在让山的叙述中，他轻易得知了柳枝的更多景况。

柳枝生于商贾之家，虽有兄弟数人，但因为母亲对她的偏爱，日子倒也过得殷实快乐。自从某日父亲行舟湖上，遇风浪溺水而亡后，她的性格便起了变化。也许对父亲的怀念占据了太多时光，柳枝此后再无心脂粉，整日只是操琴调弦，曲调幽怨凄婉，尽是海天风涛之声。听这样悲切的曲子久了，邻里便猜测她是醉酒后梦见神异之物才会有这样的反应。因此尽管十七岁的柳枝如初开的桃花般明艳动人，却一直无人说媒娉娶。

义山本是个多情之人，听完让山的描述，心中顿生怜惜之叹。

第二日，义山牵马走出巷道，却见迎面一个梳少女双髻的女子，立在不远处的窗扇下，向他盈盈笑着，眼如点漆，纤柔温润，花窗半开，人面相映，义山心间似有热流袭过，心内忽有灵犀：想必，这女子正是让山昨日说起的柳枝姑娘。

在柳枝心底，眼前这位少年是那样姿仪秀伟，卓尔不群。原本他的诗已让她怦然心动，何况他又是这样的清秀英俊。虽然装着不动声色地盈盈笑着，但她的心已如鹿撞。她强压慌乱，向那个正目不转睛盯着她的少年说：“三天后，奴家将去河边浣洗罗裙，彼时，奴家会焚起香炉，与郎君相会。”

义山在《柳枝五首·并序》中这样记录当时情景：柳枝丫鬟毕妆，抱立扇下，风障一袖，指曰：“若叔是？后三日，邻当去溅裙水上，以博山香待，与郎俱过。”

“以博山香待”，让我想起乐府诗集《清商曲辞·西曲歌》中的《杨叛儿》：

暂出白门前，杨柳可藏乌。
欢作沉水香，侬作博山炉。

这首民歌有个香艳动人的典故。话说南朝萧齐年间，有个守寡的太后爱上了一个女巫的儿子杨旻，这杨旻自小生长宫中，英姿勃发，帅气逼人。后来太后与杨旻情事暴露，宫外就有童谣传出，“杨婆儿，共戏来所欢！”“杨婆儿”被误传为“杨叛儿”，便有了以《杨叛儿》为题的民歌。

欢作沉水香，侬作博山炉。千古以来都被解作香艳性事。沉水香是一种名贵的香料，博山炉是一种用以熏香的炉子，填香入炉，欢爱沉醉，很容易就让人联想到春情春意。

柳枝说“以博山香待，与郎俱过”，义山当然懂得。这样大胆的表白要么让人反感害怕，要么让人欢愉感动。但唐朝是个开放的时代，在特定的背景和文化氛围中，这样的话从柳枝口中说出，只会让义山心动，况且她是他的超级粉丝，又是那么热烈地爱慕着他。

按说，这是一段求之不得的艳遇。一个美丽的女子，有吹叶嚼蕊般的容颜，又能调丝擪管作幽忆怨断之音，可谓才貌双全，非寻常女子可比。可偏偏地，这段艳遇却无果而终。

三天，对于爱着的人来说，是个漫长的时间概念。恰在此时，发生了一件意想不到的事情：之前与义山约好一同去往京师长安的朋友，忽然恶作剧地偷走义山的行李衣装，提早一步先行离开了！在那个没有电话没有汽车，通讯极度艰难的朝代，失去了入京的行李和拜谒文书，就等于丢失了入关通牒，况且，茫茫人海，一旦走失，又何处去找寻友人的踪迹？虽然与柳枝的约期临近，义山权衡再三后还是紧随友人的脚步去了京城。

此一去时间飞逝，转眼便到了冬季。

一场大雪纷纷扬扬，一夜间给长安城披上了素白银装。义山站在窗前，看窗外雪花纷飞，很自然地会想起远方的柳枝。此刻，她还好吗？

雪地中忽然走来一个人影，义山细看，居然是分别近一年的堂兄让山。

让山带来的消息是，柳枝，已嫁关东诸侯为妾，就在义山失约来京的日子里！

义山后来没有记载听此消息后的内心起伏。但可想而知的是，在那一瞬间，巨大的失落和伤感曾袭击过他的心。春节过后让山回洛阳，义山送至戏水驿，仍不忘写了一组诗，取名《柳枝五首》，托让山回家后题在柳枝的故宅门上。

这是一种什么样的情感？矛盾、失落、悔恨，还有深深的怀念。她曾以手断带，乞诗相约，愿以博山香待。往事，历历在目，她不加修饰的赤诚，她的真实，她的娇憨，现在都变成了温柔甜蜜的蛊，让他的怀念有着长长的痛，和长长的不甘。

应该说，是他负了她。一个青春娇艳的女子，向一个男子表白“溅裙水上，以博山香待”，是需要多大的勇气和多少的爱意堆积。她豁出一切不管不顾地说了，最终却是，换来他逃也似的离开。

这样的伤害，不是冰雪聪明的女子可以承受得起的。

于是，有聘约来，她便义无反顾地嫁了。即便她一点都不爱。

想起她立在南柳下，被《燕台诗》深深打动的情景，满眼都是繁星闪烁，满脸都是暖暖的沉醉，一整个春天，在她心里砌了一座城。

那样的情感，是一个情窦初开的女子金子一样纯洁珍贵的爱啊。

一旦错过，便不再。

◎柳枝五首寄伤怀

柳枝五首

其一

花房与蜜脾，蜂雄蛱蝶雌。
同时不同类，那复更相思。

其二

本是丁香树，春条结始生。
玉作弹棋局，中心亦不平。

其三

嘉瓜引蔓长，碧玉冰寒浆。
东陵虽五色，不忍值牙香。

其四

柳枝井上蟠，莲叶浦中干。
锦鳞与绣羽，水陆有伤残。

其五

画屏绣步障，物物自成双。
如何湖上望，只是见鸳鸯。

这五首以柳枝命名的诗，绝对是义山的有感而发。

虽为五首，却展现了一个完整微妙的情感过程。五首连缀而下，一气呵成，是一份偿还，也是一份宣泄。

心里念着，那个曾以罗带乞诗的姑娘，写诗的人尚未兑现承诺，她竟已经嫁了。这让他心何以安？他来不及倾泻的情感，该往何处安放？

柳枝的嫁，对于义山而言，是措手不及的消息。犹记得她立于窗扇下，向他盈盈笑着，许他以博山香待，怎料得，如今却冷冷地抽身离去，那样决绝，不给他任何一丝转圜的余地。

其实，她的个性应是有迹可寻，既然敢许他一个良辰美景，就敢还他一个渠会无缘。她爱时那样果敢，恨时，也绝不优柔寡断。

义山送堂兄让山东归洛阳，一路从长安走来，两人虽是风尘仆仆，却是说不尽的柳枝，聊不完的旧日时光。虽然她已嫁为人妇，可是，欠她的承诺，义山依然牢记于心。

千里送别，也终有尽时。这一天，两人来到戏水亭，此地已是陕西临潼地界，义山决定在这里与让山作别。念及此一去，又不知何年才有消息，至于柳枝，或许此生都不再有缘相见，不禁万分感慨。于是铺纸研墨，片刻工夫，一组五言绝句便已作完。义山数了数，刚好五首，遂又拟上《柳枝五首》为题，嘱托让山回到洛阳后，替他题写在柳枝故宅上，算是对她罗带乞诗的答谢，更是兑现了欠她的一个承诺。

尽管，这兑现来得太迟，一经错过，已前尘隔海。

如今，一个是花蕾，一个是蜂巢；一个是雄蜂，一个是雌蝶，虽有缘擦身而过，终不是同路人，那么，相思一词，大概也就无从谈起了。

第一首诗，义山要表达的就是这样一种复杂微妙的心情。邂逅柳枝，应是人生中一段极其纯美的插曲，是走在茫茫人海，于千人万人中蓦然相遇，惊艳的一次回眸，即便怦然心动，也被这尘世的洪流裹挟着，转眼间错失彼此，各自奔向不可预知的前路。

既如此，那复更相思？原不过是一次偶然的相遇，说相思，似乎太重，也太刻意。

可是，为什么，他会这样失意？为什么他心间一直出现的，是她立于窗扇下盈盈笑着的样子？为什么每想一次就会微微地心疼一次？为什么他思念的那个人，转眼间就失之东隅？

思而不得，却比相思更为伤怀。

从第二首开始，义山未曾纾解的伤怀便化作了不平，为柳枝，也为自己。

她是一株青葱的丁香树，弥望的春色里，她开始抽枝长叶，含苞引蕊。她是春天里最馥郁的那一株，最醇美的那一个。可这样冰清玉洁的胚质，却像中间突起的玉制棋盘一样，供达官贵人博戏赏玩，这让人心中如何平静？

义山毫不吝啬对柳枝的赞美，在第三首里，又将她比作碧玉嘉瓜，隐含破瓜之年的意思。《古乐府》曾有“碧玉破瓜时”之句；与义山、温庭筠合称“三十六体”的段成式也有“犹怜最小分瓜日”这样的描述，柳枝虽已是过了十六岁的二八年华，却不妨碍她的青春依然盛开得那样动人心弦。

这样美好的柳枝，这样美好的青春，却不属于自己。只因自己，未曾珍惜。

妒意是肯定有的，却也只能遮掩在心里伤自己的心。一介文士，功名蹭蹬，尚不知明天何往，偶然心会佳人，又能许她一个怎样的未来？

可是就算自己不能，柳枝也未必就有幸福可言。从堂兄的描述中，义山隐隐猜测柳枝并不快乐。关东诸侯，身为一方藩镇，自是妻妾成群，家小围绕。柳枝过门，左不过几日新鲜，热络过后丢弃一旁也极有可能。况且柳枝又是敢作敢为的个性，随便被哪一个争风吃醋的妻妾揪个小辫儿，在那样深宅大户的世族门第，似乎只有隐忍吞声才能勉强度日。

念及此，悲凉便袭上心头。在第四首里，义山哀叹起各自命运。一个枯萎如井上柳条，一个干涩如池中莲叶，两人际遇，是鱼和鸟的相会，殊途永隔。

想起一个美丽忧伤却被引用万千次的故事，这个故事曾伪托出自泰戈尔的《飞鸟集》，其实只是现代社会的网络流传，题目叫作《飞鸟与鱼》，有几句是这样的：

世界上最遥远的距离
不是生与死
而是我站在你面前
你却不知道我爱你
世界上最遥远的距离
是鱼与飞鸟的距离
一个翱翔天际

一个却深潜海底

有人又演化了一段关于飞鸟和鱼的传说，传说中住在深海里的一条鱼和一只迷途的鸟偶然视线交会，于是彼此吸引。鸟栖息在岸边，给鱼儿讲蓝天的深邃，鱼儿呢，也给鸟儿讲海洋的神奇，就这样春夏秋冬，寒暑交替，它们开始默默相爱，以至彼此都忘记了它们生活在不同的界域。当某一天另一只鸟儿划过蓝天映入飞鸟的眼帘，另一只鱼儿跃出水面惊动了鱼，它们才猛然惊觉，原来，鱼只能属于海洋，飞鸟只能属于蓝天，它们永远都不可以在一起。然后，它们带着心酸潜入海底飞上蓝天，小心尘封起这段爱情，不说再见，也永不再回首。

搁在如今，这个故事因耳熟能详已没有半点新意，而义山，在一千多年前的晚唐，用一句“锦鳞与绣羽，水陆有伤残”便意会过这样的故事，已足可让后人惊艳。

嫁入侯门，柳枝与义山便隔着千重山万重水，隔着最遥远的距离，隔着飞鸟与鱼的距离。

伤感就这样击中了他。他转头四望，客栈里画屏绣幕上，一色的蝴蝶翩跹、游鱼嬉戏，它们都是成双成对，恩爱缠绵。客栈外，群山隐隐，湖水涟涟，湖面，两只鸳鸯依偎着剪水前行，使栏外风景都充满了温馨爱意。然而此刻的义山是如此情思孤单，这情却是寄也无从寄。积在心头，略略想起，无端惊起无限伤感。

他多想时光回流，回到那一天，在巷口，窗扇下。她梳着双髻，垂手而立，盈盈笑着，含羞看他。然后，她微启朱唇，声若呢喃，“后三日，邻当去溅裙水上，以博山香待，与郎俱过。”那时，阳光落了她满脸，浮光里的她，是那样生动。然后，他目不转睛地盯着她怎么也看不够……再然后呢？

再然后，他一定要牵牢她的手，不去管什么长安，从此只和她烟水横渡，荆钗布裙，烟火岁月，做一世平凡夫妻。

可是梦醒后，已无路重回头。

此刻，末世的余音，正隐隐响起。

第六章
甘露之变，乱世寄忧怀

大和九年（公元835年）十一月，一场血雨腥风的甘露之变，使长安城风摧云裂。

这一年，唐文宗李昂二十七岁，为帝虽已九年，一根骨刺始终横在他心底让他隐隐作痛，这根刺就是权势遮天的宦官集团。

宦官制度起源于先秦，最初由身份卑贱者或处宫刑的人充当，角色是皇室家奴。后来，这些饱受皇恩的阉人开始蹬鼻子上脸，纠合朋党，飞扬跋扈，陷害忠良，卷入宫廷权势之争，甚至连皇帝也不放在眼里，导演了一起又一起宫廷政变，汉末的十常侍之乱便是最好的例证。

唐玄宗时，宦官高力士极得宠爱，"每四方进奏文表，必先呈力士，然后进御，小事便决之"，产生了由宦官组成的内朝，并设置了正三品的内侍官职，级别与正三品的宰相等同。此后，宦官集团权倾朝野，连皇帝的废立都由他们掌控，从宪宗到昭宗先后登基的九个皇帝中，七个由宦官拥立，两个被宦官杀害，分别是宪宗李纯和敬宗李湛。

文宗就是被宦官王守澄和仇士良拥立起来的皇帝。宪宗死后，王守澄和陈弘志先立李恒为帝，是为唐穆宗，穆宗死后，穆宗的儿子敬宗只当了一年皇帝就被宦官杀害。这段时期长安大明宫中，充满了阴鸷叵测、动荡不宁的气息。此时王守澄手中又拈起了一枚棋子，这枚棋子便是穆宗的二子李昂。算是连推带搡的，李昂被王守澄拥立为历史上的唐文宗。

这个皇帝文宗委实当得不爽，说穿了就是傀儡一个，加上宪宗和敬宗的死，让文宗既怕又恨，心底也渐渐下定了铲除宦官的决心。

大和四年（公元830年），宋申锡为相，在文宗的授意下开始启动清除宦官的计划，不料行事不密走漏了风声，最终以宋申锡遭贬而收官。

大和八年，文宗患病，王守澄推荐擅长医道的郑注为文宗诊治，文宗见此人谈吐不凡，便有意笼络，奖掖有加。此后郑注又将李训引荐给文宗，两人遂成为文宗的心腹，经过步骤严密的密谋安排，先将陈弘志“封杖杀之”，又以一杯毒酒结果了王守澄。剪灭宦官的计划初战告捷。

这年秋天，文宗任命李训为相，郑注为凤翔节度使，只待时机成熟一举将宦官连锅铲除，重振李唐朝纲。

大和九年十一月二十一日，大明宫紫宸殿内，文武百官正在早朝。按照之前的计划，金吾大将军韩约面露喜色向文宗奏报说，昨夜左金吾仗院内的石榴树上居然天降甘露，定是祥瑞之兆。这时，李训不失时机请皇帝亲临观赏。文宗心领神会，命神策军左右护军中尉仇士良带领宦官先行一步察看。文宗这边的真实意图是，只等宦官一入院内，事先埋伏在幕后的士兵们便来个瓮中捉鳖，一举歼灭。

好端端一个大瓮，却被韩约那厮给捅了个窟窿。仇士良带领宦官浩浩荡荡奔左金吾仗院而来，猛然见金吾大将军韩约面如白纸，目光游移，也不知道他这大将军是怎么当的，定力居然这么差。仇士良情知不妙，此时一阵寒风吹来，掀起廊庑的帷幕，隐藏在帷幕后武装甲士的森森兵器暴露无遗。仇士良夺路而逃，双方立刻陷入混战。仇士良逃出后直奔殿上首先劫持了文宗，赶来救驾的李训被宦官郗志荣击倒后逃出宫外，文宗一路被挟持进东上阁，阁门瞬间关闭，于是甘露事变以李训、郑注的失败告终。

紧随其后，侥幸脱难的仇士良开始血洗大明宫。皇宫内外，“横尸流血，狼藉涂地，诸司印及图籍、帷幕、器皿俱尽”，李训、郑注、王涯、舒元舆、韩约、郭行余、罗立言、李孝本等朝廷重要官员及其家族一千多人惨遭诛杀甚至灭门。

长安城，一片惊悚骇然……

朝廷政局的动荡不宁，天下苍生的惶惑不安，个人的得失对于这一切，只是倾城之下一粒碾碎的石子，小到无法进入视线，也真的算不了什么了。

乱世里，哀鸿遍野，人如飘蓬。整个李唐天下，已不复盛唐的繁荣，也不再有大唐的气度。身世的凄凉，落榜的磨折，知己的离世，乱世的源头，让义山倍感凄苦。他恨不能济天下、清君侧，恨不能上达殿堂，为君王分忧，为黎民解愁。

甘露之变的第二年，即开成元年（公元836年），义山写下《有感二首》，以沉郁哀痛的笔触记录了那不堪回首的宫廷变故。后人品读义山诗，总感觉深情绮密有余，却少胸怀天下、关心时政之作，其实不然。《有感二首》《重有感》《行次西郊作一百韵》等都是爱恨交织、针砭时事的现实主义作品。更为难得的是，在这些诗中，义山的情感一反无题诗中的朦胧唯美，他总是清晰直白地表达自己的爱憎，坦陈自己的观点。

在《有感二首》中，他说：“竟缘尊汉相，不早辨胡雏。”直指文宗李昂用人不当，未曾识别李训、郑注之流行事草率，居然延为上宾，以致事变发生，万劫难复。又说：“古有清君侧，今非乏老成。素心虽未易，此举太无名。”他万分惋惜地问，古有良臣为君王肃清身边的奸佞小人，今天也不是没有德高望重的忠臣，为什么要任用如此无能的李训？此人虽然报效朝廷之心仍在，却轻率地导演了一场破绽百出的戏，害得那么多人白白送命，实在是不堪言说。

义山的清醒里有深深的悲凉。也许内心里，除了正直文人的那一份家国情怀，他还一直把自己列为李唐王室的余脉，潜意识中却不自觉地多了一份责任和担当。

昭义节度使刘从谏为王涯的无辜被杀愤慨鸣冤而三上奏疏，言辞之激烈，指陈要害之锐利使宦官坐卧不安。刘从谏似乎让义山看到了希望，他殷殷地盼，切切地等，一颗愁肠百结的心里满是担忧，满是祝福和祈祷。在这样的心境下，义山写下了《重有感》：

玉帐牙旗得上游，安危须共主君忧。

窦融表已来关右，陶侃军宜次石头。

岂有蛟龙愁失水？更无鹰隼与高秋！

昼号夜哭兼幽显，早晚星关雪涕收？

这首《重有感》，历来被认为有老杜遗风。王安石曾这样评价义山："唐人知学老杜而得其藩篱者，唯义山一人而已。"清人施补华在《岘佣说诗》中也说义山诗"秾丽之中，时带沉郁"，都肯定了义山诗有沉郁之气，得杜甫诗沉郁顿挫之余绪。

这沉郁里，是深深的情。义山的一生，是在寒风扑面晚来欲雪的光景里走过的，日渐颓败的晚唐不曾给过他多少温暖，他却仍然执著地爱着那个乱世王国。

他的情感始终那么深沉丰沛，爱家国，爱所爱的女子。爱让他的一生，都饱含泪水。

◎若比伤春意未多

曲江

望断平时翠辇过，空闻子夜鬼悲歌。

金舆不返倾城色，玉殿犹分下苑波。

死忆华亭闻唳鹤，老忧王室泣铜驼。

天荒地变心虽折，若比伤春意未多。

伤春，是这首诗的基调。但义山所伤，不是繁花将落，也不是无计留春住的惆怅，是李唐王朝的残山剩水和风雨飘摇。

想起杜甫的诗《哀江头》：

少陵野老吞声哭，春日潜行曲江曲。
江头宫殿锁千门，细柳新蒲为谁绿？
忆昔霓旌下南苑，苑中万物生颜色。
昭阳殿里第一人，同辇随君侍君侧。

杜甫是个一生悲苦的诗人。公元755年安史之乱，在诗人内心落下了巨大的阴影。公元756年，唐肃宗李亨即位于灵武，杜甫在从鄜州去往灵武投奔唐肃宗途中，被安禄山军队截获，带到了沦陷的长安。公元757年春，杜甫路过曲江，曾经的烟柳繁华已是触目苍凉，不禁哀伤难抑，写下了这首《哀江头》。

对于大唐，安史之乱是个拐点。由盛到衰，一个曲江便可看透。杜甫的悲，义山的悲，都把这悲集中到一个点上，曲江，还是曲江。

作为唐朝最为著名的皇家园林，曲江的兴衰便是王朝的兴衰。与其说它代表了李唐的繁华，毋宁说它见证了大厦的倾颓。

汉武帝开凿它时，因在长安城东南的宜春苑旧址上，故称宜春下苑，又因流水曲折，称为曲江。后来隋文帝爱极池中莲花，改名芙蓉池。唐人李浚《松窗杂录》载：“唐开元中，疏凿为胜境，南即紫云楼、芙蓉苑，西即杏园、慈恩寺。花卉环周，烟水明媚，都人游赏，盛于中和上巳节。”逢上大庆，皇帝会在这里大宴群臣，赐上几曲太常教坊乐，池中画舫摇曳，耳畔丝竹天籁，彼时彼景，怎样的极致奢华，怎样的景致风流。

几朝几代以来，曲江一直歌舞升平，那是繁华叠着繁华，是盛世里的榴花照眼。

安史之乱后，一切，倏然间杳如覆水。

时间到了大和九年（公元835年），唐文宗接受郑注“秦中有灾，宜兴工役”的建议，同时也想重塑当年的繁华景象，便命神策军修治曲江。十月，文宗在这里赐宴百官群臣。十一月，甘露之变发生，曲江的重修工作就此废止。

好端端一个车水马龙的长安城，遭遇了甘露之变，诚如刘从谏上疏所言“内臣擅领甲兵，妄杀非辜，流血千门，僵尸万计”，文宗被宦官钳制，最后遭遇竟连汉献帝都不如。曲江，怎能再现昔日繁盛？想起曲江的兴废，义山怎能不欷歔感喟？

“望断平时翠辇过，空闻子夜鬼悲歌。”在这两句对比中，甘露之变是一个分野。事变前，文宗的车驾鸾旌羽盖，在曲江游幸时是多么的威仪浩荡啊，现在呢？只能听见子夜时分冤魂的悲歌哭泣。

读义山诗，时时能读到杜甫诗和李贺诗的影子，尤其是吊古咏史感怀时事，义山沧桑得满纸生寒。

“金舆不返倾城色，玉殿犹分下苑波。”义山说，再也不见当年那些坐在金舆鸾驾中顾盼生辉的后宫佳丽们，曲江水啊，依然向下苑的御沟流去。

杜甫曾借《哀江头》怀念安史之乱中香消玉殒的杨贵妃，曾是“昭阳殿里第一人，同辇随君侍君侧”，却落得个“明眸皓齿今何在？血污游魂归不得”。

应当说，这首《曲江》，义山对杜诗有所承袭。写哀深，写悲意，在义山心底，没有什么比杜诗来得更加苍凉沉郁。

还是绕不开事变。“死忆华亭闻唳鹤，老忧王室泣铜驼。天荒地变心虽折，若比伤春意未多。”义山用了两个典故。典故中人，一是陆机，二是索靖。

西晋，陆机与其弟陆云文章冠绝一时，时称“二陆”。成都王司马颖表举“太康之英”陆机为平原内史时，是颇为看重其才智的。后来在八王之乱中讨伐长沙王司马乂，陆机被任命为后将军、河北大都督，领兵二十万。与司马乂之战，陆机兵败鹿苑后，宦官孟玖向司马颖进谗言，陆机遂为司马颖杀害，被诛夷三族。临终前陆机想起昔日在华亭谷，与弟陆云听鹤鸣读诗书的日子，那是多么快乐逍遥的一段时光啊！不禁悲从中来，喃喃念道："华亭鹤唳，岂可复闻乎？"是一份望断肝肠锥心蚀骨的凄恻怀念。

还是西晋。书法家索靖"博经史，兼通内纬"，才艺绝人。先后任酒泉太守、尚书郎、大将军、散骑常侍等职。《晋书》载："靖有先识远量，知天下将乱，指洛阳宫门铜驼，叹曰，'会见汝在荆棘中耳！'"大厦将倾，偌大的皇宫将成一片瓦砾废墟，宫门前威仪的铜骆驼，到那时，也只能在荆棘丛中见到你了。透过语言，无尽的凄凉惆怅，阵阵袭来。

义山想说，经历了甘露之变，那些罹难的臣子们，就像遭宦官谗言陷害的陆机一样，回首往昔清平安稳的日子，已是一去不返；而那些暂时得以逃脱宦官算计的朝中官员，大概也如索靖一般，已在感叹王朝的大限将临。

经此大变，生逢末世的黎民已是生如飘蓬，何况那些担忧王朝命运内心清明的士子们？还有什么样的惨痛能比得上末世的降临？还有什么样的殚精竭虑能比得上危崖前的担忧？晚唐，便是立在这危崖前的一座空城，摇摇欲坠，没有一寸完好的肌肤，没有一处安然的国土。恍如寒冬，只剩下一片森然杀气。

义山写诗时，正值春深。屋外也许是姹紫嫣红春光如许，只是，抵不住的寒意侵过来，钻进李唐大厦破败的残漏间，到处都是凌乱的风声。

一个潦草的人世，一个败落的王朝。既然科考失利报国无门，眼睁睁看着这番光景却又让人揪心不已，那么，只有避世，只有另寻心灵的慰藉，才能找一条温暖的小径，从暮气沉沉中短暂逃离。

第七章
邂逅宋华阳，情陷玉阳山

女冠宋华阳，是义山生命中无法淡去的沉香。

以至于他许多流传千古的无题诗中，都弥散着百转千回的馥郁婉转气息。千百年来，无数人为那些诗句痴迷不已。

与宋华阳的邂逅，是一段刻骨铭心的传奇，这传奇漫漶着神秘的仙山云雾，义山一生的情感便隐匿在这云雾之中，又因不便说出，这段情自此扑朔迷离起来，后人考据再三，仍是众说纷纭，无法定论。

我们所能了解的是，义山早年曾在玉阳山学仙修道，并且，与一名女冠有过一段隐讳刻骨的恋情。

唐文宗开成元年（公元836年），刚刚经历了甘露之变的浩劫，晚唐时局一片风声鹤唳。东都洛阳也不安宁，政治的腐朽黑暗弥漫在空气中，处处都能嗅到紧张无措的气息。以当时的景况，似乎远离繁华闹市，远离洛阳城，才能稍稍安全。于是这一年，在母亲的主张下，义山一家从洛阳迁居济源。

济源位于河南西北，黄河北岸，因济水在此发源而得名。济源以北是巍峨的太行山，西面是高耸的王屋山，南面与东都洛阳比邻相望。古书《列子·汤问》说到“愚公移山”的故事时，开篇便是“太行、王屋二山，方七百里，高万仞”，是一种巍然雄踞、睥睨众生的气势。

在济源，义山开始了生命中一段全新的体验，虽然短暂，却足以影响他的一生，尤其为他日后的诗歌创作留下了难以抹去的烙印。

来到济源后，在朋友的引荐下，义山去往不远处的玉阳山研习道教。玉阳山是王屋山的支脉，位于济源西三十里。峰峦翠秀，奇壑幽涧，一条小溪自山脚潺湲而下，景色旖旎如人间仙境，义山后来自号玉溪生便由此而来。王屋山本是道教十大洞天之首，作为支脉的玉阳山自然也称得上道家仙山，山上两座道观在当时非常著名，一座是昔日唐睿宗为女儿玉真公主所建的灵都观，另一座则是位于玉阳山东侧、与灵都观遥遥相望的清都观。义山学道，便是在清都观中。每日站在道观门前，便可见对面山峰的灵都观里，隐隐约约有道士和游人出入往来。

义山为什么忽然选择学道？不外乎三种原因。一是唐朝道教兴盛使然。在唐朝，学道是个时尚的行业。高祖李渊以老子李耳为唐室始祖，道教兴盛便在情理之中，唐朝也成了崇道扬佛的朝代。玄宗时设崇玄学，置大学士一人，以宰相兼任，领两京玄元宫及道院，道教自此越发鼎盛。一时间，上至天子朝臣，下至失意文人，旁及公主仕女，学仙入道几成风尚。尤其是自请出家为道的公主，自唐高祖至唐昭宗，就有十二位。与义山同时期的便有文安、浔阳、平恩、邵阳、永嘉、永安、义昌、安康等公主。文宗开成三年，后宫曾一次出宫女四百八十人，送两街寺观安置。为求长生不老，唐太宗、穆宗、武宗、宣宗，数朝天子皆崩于服食仙丹和金石中毒，可谓前赴后继，死而后已。

二是科举制度使然。既然如此崇尚道教，朝廷便将道学列入科考范围。唐朝政书《通典》载："自开元二十九年，京师置崇玄馆，诸州道学生徒有差，谓之道举。举送课试，与明经同。"就是说，学好道教，一样可以参加科举考试，并且与明经等同。于是唐朝很多大文人将入道作为陶冶性情，同时也作为出仕扬名的终南捷径。李白和杜甫曾相约在王屋山访道问仙，白居易、元稹、贺知章都曾在道观潜修。这种风气对义山来说是一种启发和吸引，虽然数次科考落第，但并未磨灭他继续应考的雄心，于是希望精修道学，以此打开新的途径。

三是义山自幼的喜好。义山在《东还》诗中说："自有仙才自不知，十年长梦采华芝。秋风动地黄云暮，归去嵩阳寻旧师。""自有仙才"，说明他一直钟情玄学，换句话说，他一直喜欢道家学术的神秘玄美。

当然，除了这三条，还有一个似是而非的理由，那就是，在玉阳山，能时常见到美丽的宫观女冠。

唐朝女冠分为两种，一种是清修的道观真人，一种是贵族女子，特别是以皇室公主为主的后宫佳丽，她们属于宫观女冠。皇家为满足这些慕仙学道的公主们的意愿，曾耗费巨资在长安、洛阳、终南山、王屋山大修寺观，"璇台玉榭，宝象珍龛"，道观设置极其奢华；陪侍公主入道的是数十成百的宫女，她们的存在使皇家道观成为特殊的迷人风景，因此常有文人雅士慕名前往，留下了许多女冠和文人往来的逸事，比如鱼玄机和温庭筠、李季兰和刘长卿，被后世文人一写再写，流传至今。

义山在清都观学道时，灵都观的住持正是唐穆宗李恒的女儿安康公主。随安康公主入道的宫女中，有宋姓姐妹，皆绝色佳人，其中一位后来在华阳观静修，因此义山隐去她的真名，称她为宋华阳。

此后，宋华阳这个名字，嵌入了义山的胸口，成为一颗肉痣，柔软，隐痛。

第一次见面是在哪里？第一次爱意萌动是在何时？没有人知道。历史的漠漠黄沙漫卷过去，深埋在时空里的微笑、眼神、年轻可爱的面容、动人心弦的爱情，现在都成了虚空。

反正，他们见面了，一见钟情相爱了。那热烈缠绵的爱情，捎带着一丝罪恶感，动人心魄。

唐朝虽然开宫观风气，女冠脱离了宫苑禁地行动也更为自由，但无论在何时，皇帝身边的女人总不是民间男子可以随便爱的，况且，道观本是清修之地，越轨之举本就难容，又是在公主眼皮子底下，若做出偷香窃玉之事，后果可以想象。

可是，当爱情扑面来临，没有什么可以阻挡。正如春天来了，园外的花开了，树绿了，篱墙内，一株长春藤越长越高，最后，会翻越篱墙，与高高的树干紧紧缠绕在一起。义山和宋华阳，彼时正似一棵蓬勃的树，爱上了长春藤。

他们极小心地，把这份爱藏了又藏，瞒着俗世的眼睛，瞒着公主和其他女冠，更瞒着高高在上的宫廷。只有在某些夜深人静的时刻，在寺观法事的人潮中，在隐蔽的山石树丛后，他们有短暂的约会，那些时候无疑是美好的，让义山的心为之沉醉，并甘之如饴。

一个美丽年轻的女子，身份高贵，在峭拔宁静的群山绿树和奢华肃穆的道观中，是一块神秘典雅的紫玉，有着非同一般的致命诱惑，得之，幸福不已，却又危机四伏。

在她心底，宫中的岁月何其寂寞，皇宫虽大，却没有体己的温情爱意，及至来到灵都观，身心忽然自由，那个她一眼看过便深留心底的英俊青年，一下子激活了她波澜不起的湖面，让她的心，从此激荡起细小的涟漪，只有和他在一起，才能被温柔地抚平。

互相的致命吸引，燃烧起至死方休的爱情。对义山来说，这份爱竟把他以前经历的那些稚嫩青涩的情感全部掩埋了。年少时在洛阳城中看到的“背面秋千下”的姑娘，是一份爱惜；许他以“博山香待”的柳枝姑娘，是一份未曾珍惜的怅惘，只有宋华阳，他把她看做爱人，一个深入他灵魂和肉体的女人，让他的心，深深地爱，怅怅地痛，还有，时时想流泪的情。

所以，他才为她写下那么多经典绝伦的情诗，诗中隐藏着刻骨的人世爱恋，缠绵悱恻，幽若兰馨，“相见时难别亦难，东风无力百花残。春蚕到死丝方尽，蜡炬成灰泪始干”“春心莫共花争发，一寸相思一寸灰”“直道相思了无益，未妨惆怅是清狂”…… 这些诗句，仿佛化作了多情的灵魂，隔着千年时光，在时空里辗转叹息。

◎笑倚墙边梅树花

昨日

昨日紫姑神去也，今朝青鸟使来赊。
未容言语还分散，少得团圆足怨嗟。
二八月轮蟾影破，十三弦柱雁行斜。
平明钟后更何事，笑倚墙边梅树花。

“笑倚墙边梅树花”这一句，很能挑动我的心思。

老猫钓鱼，是我小时候玩过的一种低幼扑克游戏，一手牌原本所剩无几，没什么，给我一张J，就能赢回所有。义山诗的结尾总有这张J，勾得人千年万年无法忘怀。卒章显其志是白乐天的作文法则，个人觉得这种提法匠气有余，融会不足。太规整也容易钝滞，不如滴墨入水，任它袅娜。

“笑倚墙边梅树花”。彼时义山一定是笑着落墨的。一个男人的心，在揣摩一个女子的神态时，他自己先就有了醉意，似乎心里藏了一座春天的城，暖烘烘地漫浸着他，要命的幸福便再也藏不住地从心底溢了出来。

此刻，他爱着的那个女子，是宫人女冠宋华阳。

“修持尽是女黄冠，自小辞家学住山。”写下这首诗的是宋朝人刘克庄。唐朝女子衣饰繁丽，却绝少戴冠着帽，只学仙女冠帽袍衣，时称女冠。宋徽宗是个颇具文艺气质和创新精神的君主，《宋史·徽宗纪四》载：“改女冠为女道，尼为女德。”从宋徽宗开始，女冠才易名女道士。

开成元年（公元836年），河南济源的玉阳山清都观，多了一位学道青年。二十二岁的李商隐，彼时正庚郎年少，风仪秀伟。

学仙，亦是逃世。他后来回忆这段过往时曾说：“忆昔谢四骑，学仙玉阳东。千株尽若此，路入琼瑶宫。口咏玄云歌，手把金芙蓉。”字里行间透露着满满的道家况味。

玉阳山毗连王屋山，两山间玉溪潺湲，不舍昼夜。一千多年前的险峰幽壑，不像今天这样生态失衡。凝神想来，仍觉得雾霭弥漫，恍若仙境，在此飞升成仙，似也不无可能。

玉阳东有清都观，西有灵都观。两座道观遥相对峙，很传奇地开始了义山的一段刻骨恋情。“女冠夜觅香来处，唯见阶前碎玉明。”唐人王建的诗句，可以作为义山与女冠浪漫相识的千分之一种选择。

义山这首诗，显然是别后意绪，些许满足，些许惆怅。昨日欢会，才刚刚分别，今日又遣来青鸟使者再约佳期。这种爱到刻骨的情意，蜜丝般缠绕，让人不愿挣脱，就这样沉沦也罢。

他把所爱称为紫姑神。他在诗中绝少提她的芳名，只在《赠华阳宋真人兼寄清都刘先生》和《月夜重寄宋华阳姊妹》中，难得地大方了一下，露了端倪。宋华阳，这个灵都观里的女冠，是他心底的一块紫玉，他一直小心藏匿着，一首一首的诗，晦涩秾丽得像精美的灯谜，你去猜度，他兴许在时光深处神秘地笑了，意味深长，笑你幼稚，或赞你高明。

那便猜度好了。以义山的才名和风仪资质，能让他迷恋到难以自拔的女子，也绝非等闲。

“寒玉簪秋水，轻纱卷碧烟。雪胸鸾镜里，琪树凤楼前。”这是温庭筠笔下的女冠，诗境中似乎有轻慢的嫌疑，但以温庭筠与女冠鱼玄机的暧昧情事来衡量，这首诗在花间词人温庭筠的笔下，绝对是赞美之词。李商隐和温庭筠时常诗词唱和，合称“温李”，想必宋华阳的姣美容颜亦不输友人描摹。

后宫佳丽，粉黛颜色。宋华阳，作为宫人出为道籍的女子，可想而知的仪容，可想而知的让义山思念断肠。

爱就爱了。只是，这幽欢太短，分离太长。

“二八月轮蟾影破，十三弦柱雁行斜。”《春秋演孔图》曰：“蟾蜍，月精也。”李商隐研究专家钟来茵用道教典籍和西方符号学剖析说，这两句是幽欢的隐语。也合严羽诗学所论，“羚羊挂角，无迹可寻”。

即便幽欢太短，对暗度陈仓的热恋情侣来说，一夕欢会足可抵消连日相思。夜静时分，星河璀璨。玉阳山，一片月笼清寒。你看石墙四耸，尽掩了重门无缝。你我情浓，怎消得，这龠夜千金时光？

这首《昨日》是义山情到浓时的淋漓，是沉醉辗转的回味。此刻，天色微明，玉阳山峰峦翠秀，晓雾弥漫。无人知，昨日甫一分别，思念这虫儿，又来蚀我心怀。

灵都观里一树梅花开遍，似有暗香远自袭来。你呢？你每分每秒的展眉浅笑，嗔怨神色，都教我这般想念。晨钟响彻山谷，回音散后，这人间寂静山峦悠然醒转。而梅下那个你，是否正凝思含笑，眼若流波，也如我此般，自甘沉迷？

笑倚梅树，翠微照颜。这幅你的画，从心上到眼底，再不离我须臾。

◎碧海青天夜夜心

嫦娥

云母屏风烛影深，长河渐落晓星沉。
嫦娥应悔偷灵药，碧海青天夜夜心。

义山的《嫦娥》，我每读一次，心底便有荒草蔓延，它们拔节寸生，像深不见底的寂寞。

清人刘熙载评义山诗："朦胧晦涩、深情绵邈。"这首诗却浅，一路低吟下去，也一路哀怨下去，明明白白，极少阻滞。

云母屏风，在烛光映照下，灿灿金泽，何等的耀目华贵。只是，烛影深，永夜长，那月宫的甲帐珠络、华榱璧珰，也不过枉锁了一窗寒梦。寂寥若此，即便飞升成仙，又能如何？

在义山眼里，那守着烛影，夜夜与寂寞相伴的，与其说是嫦娥，毋宁说是女冠宋华阳。

想来义山是有些怨的。爱有多深，怨有多切。她是宫女，又是女冠，恋情来得自然是真，却是踩着刀尖跳舞，以他"玉骨瘦来无一把"的儒雅资质，挑战个把彪悍情敌都有些困难，何况是挑战李唐王朝的双重禁戒，这一点都不好玩。

他却踩着刀尖，身不由己地，爱了。

如此刻骨铭心地恋着，没有转圜余地。这一段苦情，非韩寿偷香可比，没有前途，不见光明。于是，爱深，便有怨意。为什么她偏是宫人女冠？那宫门重闱，道观仙籍，身居其间，好比月宫嫦娥，让世间凡人只能举目仰止。只是，知不知道，失去爱与自由，妹妹你守的不是宫殿，是寂寞。

第三句"悔"这个字，我似乎能想见义山痛到用力的表情。是一种发泄的心情，痛苦，也痛快。他也许不止一次在心底叹息、郁闷，无奈只能借嫦娥来说事。"嫦娥应悔偷灵药"。嫦娥当然是悔的，宋华阳，你一定也是悔的，你悔不该生在宫门。

嫦娥是帝尧时大羿的妻子，大羿非后羿，一个生在帝尧，一个生在夏太康，这个常识一直被人误读。大羿统治十日国，与嫦娥生死相守，据说开创了一夫一妻制先河。在《淮南子·览冥训》里，西汉皇族刘安让这个凡间女子飞升成仙，"羿请不死之药于西王母，姮娥窃以奔月。"民间传说又有不同，窃不死药的变成了逢蒙。向逢蒙致谢，他让嫦娥洗脱罪名，名正言顺地入了仙籍，并且，这位绝色仙姝因孤独让世人心有戚戚。

有美一人，清扬婉兮。邂逅相遇，适我愿兮。《诗经》中的句子，拿来映衬义山与宋华阳的初遇，再贴切不过。欢会过后，长夜无边。多年以后，他在《月夜重寄宋华阳姊妹》中说："偷桃窃药事难兼。"算是清醒后的总结。

尽管义山有怨，但是宋华阳没得选择。寥落古行宫，宫花寂寞红。到哪儿都脱不了寂寞。从宫女出为道籍，即便真的列仙，也只不过赚得个沧海桑田红颜不老，此外，是碧海青天，壅天塞地，孤独遍野。

就像个故事里所讲述的，少年与女孩约定，河水涨到一尺，他们要在桥头相见，然后去遥远的异地生活。从此以后，少年站在河边，从清晨等到日暮，又从日暮等到天明，一天又一天，河水涨到脚踝又漫过膝盖，女孩仍不见踪影。少年继续等啊等，他怕甫一离开，女孩来后会找不到自己。狂风骤起，大雨倾盆，河水绕过他的腰际又漫上他的脖颈，一天又一天，河水涨了一寸又一寸，直到快要将他淹没时，神仙路过将他点化为长生不老的半仙人。并告诉他，那个女孩，早已在来的路上不幸殒命。

后来，半仙人活了好久好久，世间已沧海桑田，无人识君，君不识人。世界是热闹的，却与他无关，寂寞啃啮着他的心。他用求仙者的长剑结束自己时说："没有爱和快乐，我活这么长久做什么？"

这个故事与题解无多关联，忽然在此处想起，便难以释怀。不错，也许宋华阳会对义山说，没有爱和自由，我要那么长久的寂寞，做什么？

第八章
爱缠绵，无题胜有题

关于义山和女冠的爱情，史上一直争论不休。很长一段时间，李商隐的无题诗，均被曲解成是向宰相令狐绹陈情，以求仕进。哪怕诗的意境再怎么缠绵多情，也一概打上了政治烙印，实在是有违情理，无聊无趣得很！

最早判断这些诗与女冠有关，大概是清朝人冯浩和程梦星，他们认为义山的很多无题诗透露出他与女冠有恋情；随后，民国才女苏雪林在《玉溪诗谜》中进行了大量考证，认为义山所恋女冠为宫女出身，这一观点已被广泛接受。可是，苏雪林又进行了无限制的猜测和发挥，认为义山不仅与宋华阳相恋，同时又与宋华阳的妹妹恋爱，之后又与善舞的后宫嫔妃飞鸾和轻凤相恋，这些观点则比较离谱了。

之后，陈贻焮、钟来茵、董乃斌、王蒙、宋宁娜等人又从爱情、心理、宫廷等角度逐一进行分析，唯宋宁娜将考证结果坐实，说义山所恋女冠是初唐诗人宋之问的裔孙女、晚唐女学士宋若荀。宋宁娜列举了很多典籍史料，但最具说服力的证据仍然缺乏，细细看过，总觉得乱花迷人眼，但她有一个观点深得我心，那就是所谓宫女和女冠，其实只是同一人。

如果苏雪林猜测的观点成立，那么义山是太过浮浪了。其实，以义山一生郁郁不得志的遭遇，并依据后来他在《上河东公启》中婉拒友人给他介绍乐伎张懿仙时所说“至于南国妖姬，丛台妙妓，虽有涉于篇什，实不接于风流”来考量，义山首先不是浪子，也没有那么多蜂飞蝶舞的艳遇。

总而言之，唯一不变或是共同的是，深埋在义山诗中的那个女子，无论她经历过怎样的人生，在与义山相恋的那一刻，她的的确确是个女冠。

这个女冠，有着非同一般的身份地位，她不能像寻常女子那样，晓镜描眉，汲水南墉，与所爱男子相会，或者慵睡起，倚珠帘，等待郎君的到来。她身负皇家的尊严和道教的清规，如果无所顾忌地奔向一段情爱，无异于飞蛾扑火。

最动人心魄的爱情，有过这么一段，便足够了。只有一个男人的深情倾倒给一生最珍爱的女子，才配得上我们持久的注目与感动。

义山诚如是。

虽然后来有王氏，但不妨碍他曾经有过这段刻骨爱恋。人生最值得纪念的情感只能有那么一场，多了便是滥情。只有那么一场爱情，会改变一个人的身心，会让一个人变得积极或者颓丧。义山那些朦胧玄美的诗句透露，为这段情感，他曾经历了怎样锥心蚀骨的心伤。

这段令人至死难忘的爱情，燃烧过后，即便成灰，也渗进了内心深处，至死不休。

在这些教人心驰神往欲罢不能的诗句里，总躲着一个美丽模糊的背影。同时代的许多诗人，温庭筠也好，杜牧也罢，写诗谈起感情，绝没有义山这样遮遮掩掩，越是生怕泄露天机，越是引起许多无端争议，甚至连多愁善感不喜义山诗的林黛玉，大致也是因为那些情诗中对象的不确定性，才产生对义山轻浮多情的误解。个中情由，谁人解得？

无题诗，成了特殊的代号，也是回首情路往事时，义山小心又小心后，方才道出的秘密。

李商隐研究学者张采田说：“无题诗格，创自玉谿。此体只能施之七律，方可婉转动情。”诗以《无题》冠名，是义山的首创。无题，以我浅陋的分析，要么是拟不出合适的标题，要么就是有意隐藏主题。义山的才气世人皆知，既然不是才力不逮，那一定就是别有隐情。

如此，无题便是比有题更为含蓄隽永了，广漠的无题之下，蕴藏了无限可能。哪一种可能，更接近真实？让你猜不透，这便是义山想要的结果。

义山诗直接标为《无题》的共有十七首，除一首“万里风波一叶舟”外，其余皆是爱情诗。纪晓岚在《四库总目提要》中说：“《无题》之中，又确有寄托者，‘来是空言去绝踪’之类是也。有戏为艳体者，‘近知名阿侯’之类是也。有实属狎邪者，‘昨夜星辰昨夜风’之类是也。有失去本题者，‘万里风波一叶舟’之类是也。有与《无题》相连，误合为一者，‘有人不倦赏’之类是也。其摘收二字为题，如《碧城》《锦瑟》诸篇，亦同此例。”

纪晓岚的分类有一定道理，但他在评析义山诗时，很有些说教的况味，甚至以理学框架来衡量义山诗的情感内涵，不仅放在今天早已过时，即便搁在晚唐义山生活的时日，也偏离了真实的初衷。

真实的情感，任何说教的外衣都蒙蔽不了。它曾那么痛快地燃烧过，你偏要说它只是为了攀附政治而向令狐绹点燃的一朵献媚的烟花，或者你说它伤风败俗有辱教化，都只是不尊重历史和情感的偏见。他们活过，爱过，发生过，这便是真实的存在。

义山写无题诗时，也许思念正浓，回忆正深。一场无法预知的爱情突然出现在眼前时，只有铺天盖地的甜蜜憧憬，而当一切皆已成空，心里应该还有一个痂，时不时地痛一次。

◎归去横塘晓

无题

含情春畹晚，暂见夜阑干。
楼响将登怯，帘烘欲过难。
多羞钗上燕，真愧镜中鸾。
归去横塘晓，华星送宝鞍。

义山的无题诗中，这是难得一见的快意之作。快意到得意，连钗燕和孤鸾，都被他善意嘲讽。他这一生，最不愿为外人道者，唯有情事。与其让隐秘的幸福逼疯自己，不若曲笔凿坑，把此情种下，开一树晦艳的花，绸质底色，暧昧如初颜。

晚唐，也是暧昧的，繁华末世，尽日弦歌。耽溺声色虽无法救赎颓丧的心灵，却如一剂麻药，可以暂忘一些恨，抚平一些伤。晚唐局势，虚负了义山万丈才情。但总算还好，一场爱扑面而来，他这一生便有湿润的气息，内心那亩田，种了些春色，总强过荒芜。

夜幕初合，思念这鹿儿，催赶着他情意缱绻去赴约。古往今来，是否幽会的人们都有此种心境？激动难耐，又得防人撞破艳情。他离鞍下马，理了理青衫，也理了理那颗春风拂荡的心。楼上，有佳人，他恨不得三两步飞奔而去。只是，楼响，帘烘，人语喧闹，帘幔摇红，他在楼下踌躇，彼时场景，义山事后写来，似乎仍心有余悸。唯有隐秘的私情，才会这般七分刺激三分惊心。珠帘不卷，佳人凭楼。如果，他此番幽会的仍是女冠宋华阳，那么显然，如此热闹的欢会之所已非道观。

我没有考证的欲望。义山的隐曲晦涩，千古以来，悬疑不决。也许所有考证都是个错，除非义山复活，还世人一个清楚明白。夫子说过：己所不欲，勿施于人。义山不愿过多表白，你非要给他宽衣见光，何异于强奸民意？许多年以后，仍有人爱他的诗，品悟他的缠绵情致，于他来说，便是体己的慰藉。

读第三联，我总会想到洞房花烛。南北朝诗人何逊一生颠踬不平，北齐人颜之推评论他的诗“饶贫寒气”，多“苦辛”。苦寒至此，也不妨碍他在《看伏郎新婚诗》中温婉唯美一回：

雾夕莲出水，霞朝日照梁。

何如花烛夜，轻扇掩红妆。

世间所有美妙景致，都不敌良辰千金一刻：美人却扇，帐里分杯。

义山的花烛夜给了后来的王氏，他也由此陷入牛李党争，沉沦下僚郁郁终生。没有婚约的情爱，是一杯烈酒，这酒掺了小剂量的毒，明知也许会戕害自己，也要一口一口地饮，等不及也管不了那么长久的余生。

应该说，彼时，他是幸福的。心间似有半枚饴糖在缓缓融化，胸口和四肢，哪儿都有温软的触角在蔓延。因此，他需要对比才能让自己看清，那升起在云之上水之畔的，确确实实是莫大的幸福快乐。

用典，在义山诗中俯拾皆是，钗上燕和镜中鸾，他时常随口吟得。《洞冥记》载：“神女留钗以赠帝，帝以赐赵婕妤。”道家典籍中，汉武帝与神女的情事艳而多端。古人很有意思，似乎皇帝能与神女幽欢，才能令天下人心悦诚服地归顺。然而天子从不缺少女人。武帝得了神女赠予的玉钗，返身便赐予钩弋夫人赵婕妤。多情总被无情恼。越数年，匣中玉钗化白燕升天，似乎这段情爱旧事也随之一笔勾销。

相比而言，镜中鸾则极为惨烈。这个故事来源于西域传说，后来被南朝宋人范泰写进《鸾鸟》诗序，读来倍感哀婉凄切。说的是西域罽宾王于峻祁之山得一鸾鸟，虽饰以金樊、飨以珍馐宠养宫中，鸾鸟却三年不鸣。王妃献计，说坊间有传闻，鸾鸟看见同类才会鸣叫。于是，宫人将一面镜悬于金樊前。鸾鸟看见镜中自己的身影，以为是爱侣来临，果真一声鸣叫扑向了镜面，可怜那一声欢叫却是以生命换得。范泰写下了这个结局：“哀响冲霄，一奋而绝。”不鸣则已，一鸣便是绝唱。

钗上燕，镜中鸾，娓娓听来，都与离情有关。义山在软玉温香耳鬓厮磨的当口，委婉地拿它们作了衬托。好在，义山清醒地觉察，心底似有隐约不安。只是到后来，这似有若无的不安淡成了一缕风，从他的脸上心上拂过便散去，正好做了一场温柔的前戏。

归去横塘晓。我八卦地想，如果不是幽会，估计也用不着归去。倒不失为一种志得意满的境界。他揣着满满的幸福与珍爱与其分别，屋外，晓雾侵衣，星空阑珊，一夕横塘似旧游，又是一个初露滴清桐的拂晓时分。一千多年前的那一刻，义山这个英俊儒雅的男人，他醺然走在这样的时空之下，心下眼底眉端身体，每一处每一方寸，都充满了爱情。

时光的水滴，滑过后，无痕。曾经的含情赴约、帘烘楼响，曾经的归去横塘、华星宝鞍，如今在谁的梦里，依稀辗转？

◎不知迷路为花开

中元作

绛节飘飖空国来，中元朝拜上清回。
羊权虽得金条脱，温峤终虚玉镜台。
曾省惊眠闻雨过，不知迷路为花开。
有娀未抵瀛洲远，青雀如何鸩为媒？

这首诗读起来有些费力。我读着读着就会想，义山何以用典至此？意象的堆叠，道教的隐喻，像一座玲珑迷宫，一扇扇宫门深锁，叫人无从开启，更无从将身进入。

后来知道，那些隐晦的典故，原来是义山情事的封印，也是复原情节的解码。

情到深处人孤独。情到深处，是需要倾诉的。但是，这一切都没有正常出口，他朝思暮想的那个人，是曾为宫人的女冠。情生，已是大逆。他只能倾诉给自己听，用隐语贴上标签，尘封进内心深处，多年后当怀念蜇疼自己，再一一启封，告诉自己曾经沧海，以慰孤独的心。

写诗的这一天，是农历七月十五日，佛道二教的中元节。

道观斋醮，倾城出游，玉阳山灵都观符节摇红。热闹如斯，心也随之激荡不平。义山夹在人群中，和道士们一起朝拜了道家上清教。这一次，他很轻易就见到了宋华阳。他本以为这盼望已久的相会能带来想象中的欢愉，不料却是满怀惆怅。

有些情节，义山不太愿说，却又预留了几个关键词，像几枚图钉把往事的影子张挂在无穷的时空里。

典故在这里派上了用场。义山诗朦胧玄美，唯一不足就是晦涩难解。宋人敖陶孙《诗评》有论："李义山如百宝流苏，千丝铁网，绮密瑰妍，要非适用。"除了"要非适用"四字，其余用来衡量义山诗，倒也妥帖不过。

道家典籍，对在玉阳山学仙的义山来说，信手拈来不是难事。于是，当情感压抑自己，不得说又非说不可时，典故入诗便成了一条倾诉的密道。

容我先梳理一遍，借着典故的隐语还原义山的心绪。

道教《真诰》叙说了羊权与女神萼绿华的人神之恋。羊权，晋简文帝黄门郎羊欣之祖，曾潜心修仙学道。晋穆帝升平三年某日夜，萼绿华夜降羊权家，赠诗一首、并火浣布手巾一条、金玉条脱手镯各一枚。此后一月中，女神六次与羊权相会。

温峤故事典出《世说新语·假谲》。这个幸福的东晋人不仅身体力行地娶了新人，还创造了"温公却扇"这个浪漫的文学典故。温峤的堂姑母嘱托温峤代女儿物色夫婿，"公密有自婚意。”数日后，温峤告诉姑母，已觅得一位与自己条件相仿的佳婿，并以玉镜台为聘礼。新婚之日，新娘轻拨纱扇，惊喜发现新郎正是温峤。

“迷路”源自晋干宝《搜神记》。剡县刘晨、阮肇入天台山采药，途中迷路艳遇二仙女，半年后返归剡县，遽然惊觉沧海桑田，不知已有七世孙。

“望瑶台之偃蹇兮，见有娀之佚女。吾令鸩鸟为媒兮，鸩告余以不好。”此为屈原《离骚》诗句。有娀为古国名。相传有娀氏有二女皆美，一名简狄，一名建疵。屈原遣鸩鸟为媒，被鸩鸟阻挠未果。

这些典故和传说，仿佛曼陀罗花，一朵一朵开在义山的诗间，枝叶交接，掩盖了生长的脉络，云蒸霞蔚处却有隐秘的暗示：义山恋情遭遇滑铁卢。

身为道教中人，义山常把宋华阳喻为神女。如此一来，他自己便成了被神女施爱的情郎。

羊权虽得金条脱，温峤终虚玉镜台。义山似与羊权一般幸运，是否得到金玉条脱不好妄测，得到宋华阳的恋情倒不难揣摩。只是，一个“虽”横在句中，幸福纵有千盏万斛，也兑了苦涩几许。一个是道观真人，一个是学仙圣徒，义山岂止少缺玉镜台回赠佳人，他和她之间，似乎有一条与生命等长的篱墙，怎么绕也绕不过去。温峤却扇，帐里分杯，那样的春梦也只合在深夜偶尔做做，微笑着冥想罢了。

义山诗中的雨，大部分考证沿用宋玉《高唐赋》意象，为幽欢好合的隐语。楚怀王与宋玉游高唐，梦巫山神女自荐枕席与怀王幽欢，神女称：“妾在巫山之阳，高丘之阻。旦为朝云，暮为行雨。朝朝暮暮，阳台之下。”巫山云雨自此成为诗人笔下性事的唯美演绎。

回想，除了不为人知的快乐幸福，义山也有猝然惊觉、悱恻自惭的时刻。那些由着情感泛滥成灾，逾越清规戒律的情爱缠绵，他是否有过哪怕一秒钟的自省，为寻芳觅爱误入桃源禁地的那些迷失和短暂纵情？

心有千千结啊。无法放下的情，难以继续的爱。心上人，她近在咫尺，抬头是她眉眼，低头，她又来心间。“常恨言语浅，不如人意深。今朝两相见，脉脉动人心。”他放不下的，这首乐府诗似已全部说尽。同一座玉阳山，所爱在西侧，未若瀛洲远，孽情却是遥迢无望。身陷道教宫门，等不到传信青鸟的祝福，亦等不到半句相守的承诺。

“世间安得双全法，不负如来不负卿。”义山彼时不知，八百多年后，年轻的六世达赖喇嘛仓央嘉措，居然也有同样的纠结。他问佛：世间为何有那么多遗憾？佛曰：这是一个婆娑世界。

时空里有一双看不见的手，在翻转前世今生。一条晦暗不明的花径，芳香远自袭来，明知有荆棘丛生，还是纵身而下。义山坦陈：不知迷路为花开。迷到忘我，痛到怅然若失，醉到浑然不觉。这一切，义山也许是自甘陷落。

问号作了这首诗的收官之笔。义山在问谁？问自己，也问苍天。这一段苦恋不过是广漠时空里的一抹爱情灰，不消轻轻揩抹，它就淡成了苍白。哪怕曾纠结如荒草，蔓延过一生的时光；哪怕心伤浸入骨骼，到头来也只化作腕底流云，惹一声凄凉叹息，便罢了。

红尘纷扰，扯一把断肠草给苦情取暖，抵不过越怀念越苍凉。

第九章
情深处，相思亦成灰

这段情，义山小心地藏着，几乎成了千年谜题。

可是，总有些蛛丝马迹依然飘在流光的风里，等着人们去识别。

俱往矣，多年以后，当这段情尘埃落定，义山还是用道家隐语说出了这一切，只是说得同样扑朔迷离罢了，非熟读道家经典而不能解。《戊辰会静中出贻同志二十韵》这首诗，如今被看做是义山玉阳山之恋始末的重要作品之一，也被看做是义山与女冠恋情最重要的例证。

他在自己的诗里，留下了活扣，终于让后人解开了这个谜。

义山三十六岁那一年，他从湖南返乡途经玉阳山，恰逢相识的道士正在做静功，于是写下《戊辰会静中出贻同志二十韵》，欲与道士共勉：

“　　我本玄元胄，禀华由上津。中迷鬼道乐，沉为下土民。托质属太阴，炼形复为人。誓将覆宫泽，安此真与神。龟山有慰荐，南真为弥纶　　”

这些句子，几乎每一句都涉及道家典故。翻译过来大致意思是：我原本是高宗玄元皇帝的后代，才华资质皆属上乘。后来因贪恋男女情爱，惹出风波后被遣返民间成为凡人。于是我静心修为，誓将真神稳安宫泽。幸好宽容的贵主像龟山金母和南真仙人一样，在我们的恋情败露后她出面平息了风波……

“鬼道”，曾专指一种房中邪术。据《三国志·魏志·张鲁传》载，“鲁据汉中，以鬼道教民，自号师君”。义山此处的“鬼道乐”，指的是享受甜美的爱情。

当爱情来临，在两个正值妙龄的年轻人心底，一切清规戒律皆已不复存在，眼中只有彼此，只有抵挡不住的爱意。

想起《宝莲灯》里的三圣母，只因嫁给人间书生刘彦昌，便被二郎神抓去压在华山的莲花峰下，经受人世轮回的煎熬。宋华阳虽只是凡间女子，身不由己的程度却与三圣母无异。宋华阳身为宫女，帝王身边的女人；身为女冠，道家圣地的弟子，却与一个民间男子有了私情，尽管唐朝是个开放的国度，也容不下一个女人对皇权和教权的双重背叛！

一场风波，瞬息在玉阳山演化成一桩事件，眼看祸端在所难免，紧急关头，玉阳山最尊贵的主人安康公主出面，以怀柔政策平息了风波。最后的结局是，宋华阳被遣送回宫，不久又在永崇里华阳观出家，义山也被逐出道观，并令他们永世不得往来。

有李商隐研究专家从义山诗中，曾意会出宋华阳有孕并悄悄打下胎儿的情节。这样的事情虽然有可能发生，但绝大部分属于想象的成分，这里还是不加采信好了。

在《玉溪诗谜》中，苏雪林将庄恪太子暴薨后，唐文帝杀宫人事件称为“清宫案”，并说飞鸾、轻凤也卷入其中，先后投井而亡，义山悲恸不已，写下很多与“井”有关的诗句。这样的说法同样无法被人采信。

大和六年，唐文宗立李永为皇太子，不久，李永生母王德妃失宠，杨贤妃新获宠幸，于是时常诋毁太子，劝文宗另立。文宗此时也动了废立之心，虽在群臣的拼死劝谏下未作决断，但太子李永郁郁寡欢，终于在839年暴薨。

第二年，文宗立陈王成美为太子，在宫殿中置酒设宴，宴会中有一名小孩表演爬杆术，他的父亲围着桅杆急走若狂，生怕孩子出事。文宗深受感动，顾望左右说：“朕有天下，返不能全一儿乎！”悲痛泣下。随后，文宗将曾经诋毁过太子李永的刘楚才等坊工付京兆榜杀之、宫人张十十等杀于永巷。追封李永为庄恪太子。

这一桩宫廷公案，苏雪林说文宗杀宫人另有其因，说是因文宗对宫人与坊人恋爱已有耳闻并非常痛恨，是借此一并警示罢了。按时间推断，义山与宋华阳之恋在此之前，不至于像苏雪林说的那样毙命永巷，但义山与宋华阳恋情的暴露，像一把昭然炽烈的火，势必会遭到全力扑灭和严厉惩罚。

就这样，一段恋情以悲剧收梢。不仅没有了挽回的可能，也没有了再见的期望。炽热的火焰虽被凛冽的风雪扑灭，心里还是有热烈的烟火缭绕不息。

事隔多年，义山数次途经道观时，无不勾起满腔怀念，深情写下《圣女祠》两首和《重过圣女祠》，纪念那段难忘的时光。他以“圣女”指代宋华阳，用道教故事影射他们曾经的过往。

第一首《圣女祠》，是沉迷昨日热恋时的欢欣。其中一句为“寄问钗头双白燕，每朝珠馆几时归”，是指某一次宋华阳跟随公主回皇宫时，义山的切切思念。那时，一切都还这般美好，思念也如此甜蜜。

第二首《圣女祠》，义山的惆怅已沉作碧血浓情：

杳蔼逢仙迹，苍茫滞客途。
何年归碧落，此路向皇都。
消息期青雀，逢迎异紫姑。
肠回楚国梦，心断汉宫巫。
从骑裁寒竹，行车荫白榆。
星娥一去后，月姊更来无。
寡鹄迷苍壑，羁凰怨翠梧。
唯应碧桃下，方朔是狂夫。

“何年归碧落，此路向皇都”“肠回楚国梦，心断汉宫巫”。眼前是空空的道观，曾经眉眼如画的女子今日她身在何方？此路通向皇城，她被遣返后哪一年才能重回仙宫？午夜梦回，心里念里，还是那个人，还是那张熟悉的面容，直教人生死萦怀！

思念越深就越心痛。结句以《汉武帝内传》中东方朔偷桃典故寓意情爱之深。西王母与汉武帝每逢七月七日夜半相会，对坐分食仙桃修炼秘术，东方朔却窃得仙桃从宫殿朱鸟牖中偷看西王母。此后这个典故被引为情爱隐语。义山用此典，因情深而不见轻佻，只读得到满纸的悲痛。

《重过圣女祠》里，义山写道：“白石岩扉碧藓滋，上清沦谪得归迟。一春梦雨常飘瓦，尽日灵风不满旗。”沦谪，再一次道出了被惩罚遣返的秘密。虽在人间，却恍如天地之隔。这一份思念的情感，要怎样才能传递于她？义山相思的情诗，每一首都让人愁肠百结，教人惆怅无法纾解。

气尽前溪舞，心酸子夜歌。
峡云寻不得，沟水欲如何。
朔雁传书绝，湘篁染泪多。
无由见颜色，还自托微波。

——李商隐《离思》

相思树上合欢枝，紫凤青鸾共羽仪。
肠断秦台吹管客，日西春尽到来迟。

——李商隐《相思》

这一场苦恋，最终化作怅然的一缕烟霞，隐入玉阳山的层峦叠嶂之间，有几分绚烂，又有几分怆然。义山无数次的追忆只能麻痹一下思念的苦，慰藉那曾经沧海的一瞬，炽热燃尽后，只剩下纷纷扬扬，相思成灰。

◎相见时难别亦难

无题

相见时难别亦难，东风无力百花残。
春蚕到死丝方尽，蜡炬成灰泪始干。
晓镜但愁云鬓改，夜吟应觉月光寒。
蓬山此去无多路，青鸟殷勤为探看。

这首义山的诗太著名，在落笔解析之前，我有一种惶恐的情怯。一直以来，只想小心地把它安放在深心里，不敢去碰触，生怕轻轻一惹，一颗心会扯得疼痛。

一千多年啊，这痛像无法治愈的顽疾，从晚唐潜游过来，带着义山凄婉沉郁的离殇，在无数人心底纠结。

“相见时难别亦难，东风无力百花残。春蚕到死丝方尽，蜡炬成灰泪始干。”这几句诗，我在心间默念了无数遍，心底的隐痛，不知怎样去形容。

一把荒草，长满了心田。

李义山，这个瘦比沈约的男人，他的一生飘摇颠踬，初入牛党要员令狐楚幕府，令狐亲自传授骈体文写作，对自己有知遇之恩；其后又做了李党成员王茂元的女婿，以至令狐楚的儿子、宰相令狐绹“恶其忘家恩，放利偷合”（《唐才子传》），义山的大半生便在牛李党争的夹缝中压成了一片苍白的薄纸。

如若仕途坦荡，“大鹏一日同风起，扶摇直上九万里”，义山的面容应是没有太多悬念的明朗，在历史泛黄的书页间正襟危坐，没有隐秘，没有百转千回的故事，大概也没有让人叹惋不尽的情伤。这是另外一种人生，一条截然不同的路，会筛选一些未知的风景。没有了别离，想必，也就没有了这首《相见时难别亦难》。

宋华阳，一个美好到令义山魂梦难离的女子，却是宫人女冠。道教皇权是一把双刃剑，时时悬在义山眼前，让他痛楚万分。与她短暂的欢好，小心翼翼如履薄冰、冒着与世俗龃龉甚至有可能失去生命的危险。终究纸包不住火是铁定的事实，何况这火燃烧得那么炽烈。

这段刻骨恋情没能隐藏太久，在出家人清修的道观，让人沉醉的热恋迟早会曝光在清规戒律面前。那一刻应如惊雷，道观宫门，一场飓风在所难免。宋华阳被迫离开灵都观下山回宫，义山虽侥幸躲过责罚，被贬离道观也是在所难免。这段经历不全是后人推测，义山后来在《赠华阳宋真人兼寄清都刘先生》中，用“沦谪千年别帝宸”来回忆这段过往，是一种望断天涯路的蓦然回首。

分离，就这样硬生生地逼来。自此后离鸾别凤，相期无望。暮春，应是一地残红憔悴损，落红委地、生离死别是一场肝肠寸断的谢幕。相见时难别亦难。苦情若此，总脱不开一个难字。玉阳山东西峰上，清都观和灵都观虽两两相望，在义山心里却是咫尺天涯，一条看不见的锁链横在中间，阻隔了超越樊篱恣意疯长的恋情。

南唐后主李煜应是读过了此诗的，义山的别离意他翻作了《浪淘沙》中故国难回的哀怆之情，“独自莫凭栏，无限江山，别时容易见时难。流水落花春去也，天上人间。”其实，哪一种情深的别离都不容易，何况至爱与家国？别离是难舍，相见更是无望。李煜只是在衬托那万劫不复的不能相见的日子罢了。

相见时难别亦难，是彻头彻尾的凄婉，是华美锦缎传来的一声裂帛，惆怅得让人心痛。

彼时，李义山和宋华阳有青藤一样的年纪，春花一样的容颜，青葱岁月里绽放的爱情最是情真意切，动人心魄。在彼此眼中心底，两人于茫茫人海相见，是千年万年修来的机缘，有你在，便是世界在天地在，除此之外，再无索求。

这是一份虔诚的心意，纯粹到千年以后也直教人生死相许。

用“丝”喻“思”是古人的惯常手法，“春蚕不应老，昼夜常怀丝。何惜微躯尽，缠绵自有时”是《乐府诗集·西曲歌》里的诗句，题目叫《作蚕丝》。想必思念已如膏体浸入骨髓，就着心灯缓慢地煎熬着自己，身心里，是扯也扯不断的思念，一如春蚕吐丝，不绝如缕。

很多年前的某一天，我把自己关在西厢的小房间里，一遍一遍听徐小凤用沧桑磁性的嗓音唱《别亦难》，那时应是春天四五月的光景，窗前的葡萄和美人蕉正绿肥红瘦，我静静地趴在书桌上。人常说少年不识愁滋味，还不到伤春的年纪，但深情低婉的意境却让年少的我心有戚戚，从此对义山诗有了别样的幽怀。

“晓镜但愁云鬓改，夜吟应觉月光寒。”这一联应是义山揣测对方离别后的孤寂吧。婆娑泪眼中，他分明看到宋华阳青灯独对的寂寞身影。朱颜辞镜花辞树，长夜漫漫，冷月凄寒，没有自己陪伴，她是一朵开在黑夜谷底的宫花，寂寞一寸一寸把她席卷淹没。念及此，怎一个惜字了得！怎一个痛字了得！

但是，他仍然预设了一线微暖色的希望。男人大抵应如是，哪怕末日临近，面对挚爱的女人，也应有一丝从容，让对方看到哪怕一毫米的阳光，做一刹那的美梦也好。于是义山会说，此一别虽迢递缥缈，但会有青鸟捎去我的刻骨思念，总强过于此情无从寄。

寄也无从寄啊，这才是藏在心底不敢对你说的语言。此刻的清醒，痛如揭痂。就这样挥泪作别，此生漫漫，可有那么一天，重逢在天之涯？

……

大幕重启，已是千年后的舞台。聚光灯下，着青衫的书生在舞台上深情念白："相见时难别亦难，东风无力百花残。春蚕到死丝方尽，蜡炬成灰泪始干。"义山，那顿挫沉郁的声音，是你的悠然长叹吗？

刹那，繁花尽落，春秋轮转。有情人，还需要多么广漠的时空多少世纪的轮回，才能忘却你的容颜？

◎来是空言去绝踪

无题

来是空言去绝踪，月斜楼上五更钟。
梦为远别啼难唤，书被催成墨未浓。
蜡照半笼金翡翠，麝熏微度绣芙蓉。
刘郎已恨蓬山远，更隔蓬山一万重。

别离，在义山心底凿了一口深井，他把自己囚进无边的黑夜，听内心空空的回音，空得让心疼痛。

读这首诗，想到阿桑沙哑的歌唱，"天黑了，孤独又慢慢割着。有人的心又开始疼了，爱很远了很久没再见了，就这样竟然也能活着"。阿桑还是走了，只剩寂寞犹自独唱，能听到苍凉片片剥落。记住了词作者施人诚，这个男人的七窍玲珑心想必加了毒，"孤独又慢慢割着"，一个"割"字，便让人绝倒。

思念也是毒吧，一夜一夜，游进义山的残梦，在无边无际的黑夜里潜滋暗长。

思念至深，日思夜想里便都是那个人。这首记梦诗，落笔处似有义山的叹息，惹得人心惊。眼前闪过电影，发黄的胶片如梦游人凄凉的心境。远别，呼唤，催书，哭泣，惊醒时孤独遍野……

"相离徒有相逢梦，门外马蹄尘已动"是北宋人张先的诗句。相逢梦，或是一种苍凉的体恤吧，像一朵绝美的花，开在寂寞长夜的谷底，不小心惊惹，它便消失无踪。

义山亦如是。一夜夜遽然惊醒，追忆梦中人的容颜，却已淡作烟花开过。有梦，总聊胜于无，聊胜于壅天塞地都是思念的针，把自己扎得创痛难忍。

思君如明烛，煎心且衔泪。不知魂已断，空有梦相随。在梦中，你明明就在我的眼前，为什么一睁眼，只有月影西斜，五更钟响，恍惚中遍寻你的倩影，此际你到底去了哪里？

与宋华阳的别离，一定是太过凄怨难舍，才让义山在梦中一次次重演，如此刻骨铭心。那一刻，已钻入骨骼，郁积成生命中无法治愈的伤。

梦中的又一次分离，似那日的翻版。“梦为远别啼难唤”，这个“啼”字，有泪湿枕畔的真切情意。义山梦中的哭让人遍生寒意，那是怎样一种哀绝的悲恸！看着所爱之人转身离去的背影，恐惧和心慌，让他几度欲狂，他失控地想大声呼喊她的名字，怎奈无语凝噎，只有悲痛烈火煎心。

那一瞬间匆忙得如昙花一现，竟来不及磨一砚浓墨，写一封关切的书信，以慰别后长久的相思寂寥。“墨未浓”，想必是淡如浅水，洇开，成梦的底色，倏忽间，苍白一片。

花间词人韦庄有一首《女冠子》，也道相逢梦：

昨夜夜半，枕上分明梦见。语多时，依旧桃花面，频低柳叶眉。

半羞还半喜，欲去又依依。觉来知是梦，不胜悲。

韦庄这首词与另一首《女冠子》构成联章词，应是韦庄与所爱之人分离一年后的追忆，蚀骨思念，恍然入梦来。义山梦和韦庄梦，梦境相似，我相信皆是作者亲历后的记录，真切到能看见眉眼，能嗅到神态中的秋意，能读出起伏间的呼吸。

韦庄的相逢梦有娇色，一心一意的点染，是低了声的柔情似水；觉来不胜悲——是穿林雨打在花丛上，惊飞了翩跹蝴蝶。词中意境楸然惆怅。

但是，更喜欢义山的不动声色。看似素描，却是蜡炬成灰泪始干的生死情意，连筋带骨，情到深处，痛得真实。他把场景和情境如实勾画，端端地放置在你眼前，你读一遍再读一遍，未曾落笔着色的意绪便纷涌而出，在你的心间堆叠，惊起寒蛰不住鸣。

梦醒，枕畔有泪痕残留，梦中人依然远隔天涯，这一刻，凄凉自是席卷全身。

夜像一眼寂寞的深井。眼前，绣了翡翠的灯罩下烛光暗红，满屋麝香已悄然散入芙蓉帐中，本是良夜春宵，却空自罗香绮艳，这一份留待人归的念想和绝望的痴情，苍凉到让人心悸。

最后一联是义山流传至今的又一名句。用刘晨入天台山采药遇仙女典，反衬与宋华阳的渠会永无缘。刘郎、蓬山，在义山诗中反复出现，一是义山有学仙经历，喜用道家典故；二则与宋华阳道籍身份有关，稍作分析就会发现，义山的玉阳山之恋诗，都有道家典籍布阵其间，借以隐指情事。

刘晨、阮肇在天台山居半年后，征得仙女同意下山返乡，方知人间白云苍狗，身后已有七世子孙。“至晋太元八年，忽复去，不知何所。”算是《搜神记》对这段遇仙故事的收官之笔。是说刘晨、阮肇再上天台山，想原路返回仙女居所，却再也无法找到那条仙山路径。

无法回转，无法重聚，咫尺之遥也若天涯。“刘郎已恨蓬山远，更隔蓬山一万重”。这两句转笔，蓦地一声长叹。梦中惊回，方知已无路抵达仙山，千山万水，也难以量尽这森严的距离。此后很长一段时间，义山都难以放下这无情的现实给自己造成的割裂感，痛彻心扉的思念萦绕在他许多无题诗中，像浩荡的江水不可阻遏。千百年后，那些苍茫的水汽，仍然能打湿人心。

据冯浩、程梦星、苏雪林、陈怡焮、钟来茵等几代李商隐研究专家的考证，除了妻子王氏，短暂停留在义山生命中不同阶段的女子有女冠、乐伎、宫人、芳邻，在义山笔下，她们都留下过翩若惊鸿的背影。但是，那些繁花丽影的瞬间暖照，远远抵不过玉阳恋诗的半点深挚浓情，玉阳山留下了他最深的情和最痛的爱，他在那里爱过，醉过，伤过，哭过，千种情意浸入心间，熬炼成深厚的情茧，隐隐地，在日后漫长的时光里，生疼。

“忆君心似西江水，日夜东流无歇时”。世间多少离别，都似这般西风凄紧人苍凉。又有多少午夜惊梦，与你猝然远别在沧海两岸。西窗凉月满，思念断人肠。

◎一寸相思一寸灰

无题

飒飒东风细雨来，芙蓉塘外有轻雷。
金蟾啮锁烧香入，玉虎牵丝汲井回。
贾氏窥帘韩掾少，宓妃留枕魏王才。
春心莫共花争发，一寸相思一寸灰。

解读义山诗，是一件不讨好的事情。元好问早有感慨：“诗家总爱西昆好，独恨无人作郑笺”。至北宋初年，杨亿、钱惟演作诗仿效义山诗的铺陈用典，并将彼此唱和编为《西昆酬唱集》，诗坛西昆体由此滥觞。西汉鲁国人毛亨和赵国人毛苌辑注古文《诗经》，后来汉人郑玄作《毛诗笺》，对毛诗进行笺注，从此毛诗日盛，《诗经》的唯美清新才绵延至今，传唱不竭。

元好问的意思是，义山诗美则美矣，只可惜隐僻晦涩，无人能像郑玄作《毛诗笺》那样对义山诗进行笺注解析，实为憾事一桩。

其实，义山诗的隐僻难解，尤其以《无题》为诗名，是义山有意为之。他不是没有直白简洁之作——明白晓畅，对义山来说只是一种情绪色，当无须曲意雪藏那一段私情，这种色彩会通透明彻，如涧水琮琤直下：

世间荣落重逡巡，我独丘园坐四春。

纵使有花兼有月，可堪无酒又无人！

——李商隐《春日寄怀》

君问归期未有期，巴山夜雨涨秋池。
何当共剪西窗烛，却话巴山夜雨时。

——李商隐《夜雨寄北》

向晚意不适，驱车登古原。
夕阳无限好，只是近黄昏。

——李商隐《乐游原》

同样是义山诗，却端的是不一样的情绪。这几句能嗅到一气呵成的气脉，能看到倚墙晒太阳的松弛，晒，是把所想和盘托出，是不需要用面具把心机巧藏。

随意坦陈和刻意隐晦，义山分得很清。因此，所谓的晦涩难解、千丝铁网，正好是义山心之所愿。看不真切，却又玄美神秘，这火候这分寸，拿捏得如此妥帖狡黠，想必义山要在千年的那一端拈须微笑了。试问，是否你也有隐私不想被人识得？那么，义山也是，只是他有卓绝沉博的才情，当回忆不堪承载，那些倾诉的激情便挥洒在纸端，巧妙地由一条隐曲的幽径奔突出去。

义山的狡黠在于，一首诗，你可以有多解，却总有不得要领的迷惑。这首飒飒东风，有人解作义山模拟女子的心情，以添香汲水的孤单生活和两出情爱典故来反衬寂寞相思苦。更有人用赋高唐手法中的幽欢隐语来解析，说前六句是义山在追忆昔年与宋华阳的鱼水欢情。

如此，义山诗在扑朔迷离之外又多了几分性感的暧昧情色。

“飒飒东风细雨来，芙蓉塘外有轻雷。”说实话，这样美好的句子，被赋予高唐隐语的云雨情事，我有几分不乐意。我更愿意这样想：一千多年前，一身青袍幞头，眉目清朗、姿容俊秀的义山立于南窗下，屋外斜风细雨，连绵不绝，展目所及，远处的芙蓉塘一片碧青莲叶，几阵隐隐轻雷，从芙蓉塘外的雨帘处滚滚而来，一直来到了心间。义山心底那根叫回忆的弦，便颤了几颤。

晋人傅玄《杂言诗》云：

雷隐隐，感妾心，倾耳清听非车音。

短则短矣，情节意境却深远繁富。轻雷阵阵，女子以为是心上人远来的隆隆车声，倾耳细听才知不是。十三个字，一个女子的痴情、望眼欲穿的思念、未曾出现的郎君、与郎君未了的故事，便都悠然在目。

这一层语境也可看做是义山刻意的铺垫。就着这样的轻雷微雨，往事醺然于眼前。“金蟾啮锁烧香入，玉虎牵丝汲井回”。义山用了两个隐比。熏香炉的金蟾口盖严丝合缝，却无碍香料的渗入；玉虎井栏再深不可测，也能拉动井绳汲出井水。言外之意是，再严密的封锁，也不敌爱恋情深，如烟入户，蚀人心魄。

玉阳山之恋，是义山一生中最美丽的邂逅和最深情的给予。经历过甘露之变的黑云压顶，皇城长安风雨飘摇，祸福只在旦夕之间。在这样动荡不宁血腥苍黄的布景下，一处遗世独立的人间仙境，一个清丽逼人的绝色女子，在义山眼前忽然出现时，天地都忽然安静了下来。这一刻，义山沉醉得心魂抽离。

搁现在，义山也是个标准花样美男。要不，他也不会拉来潘岳、庾信、司马相如等一干才俊与自己类比，女冠宋华阳也犯不着去飞蛾扑火。唯有如此，贾氏窥帘，宓妃留枕才两相妥帖。

两个典故，安插在这里，是展示恋情的华美质地，也是对情事的坦陈，把那段私情从心底倾入纸笺，对号入座了，便可以安心转身。当然，转身后，是无尽的思念。

贾氏窥帘的故事出自《世说新语》。晋人韩寿美姿仪，是女孩们心中的白马王子。被贾充辟为掾（僚属）后，某一日，贾家小姐掀开绣帘，无意窥见年少英俊的韩寿，四目相对，彼此不禁心旌摇荡，爱情，瞬息繁茂葱郁，两人遂暗自好合。后来，贾家小姐将皇帝御赐父亲的西域异香赠韩寿。这么名贵的厚礼，忽然不见，贾充当然要仔细寻查，于是两个人的恋情曝光在贾充面前。贾充本来就对这个美少年赞赏有加，此时也乐得顺水推舟，韩寿名正言顺成为了贾充的佳婿。

义山拿韩寿自比，突出的是那个“少”字。英姿年少，从来都是鸳鸯蝴蝶派才子的代名词。《牡丹亭》中，柳梦梅“年可弱冠，丰姿俊妍”，于园中折得柳丝一枝，含笑相问：“姐姐，你既淹通书史，可作诗以赏此柳枝乎？”软语呢喃，杜丽娘先已是醉了三分。待柳梦梅再度笑言情挑：“小姐，咱爱杀你哩！则为你如花美眷，似水流年……”这饱含春意的炽烈告白，从一个翩翩美少年口中徐徐而出，温柔性感得能杀人，轻易地，就击中了杜丽娘情窦初开的芳心。

隔着一千多年，想象义山和宋华阳恋情的过程，与贾氏窥帘的故事，想必也有相似的一瞬。

宓妃留枕的情节，出自曹植《洛神赋》。宓妃，传说是伏羲氏之女，溺死洛水后被封为洛神。民间传闻曹丕妻甄氏与曹植曾有一段真挚情感，曹丕登基称帝后甄氏失宠惨死，曹植到洛阳觐见皇兄，曹丕将甄氏的玉镂金带枕赠送曹植。曹植在返回的舟中梦见洛神凌波而来，与植一夕相会。曹植以为是甄氏幻为洛神来与他缠绵，于是依梦写成《感甄赋》，后来甄氏的儿子、明帝曹叡为避母讳，改《感甄赋》为《洛神赋》。

我不大相信这段叔嫂恋，以曹丕的度量，这样的事断不可能发生。后人偏将宓妃附会成甄氏，大抵是将曹植封地之“鄄”与甄氏之“甄”相混淆罢了。

贾氏窥帘，宓妃留枕，都与情爱有关，也都与幽欢好合有关。义山的用意，不过是印证曾经有过的缠绵。

一个是丰姿俊妍，一个是如花美眷，这段才子佳人的恋情，曾美好得让人感到动魄惊心。而如今，所有的铺垫，都只换得，一寸相思一寸灰。

爱情，初时是暖春，是光明，是烛火，燃尽后，只剩一抹爱情灰。苍凉地回首来处，一地烟花碎屑，寒凉，寂寞。

义山，这个曾经沧海的男人，又怎能，春心共与春花发？那个让他心疼的人走了，那颗春心，怕是也已死去多年，或正在死去的路上踽踽独行。

一千多年来，这一句写相思的诗被痴情人引用了无数次。寸和灰，皆妙笔天成。相思无度寸有度，相思无形灰有形。爱情如烟花开过，只有彻骨思念陪伴着回忆，在漫漫长夜里声声低唤着，那永世的爱人。

第十章
题名金榜，恩公病逝

开成二年（公元837年）初春，京城长安仍是漠漠轻寒，这寒意却丝毫没有影响士子们参加一年一度科考的热情，大街小巷穿梭着从全国各地赶来的学子，崇仁坊和亲仁坊的客馆，因距离考场不远，里里外外均已住满来京投考的生员。

此时的长安城，是喧腾躁动的，街谈巷议总离不开今年即将落定的蟾宫折桂。

义山来长安已有些时日。京城的氛围已然是一座大考场，他日日感受着这种紧张的气息，却没有惶然，也没有憧憬。

与宋华阳的一场恋情，仿佛抽离了他的心魂。恋情暴露后，虽然得到宽大处理，却是以宋华阳被遣返回宫、他被逐出道观，并永不得彼此私会为代价。

人生的第一场真正的爱情，就这样结束了。他像一只贪心的蜂儿，正痴情地吮吸着甘露芳泽，冷不丁被一阵急雨打落，晕头转向地爬起来，却发现这一片天地只剩下他独自一人，踽踽地走着，迷失了方向。

走下玉阳山，回首身后那一片青峰幽壑，想起那些日子的分分秒秒，竟似一场梦，梦里的那个人却分明清晰如昨，她的眉眼，她明净美丽的面容，在他心底如潭心的圆月，久久地，微微地，映照着他的深情，让他心疼到痉挛。

他拾起凋零冷寂的心，漫无目的地来到了长安。“恐逢故里莺花笑，且向长安度一春。”这是常建《落第长安》中的句子，怕回故里，常建是因为落第，义山是因为失恋，一样的意绪，都将京城作为躲避的港口。况且，他人生中的很多时刻都与长安有关，科考应试，还有，谒见久违的令狐大人。

此时，令狐楚却已离开了京城。

甘露事变后，气焰嚣张的仇士良把持朝政，同时从民间广选美女敬献给皇上，在他的软硬兼施下，文宗渐渐消磨了最初剪除宦官的决心。仇士良开始对朝中官员进行清洗和调任，削减文宗的势力。

开成元年（公元836年）四月，吏部尚书令狐楚被贬为兴元尹，充山南西道节度使，治所在今天的陕西汉中。从皇城长安到蛮荒汉中，这种落差有如天壤之别。好在令狐楚漂泊官场几十年，能坦然做到以不变应万变，虽然年事已高，仍然心平气和地持节外调，没有半句怨言。

只是，令狐楚此时多需要亲近的帮手啊，自己的几个儿子皆有要务在身，随自己赴任没有可能，那么，义山是最适合的人选。

接到令狐楚邀请他加入兴元幕府的消息，义山尚在玉阳山学道。那时，他的心里眼里都只有宋华阳，缠绵炽热的爱情已使他看轻了除此之外的一切欲念。就这样，他没有向令狐楚作出积极的回应，只是说，他要备考来年的春试。

现在，他真的要去应考了，而不只是当初的敷衍。偌大的长安城，除了令狐府，他再没有温暖的栖身之地。怀着一丝歉疚，他来到了长安晋昌里令狐绹的府宅。

八郎令狐绹仍然热情地接待了义山。令狐绹此时在朝廷机构门下省任左补阙，专门对皇帝进行讽谏和举荐人才。昔年义山在令狐幕府的日子，令狐绹历历在目。那时，他们相与唱和，义山所作的诗中，有十几首是标明与令狐绹往来唱和的诗作，早期更有以令狐绹的字“子直”入题的诗，比如《子直晋昌李花》《赠子直花下》，写令狐绹“并马更吟去，寻思有底忙？”他嘲笑令狐绹清闲自在，却装模作样忙碌公差的小官僚形象。是打趣戏谑的语气，说明了当时两人无所顾忌快乐融洽的友情。

那时，他们是亲密无间的。义山离开了几年，令狐绹也在官场磨炼了几年，有些感觉在悄悄发生着变化。他在大和四年便中了进士，之后又因父亲的影响，沿着官场的阶梯一帆风顺地循序渐进。他已熟悉了官场的秩序，而义山却仍然是个布衣庶子，一直徘徊在科举的大门外。他们已不是当年的子直和义山，在如今的令狐补阙眼中，义山虽才情有余，但他身上的浪漫纯情，现在竟成了一种散漫的瑕疵。

但是，令狐楚依然寄厚望于他。在年迈的令狐楚最需要帮助的时候，他却说要备考。诚然，令狐绹理解义山这种迫切的心情。父亲在信中说，以前没有为义山的科考进行引荐，以致几次考试都未曾及第，想起来有些负疚，那么这一次，一定要为义山帮帮忙，了却自己的一块心病。

纵然心底不太情愿，令狐绹还是答应了父亲。

这一年春试的主考官，是礼部侍郎兼知贡举高锴。自大和九年知礼部贡举，高锴已掌贡部三年，这三年中，每年登第者为四十人，后来文宗觉得，每年四十进士数目过多，改每年限三十人。虽然皇帝亲自过问，但对应试士子们的命运，高锴仍然掌握着绝对权，也确实为朝廷擢选了很多才华出众的人才。

高锴和令狐绹，同在朝廷为官，一个在礼部，一个在门下省，朝堂内外时常相见，虽不至于是知己，却也算是熟悉的同事。

这一天早朝毕，在紫宸殿门外，令狐绹见到高锴后，便上前与他寒暄，随便就聊到了今年春试的准备上。在高锴眼中，令狐绹是一轮正在冉冉升起的旭日，在朝中极得圣心，日后必是大有作为的栋梁，因此对令狐绹极为谦和礼让。

当下，高锴拱手向令狐绹一揖说：“八郎之交，谁最善？”意思是令狐绹的朋友中，谁最为优秀，谁与你关系最好。

这句话放在今天，就像一个掌控选秀大赛胜出权的领导，意味深长地问同道友人“这些选手中，哪一个是你亲戚，哪一个你最中意”一样，绝对是黑幕下的潜规则。

可是放在当时的环境下，一切都很正常。唐朝科举制度虽已完备，却并不规范。最具代表性的是干谒和行卷，考前有达官贵人推荐，就好比买了一张可登金榜的候场券；其次是考场作弊严重，随意性比较大。和义山合称“温李”的温庭筠（字飞卿）就曾在考场上“日救数人”而名传一时，成为搅扰考场助人为乐的“英雄”。

唐五代笔记小说《北梦琐言》说温庭筠“才思艳丽，工于小赋，每入试，押官韵作赋，凡八叉手而八韵成”，时人便称之为“温八叉”。古有曹植七步成诗，温庭筠却可以八叉手成诗，在文学史上是绝无仅有的奇谈，也是引人入胜的美谈。《全唐诗话》还有更为生动的记叙：“多为邻铺假手，日救数人。”说的是温飞卿在科考时八叉手做完自己的考卷后，还对左右隔壁的考生大施援手，替他们答卷，替了一个又一个，在那些资质愚钝的考生眼中，端的是考场江湖中行侠仗义的大英雄啊。可惜的是，才思如此敏捷，温飞卿同志却是一次也没有中第。话说回来，恃才狂放作弊至此，考官又怎么可能让他及第？！

唐朝的科考史上还有一件让人咋舌的事情。唐德宗贞元七年的春试上，上头打过招呼、有来头的考生几乎占了大半。一名七十多岁的考生叫尹枢的，居然要求替主考官改卷，在五百多名考生一致称好的前提下，礼部侍郎杜黄裳竟然同意了这个荒唐的请求，于是尹枢当场阅卷，在众人无可指摘的条件下，定下了前二至三十名，唯第一名空缺。杜黄裳问，这状元是谁呢？尹枢慨然答道：“只有老朽我的文章够这个分量了！”众人侧目，遂逐一传阅他的答卷，果然是笔灿莲花，这状元也就落在了尹枢身上。杜黄裳当下万分感激，说：“先辈啊，谢谢你替我顺利主持了这场考试啊！”

唐朝的科考，考的就是这么一个随心所欲。有门路的从此平步青云，有才学没门路的就只能永沉下僚了。

高锴如此发问，还有一个重要的原因，那就是令狐绹的官职身份。左补阙，干的就是讽谏和举荐人才的事，况且又是重行卷重举荐的朝代，令狐绹就是明说了谁有贤能，堪当大任，在那样的环境下也绝不为过。

义山后来在给友人陶进士的书信中回忆这段经历时说："绹直进曰'李商隐'者，三道而退，亦不为荐托之辞，故夏口与及第。"（《与陶进士书》）

此时的令狐绹对待义山的友情可圈可点，当高锴问起"八郎之友，谁最善"时，他连说了三遍"李商隐"。虽然没有直露的"荐托之辞"，但大家都是聪明人，高锴心里会没有数?

二月二十四放榜这一天，义山果然得中进士。高锴也接到外任通知，去了夏口任鄂岳观察使，故在与友人书信中，义山用"夏口"来指称主考官高锴。

五次应举，一朝及第，这姗姗来迟的喜讯足可让义山欢欣若狂，可是这欢欣里却掺杂了无可名状的酸涩。犹记得当年他给崔戎写信时，说自己"不曾衣袖文章，谒人求知"，落第就落第吧，却落得个干净清爽。可如今，他仍然得靠别人的举荐才能够金榜题名，这是多么具有讽刺意味的现实！不错，他才情横溢，颇负盛名，可是如果朝中无人，他恐怕再考个五年，也依然只能做一株屈沉涧底的松柏。

三月的长安，已是流莺飞舞，花树参差。春光多情地弥漫开来，长空里，似有一双温柔的手在播撒着希望和光明。曲江水开始变得酥软灵动，一江春水漾起无数碧痕，款款地，一行行一道道，叙说着雪藏了一整个冬天的心事。

义山沿着曲江信步而行。他不记得来过曲江多少次了，每一次都有不一样的情绪。他曾感叹曲江昔日的繁盛今日的萧条，也曾满怀失意地看过及第的士子们结伴宴游曲江的情景，而今，他也成了新登进士，成了"春风得意马蹄疾，一朝看尽长安花"的幸运儿，再次与曲江相对，一定会有些不一样的感觉。这感觉里倏地无端滑过一丝心痛和一丝酸楚。

宋华阳，此刻你在做什么？当我及第，却没有你的祝福，我的喜，你听不到看不到，我的悲，你也不再能够抚慰。人常说，人生有三喜，金榜题名时，洞房花烛夜，他乡遇故知。当我金榜题名，我最在意的人却不能分享这喜悦；我的花烛夜，却已注定那个人不是你！此生，又能有多少幸福可言，这失意将一辈子跟随我，至死不绝。

这一首《池边》便成了义山及第后的心情写照。他蘸着对往事的怀念，蘸着科考之路的艰难苦楚，写下了这首明快中有余哀的诗作：

玉管葭灰细细吹，流莺上下燕参差。
日西千绕池边树，忆把枯条撼雪时。

葭灰是古人用来占气候节令的一种灰，用芦苇的薄膜烧成，置于与气候对应的十二律管中藏至密室，等到某一律管中的葭灰自动飞出，表示现在的时令已到了相应的节候。

前两句，义山借眼前的大好春光表达及第后的欣喜心情，末两句借池边的繁茂春树，想起在凛冽冬季，这一树的衰飒枯枝，在风雪袭击下苦苦撑持的情景。

科考的成功虽然来得有点迟，却不影响义山对令狐一家感激涕零。得知及第的消息后，他立刻驰书飞报令狐楚，“碎首糜躯，莫知其报效”。剖白自己感恩的心迹。令狐楚此时已垂垂老矣，他再次邀请义山赴兴元幕府。义山答应处理完身边几桩生计之事，“至中秋方遂专往”，说中秋节将心无挂碍地专程前往汉中任职。可是接连的杂务缠身，中秋节至，义山却未能如约赶到兴元府。

这一次的拖延，铸成了他和令狐绹之间无法挽回的背离。

面对恩公令狐楚的声声催唤，他不是不想去，只是他要把这一年的很多事情做完。老母在堂，弟弟羲叟也在读书应考，家人的生计仍然靠他去操持。汉中那么远，他必须储够一家人的钱粮才能放心离去。可是，令狐楚已没有多少时日可以等待。

开成二年冬，一封书信从汉中传来，带来令狐楚病危的消息，让义山火速赶往兴元府。接信后，义山没有片刻耽搁，迅速从长安起身西去。

长安到汉中，道阻且长。此时已是十一月份，荒凉的汉中平原冷风凄紧，左面是莽莽苍苍的秦岭，右面是连绵起伏的米仓山，中间是曲折蜿蜒的汉水，沿途陡岩峭壁，颠踬难行。义山明白，多行一里，就能多缩短一些与恩师的距离，多一些分秒陪伴恩师的最后时刻。他是一介书生，只有俊朗的外形，只有一腔情深意重，可是当日后他回忆这一路的跋山涉水，用了八个字来形容，“绝崖飞梁，山行一千”（《奠相国令狐公文》）。是怎样一种急迫煎心的情感动力，才使得他把自己变成一只飞越千山万水的荆棘鸟，拼尽全力飞到了令狐楚身旁。

赶到兴元府，令狐楚已气若游丝，似乎正为等他远来。义山的出现让他有了片刻的回光返照，在他断断续续的口授下，义山代为整理了上呈皇帝的遗表，“臣永惟际会，受国深恩……长辞云陛，更陈尸谏，犹进瞽言……然自前年夏秋已来，贬谴者至多，诛戮者不少，望普加鸿造，稍霁皇威……”

义山一边研墨书写，一边涕泪横流。临终之际，令狐楚仍然惦记着甘露之变中遇害遭贬的臣子们，不惜陈尸上谏，请求文宗为他们平反昭雪。这份忠义，有如清风明月。

唐文宗开成二年十一月二十一日夜，兴元尹、山南西道节度使令狐楚像一支燃尽的蜡烛，无风自灭。一颗耀眼的流星，划过了夜空。

义山悲痛欲绝，写下《奠相国令狐公文》：

呜呼！昔梦飞尘，从公车轮；今梦山阿，送以哀歌。古有从死，今无奈何！天平之年，大刀长戟。将军樽旁，一人衣白。十年忽然，蜩宣甲化。人誉公怜，人谮公骂。公高如天，愚卑如地。脱蟺如蛇，如气之易。愚调京下，公病梁山。绝崖飞梁，山

行一千。草奏天子，镌辞墓门。临绝丁宁，托尔而存。公此去耶，禁不时归。凤栖原上，新旧衮衣。有泉者路，有夜者台。昔之去者，宜其在哉！圣有夫子，廉有伯夷。浮魂沈魄，公其与之。故山巍巍，玉谿在中。送公而归，一世蒿蓬。呜呼哀哉！

这篇奠文，义山是用整个身心的情感来写就的。他本是一个孤独可怜的孩子，小小年纪就背负着全家的重担，佣书贩舂，凄凉度日。直到他遇见了生命中的贵人令狐楚，他的人生才有了质的飞跃和起色。没有人能懂得这一份深挚的情感，也没有人能明白藏在他心底的感动有多么深，有多么浓。

父亲的离世，某种程度上对于令狐绹来说，是将他和义山联系在一起的那根叫作友情的线扯断了。

他无法原谅更无法忘记，义山在面对父亲一次又一次邀请时，一再拖延的不敬。他在心底给了义山这样四个字：背恩无行！

这四个字，从此像一把尖利的匕首，扎进了史书深处，拖曳着长长的阴影，阴影里是一个被误读被曲解的李商隐。

◎不教伊水向东流

寄远

姮娥捣药无时已，玉女投壶未肯休。
何日桑田俱变了，不教伊水向东流。

“寄远”，我曾拿它作了自己的网络昵称。也曾见过一位写一手漂亮文章的女子，给自己起了个名字叫“寄北”，是《夜雨寄北》中的两个字，同样源于李义山的诗。

题为《寄远》的诗，很多人写过。在芳草碧连天的盛唐，李白写道：

长短春草绿，缘阶如有情。

卷施心独苦，抽却死还生。
睹物知妾意，希君种后庭。
闲时当采掇，念此莫相轻。

——李白《寄远》

在江阔云低的中唐，白居易写：

欲忘忘未得，欲去去无由。
两腋不生翅，二毛空满头。
坐看新落叶，行上最高楼。
暝色无边际，茫茫尽眼愁。

——白居易《寄远》

在繁花落尽的晚唐，杜牧写：

南陵水面漫悠悠，风紧云轻欲变秋。
正是客心孤回处，谁家红袖凭江楼？

——杜牧《寄远》（又名《南陵道中》）

这“寄”字，也是义山爱的。他小侄女的名字叫“寄寄”，我甚至怀疑是义山所起。这“寄”，是一份念想，是无从寄时的奢望。“远”，是广漠，是无垠，同“北”一样，没有确切的坐标，是一声望断长空的呼喊。

此时，他人生的草稿已作了一些修正。他终于进士及第，偿了多年夙愿。他的生活，多了一些应酬和交结，多了一些起色和光明。他结识了很多优秀的士子，诗文也更为世人所知，甚至，有熟悉的友人张罗着为他介绍张家或李家的姑娘，他和朋友们诗词唱和，闲时也被拉到秦楼楚馆听几段小曲。可是，没有人知道，他深心里的寂寞，已如一潭幽静的湖水。

他不明白，为什么过了这么久，那个美丽的身影，还是浮现在自己的心魂里，久久地不愿淡去。

及第后，他欢喜过一阵，也几乎忘记了她。可是当一切尘埃落定，她的影子又从记忆深处漂浮起来，心会像抽丝一样，一阵一阵地痛。

令狐楚病危，他千里驰赴汉中，待到恩公病逝，他含悲办完一应事务，已是十二月份。隆冬季节，汉中平原愈发风寒雪冷。府主故去，幕府随之解体，义山带着一颗哀伤冷寂的心，千里扶丧回京。回程又是山水迢迢，与来时的急迫不同，义山一路慢行，也可以一路整理思绪。沿途所过村庄，凋敝零落，十室九空，更有饿死的耕牛，衣不蔽体的小儿，令他欷歔不已。

昔年杜甫从长安往奉先探望妻儿，沿途所见让他写成了杰出的现实主义诗作《自京赴奉先县咏怀五百字》，其中“朱门酒肉臭，路有冻死骨”成为千古名句；安史之乱后的第二年，杜甫又从凤翔回鄜州，写出《北征》，记录了家国凋敝的情景。

同样凄哀的氛围，同样悲天悯人的心绪，如当年的杜甫一样，义山不吐不快。他一气呵成，把心底郁结的沉痛悲愤尽数释放，写出了长篇政治史诗《行次西郊作一百韵》：

高田长槲枥，下田长荆榛。
农具弃道旁，饥牛死空墩。
依依过村落，十室无一存。
存者皆面啼，无衣可迎宾。

又借村前老农的话，历数唐朝由盛至衰的过程，场景悲凉壮阔，笔墨酣畅淋漓，字里行间是对唐王朝时局动荡的紧迫感，和肝肺皆冰雪的忠正气。

或许，及第让他多了一份责任意识，离他报国的理想近了一些距离。

他已意识到唐王朝的江河日下，却未曾料到，他的命运已被这行将倒塌的大厦拖曳着，跌入纠结混乱的边缘。

这一日，义山行至扶风郡陈仓县的大散关，前方的枯树丛中，隐隐现出一所道观。他心念微动，走近前细细观看。这道观陈旧破败，墙壁布满枯黄的苔痕，观门紧锁，前后皆不见修炼的道士女冠，显然早已人去观空。

义山在道观前站立良久，往事忽地涌上心头。玉阳山上，灵都观里，符节摇红，暮鼓晨钟，那些如梦似幻的山中岁月，曾是多么煊煌肃穆，曾是多么青春年少，那个美丽的女子，是多么让他魂牵梦萦，思念断肠。如今，这一切，皆如这残破的道观一样，所有的繁华过往都只是前尘如梦！

一首《圣女祠》，顷刻而就。

“杳蔼逢仙迹，苍茫滞客途。何年归碧落，此路向皇都。”“星娥一去后，月姊更来无。”星娥一去，月姊来无。他只差呼之欲出，只差对着空空的道观轻声问：“你去了那么久，何时可以再相见？”

这思念何时才能止歇？何时才能把你忘记？远处云山苍茫，一只孤雁飞向前方。义山昂首向空，他闭上眼睛，内心潮起潮落。他多想，把所有的思念托孤雁捎给远方的宋华阳。他有太多的话要寄给远方的她，让她听到，让她感受自己此刻的心跳。

寄远，这两个字轻易来到了脑海。他预设了一句问，问宋华阳，也问自己。他要问的是，对你的思念，究竟怎样才能穷尽？！

不用等到答案，他便摇头苦笑。只怨情太深，难以抹去曾经的记忆，填不满这思念如海深。《寄远》，寄给无人收信无法抵达的长空：

姮娥捣药无时已，玉女投壶未肯休。

何日桑田俱变了，不教伊水向东流。

思念啊，就如那寂寞寥远的月宫之上，飞升成仙的嫦娥月精日复一日捣药不已，月圆月缺，永无尽时；就如传说中的玉女投壶游戏，天地轮转也无休无止；今生若想这思念断然遏止，除非沧海变桑田，伊水改道不东流。

有几个典故稍作解释：

姮娥捣药。嫦娥本名姮娥，姮原作恒，西汉时为避汉文帝刘恒的名讳，改“恒”为词义相同的“常”，即嫦娥。古本《淮南子》载：“羿请不死之药于西王母，姮娥窃以奔月，托身于月，是为蟾蜍，而为月精。”嫦娥变身为月精蟾蜍后，终日在月宫捣药，作为对她窃药升天的惩罚。这是汉代关于嫦娥的传说。后来经过不断演化，至唐代已变成凄婉唯美的动人故事，嫦娥也脱胎换骨，演变成美丽寂寞的仙女。南宋人刘克庄有一首词叫《清平乐》，说到了嫦娥的由来：“风高浪快，万里骑蟾背。曾识姮娥真体态，素面原无粉黛。身游银阙珠宫，俯看积气蒙蒙。醉里偶摇桂树，人间唤作凉风。”

玉女投壶。《神异经·东荒经》载：“东荒山中有大石室，东王公居焉。恒与一玉女投壶，每投千二百矫，矫出而脱误不接者，天为之笑。”投壶是古代的一种游戏，将箭矢投入酒壶，投中为胜。传说玉女与东王公玩投壶游戏，一次要投一千二百支，如若不中，天为之发笑。文下有注对天笑作了解释：“言笑者，天口流火焰灼，今天下不雨而有电光，是天笑也。”是说天笑的时候，天口会流出火光。现在天未下雨而有闪电，便是天笑了。

伊水东流。伊水位于河南省境内。《水经》载：“伊水出南阳县西蔓渠山，皆东北流，过伊阙中，至洛阳县南，北入于洛。”伊水从蔓渠山流出，一路向东北流去，最后注入洛水。因此说伊水东流。

“何日桑田俱变了，不教伊水向东流。”这是义山的誓言吗？如此的坚定忠贞，无异于海枯石烂的盟誓。

这是一份永无回报的誓言，因绝望，念之，让人蓦然长叹。

想起汉乐府民歌《上邪》：“上邪！我欲与君相知，长命无绝衰。山无陵，江水为竭，冬雷震震，夏雨雪，天地合，乃敢与君绝！”

对爱情满怀憧憬的女子说："上苍！愿我和郎君的爱情永不衰绝。除非山无峰峦，江水枯竭，冬雷阵阵，酷夏落雪，天地合拢，我才敢与郎君分开！"

时光易逝，天地恒常，这份不离不弃的痴情愿与山川同在，直教人生死相许。

义山的痴，与《上邪》中的女子不同。青春正展颜微笑，爱情正浓如醇酒，年轻女子可以倚靠爱人怀中，把誓言说得天崩地裂，反正，身边是爱意垒起的城墙。义山的身边，空空如也，只有孤独无边。

这思念，寄与茫无涯际的苍穹吧，寄与时光，寄与千山外水长流，也寄与你的方向——长安。

◎相思树上合欢枝

相思

相思树上合欢枝，紫凤青鸾共羽仪。
肠断秦台吹管客，日西春尽到来迟。

读这首诗的第一句，便被深深迷住。"相思树上合欢枝"，疏朗婉致的句子，像一树花温柔地开了满枝，被善作女工的女子看见，把它绣在画框上又挂在了墙上。偶一抬头，它不远不近安安静静在那里，心底涌上淡淡的欢喜。

喜欢这样的感觉，忽然之间，被一句诗、一首词、一缕清芬、一个瞬间的眼神……所打动，内心满满的，都是这欢喜的心情。

但是这欢喜搁在义山那里，只是对前尘往事的美好回忆。是曾经有过的幸福，如今只能在回忆里思念。

义山作诗，尤其无题诗，总是那般玄美动人，意绪又总是那般惆怅沉凉，让人柔肠百结无法释怀。这首《相思》，诗题取自第一句的前两个字，严格说来，也应算作无题诗。这便是义山的习惯了，最好的，无须用题目来限定。

然而《相思》却又不同，这题目恰是义山彼时的感怀。

与宋华阳一朝别后，义山最初的心绪里全是相思别意。那些似曾相识的情感在一首又一首无题诗中反复出现，似曾相识的惆怅和百转千回的伤感，失爱和离殇，合唱成刻骨铭心的歌谣久久不绝。

曾经，他们在一起，华美的青春，如诗的岁月，动人心魄的深情眼眸，每一分每一秒，都是美好的。

“相思树上合欢枝，紫凤青鸾共羽仪。”诚然，彼时，他们像高高相思树上的两株合欢并枝而生，像天上的神鸟紫凤和青鸾一样比翼双飞，这天上人间，触眼皆美。只愿从此后，与心上人不离不弃。

关于相思树的诗文，历来著作很多。近代人梁启超也曾在《台湾竹枝词》中借相思树写过婉转风致的句子：

相思树底说相思，思郎恨郎郎不知。

树头结得相思子，可是郎行思妾时？

梁启超所说的相思树，应是产自台湾的一种树木，也叫台湾柳。1911年，戊戌变法失败后，梁启超流亡海外又辗转台湾，看到台湾人遍植相思树，勾起爱恨情仇，于是结合当地民歌，写下了这首摇曳多姿的竹枝词。

相思，总是让人怀念惆怅。义山所说的相思树，其实是连理枝。两株分开种植的树木，经历风吹雨淋，日夜不停歇地生长，长至半空，终于合欢相聚，将躯干努力地连接在一起，生不同根，死亦同枝。

或许自然界的植物也有爱情吧，它们见证了人间凡夫俗子的爱情，成为忠贞不渝情侣的化身。天地大美，无须赘言。

有一则凄美的传说，也与相思树有关，最早出现于干宝的《搜神记》。

相传战国时，宋康王强夺舍人韩凭的妻子何氏，韩凭与妻双双殉情，何氏遗言乞求康王将他们合葬一处，又恨又气的宋康王却将他们分隔而葬。不久，两家各生一株梓木，几日间便成参天大树，“根交于下，枝错于上。又有鸳鸯，雌雄各一，恒栖树上，晨夕不去，交颈悲鸣，音声感人。宋人哀之，遂号其木曰‘相思树’”。（《搜神记》卷十一）

《彤管集》也记载了这个故事，说宋康王为强占何氏，将韩凭捕去筑青陵之台，何氏作《乌鹊歌》表明心志后自缢身亡。何氏的《乌鹊歌》也成为千古绝唱，流传至今：

南山有乌，北山张罗，
乌自高飞，罗当奈何！
乌鹊双飞，不乐凤凰；
妾是庶人，不乐宋王。

后世的《孔雀东南飞》，甚至《梁山伯与祝英台》，都应受到《搜神记》里这则故事的影响，焦仲卿和刘兰芝有韩凭夫妇的影子，殉情后也是化身树木，“枝枝相覆盖，叶叶相交通。中有双飞鸟，自名为鸳鸯。仰头相向鸣，夜夜达五更。”而梁山伯与祝英台死后化蝶，则是另一种成全。

也许，这些人间上演过的爱情悲剧，在善良人心中，都被填补上大团圆的结局，生不能团圆，死亦化作相思树，化作鸳鸯蛱蝶，团圆在天国异界，享受深挚的爱情。

义山的爱曾经沧海，绚丽过，如今回想来，是一种灼烧前的辉煌耀眼。“相思树上合欢枝，紫凤青鸾共羽仪”。这两句，闲闲说来，欢喜里有种悲凉的情感。仿佛他在时光深处回眸，看到伊人尚在浅笑微语，看到英俊的自己被幸福包裹，那时，有多少的爱意缠绵让他不愿醒来。可是现在，两人已隔千万重山水，她已不在，那时幸福的自己，也已不在。

回望过去，那时的他们，犹如相思树上的合欢枝，悲壮地缠绵着，也如天上神鸟，远离尘俗地相爱着。曾经的欢爱，现在都成了含泪的微笑。

此刻，她也许正倚靠在皇宫长廊的雕栏上，四面孤寂如潮水涨起。宫门深似海，在看得见的煊赫煌煌外，无人看见，她虚耗的青春岁月长满了寂寥的荒草。

他不能想象，一动念，便柔肠百结。她已离去，永远不再回来，剩下的只有悲凉和思念，日日夜夜，蚀人心骨。

"肠断秦台吹管客，日西春尽到来迟。"这两句转笔，是心伤之至的萧寂寒凉。义山自比萧史，却未曾像萧史那样偕弄玉飞升成仙，他日日在思念中等啊等，等到日西春尽，也等不来他的至爱红颜。

西汉人刘向在《列仙传》中说到萧史和弄玉成仙的故事："萧史善吹箫，作凤鸣。秦穆公以女弄玉妻之，作凤楼，教弄玉吹箫，感凤来集，弄玉乘凤、萧史乘龙，夫妇同仙去。"

秦楼，便是秦穆公为他们所筑的凤楼，萧史和弄玉在这里吹箫引凤，最终引凤来集，白日飞升，双双成仙而去。词牌名《凤凰台上忆吹箫》，便是后世文人为纪念这段玄异之爱，依据这段传说而作。最有名的应是李清照的《凤凰台上忆吹箫·香冷金猊》："念武陵人远，烟锁秦楼。唯有楼前流水，应念我、终日凝眸。"仍有秦楼吹箫的故事隐含其中。

《列仙传》中的萧史是幸福的，而义山，他不是那个偕所爱之人飞升成仙的萧史，他是断肠人萧史，他空有萧史的才情，却没有萧史圆满的爱情。思念日日折磨着他，他用思念谱写情歌，用心吟唱，用泪吟唱，唱到断肠，唱到日影西斜，唱到春花落尽，心上人，她仍然迟迟不来，迟迟不来。

相思树上合欢枝，紫凤青鸾共羽仪。

肠断秦台吹管客，日西春尽到来迟。

曾经啊，我们是相思树上的合欢枝，是比翼鸟紫凤和青鸾共羽仪；曾经啊你是弄玉我是萧史，可是现在，只有断肠人独对凄凉，切切地盼啊盼，直等到日西春尽，心上人她再也回不到我身旁。

《相思》，义山写时是怎样的心情？回忆往事，心弦会为之战栗哀恸。曾经沧海难为水，他的心底应有一片苍凉之海，将他淹没。

第十一章
再考失利，误陷党争

开成三年春，义山注定有一道迈不过去的坎。

及第已满一年，按例，他要去参加博学宏词科试。在唐朝，科举及第仅是一种身份标志，要正式脱下平民的粗布褐衣穿上官服，那还得通过一场考试，称为“释褐试”，就如同今天考了大学，若想从政，还要再考公务员一样。

义山要考的吏部博学宏词科，就是他进入仕途必须要通过的释褐试。

如果义山考得顺利，录取后再上报中书省批复，这几步程序走完，就可以任职成为朝官。

这一年的考官义山并不陌生，一位是职方郎中兼判西铨周墀，另一位是吏部员外郎李回。之前义山与同年及第的进士们参与士大夫的交游酬唱活动，并经他们引荐，结识了一些官员。义山四六骈文的写作水平在官场享有盛誉，因此时常替一些官员代写状文，这其中包括泾原节度使王茂元。

开成二年，义山曾替王茂元撰写过《为濮阳公上杨相公状》《为濮阳公上华州陈相公状》等，给对方留下了极佳印象。此后又经王茂元的引荐，义山结识了周墀和李回。

当然，结识了考官，接下来的考试自然会顺畅许多，但其实，以义山的才学，如果唐朝的科场真的公平公正，义山考中应该没有多少悬念，但往往真才学不见得就能一朝拔得头筹，行卷干谒之风已扰乱了官场公正的用人秩序。现实如此，义山只有把板上的钉钉得更牢固一点，方能不至于埋没无名。

这一场考，义山轻松完成。唐朝释褐试的标准有四条：身、言、书、判。“身”便是“体貌丰伟”，“言”指“言词辨正”，“书”取“楷法遒美”，“判”取“文理优长”。这四条，义山均不在话下。加上周墀和李回对义山素有好感，于是没有异议地，义山顺利通过了考试。

吏部将录取名单上报中书省，只等复审一过，义山就可官袍加身。

走到这一步，几乎有了百分之九十的把握。批复不过是例行公事罢了，没有特殊情况，一般都按录取名单行事，但真要认真起来，也可以将某人直接除名，关键是，后一种可能，其实可能性并不大。

偏偏，这不大的可能，在义山身上，成为了可能。

中书省在复审名单时，一位长者将目光锁定在“李商隐”三个字上，简短清晰地说了一句话：“此人不堪！”

一支毫笔，落在义山的姓名上，轻轻一划……

此时，令狐绹在自己府中一边处理公务，一边漫不经心地等待着中书省的消息。他不知道义山能否通过复审，心里却隐隐明白，此次释褐授官，义山胜算不大。

他并不想过多地关注义山，他觉得自己犯不着。但他心里一直不舒服，很不舒服。

论起来，他们令狐一家都是义山的恩人。父亲令狐楚自不用说，对义山有知遇之恩，并将他视为己出；自己也待义山不薄，年少时引为知己，成年后替他向高锴引荐，义山才能中了进士；甚至连令狐家的幕僚和亲友都对义山极为友善，他们早将义山当做令狐家族的一分子。那么理所应当地，义山应该为这一切，感恩，并且图报。

可是，他居然背恩无行，辜负了令狐楚的栽培，也辜负了自己对他的期望。

父亲外任兴元，请他入幕，他居然一再拖延不就，直至父亲病危，他才赶去一见。这些也就罢了，毕竟他要应考，分身乏术。可最不能容忍的是，他居然转身投向了李党！

在朝中，几乎人人皆知令狐父子是牛党成员，王茂元、周墀、李回是李党成员，牛李党争，一度甚嚣尘上水火不容，义山却视而不见，甚至做出身受牛党恩、效命李党人的背恩行径！这口气，令狐绹如何能咽下？！

释褐试前的某一日，令狐绹和新任宰辅杨嗣复在一起叙谈，自然说到去世不久的令狐大人，杨嗣复称颂令狐大人惜才爱民，贤良忠正。不提惜才倒还罢了，一提起，令狐绹便想起了义山的忘恩负义，于是将这些经过悉数说给杨嗣复听。

杨嗣复也是牛党中人，此次升任宰相正在中书省掌权，于是当吏部送来释褐试录取名单时，他可以轻而易举用一句“此人不堪”的评语，瞬间将李商隐从名单上抹去。

这结果应该是令狐绹想要的，之前他出面引荐，于是义山中了进士，不过才一年，现在义山又想依靠李党的力量释褐授官，以为照样可以像上次那样顺利？那么令狐绹要用事实告诉义山：没那么容易！

这结果对于义山来说，确实是个不小的打击，却也远没有令狐绹想象的严重。义山的心情，从他后来留下的书信《与陶进士书》中可见端倪：“前年乃为吏部上之中书，归自惊笑，又复懊恨周李二学士以大法加我。夫所谓博学宏词者，岂容易哉！天地之灾变尽解矣，人事之兴废尽究矣，皇王之道尽识矣，圣贤之文尽知矣，而又下及虫豸草木鬼神精魅，一物已上，莫不开会，此其可以当博学宏词者耶？恐犹未也。设他日或朝廷、或持权衡大臣宰相，问一事，诘一物，小若毛甲，而时脱有尽不能知者，则号博学宏词者，当有罪矣。私自恐惧，忧若囚械，后幸有中书长者曰：‘此人不堪。’抹去之。乃大快乐曰：‘此乐不能知东西左右，亦不畏矣。’”

这段话，义山说得很见性情。当得知通过吏部考试，并已将他的姓名上报中书省时，他“归自惊笑”。在此前的一段文字中，他说自己“文章懈退，不复细意经营述作”，想不到能顺利通过，当然是又惊又喜。但转瞬，义山开始懊恼起来，甚至埋怨周墀、李回录取了他。又惊又喜又怨的心情，很复杂，却又非常真实。

义山说，能称为博学宏词的人，哪里容易呢！上至天文地理、人间兴废、帝王治国之道、古代圣贤文章不仅要全部知悉，甚至连草木虫豸、鬼神精怪各种事物都要精通了解，否则怎能算博学宏词之人？假如哪天皇帝大臣们问自己某一方面的知识，自己却哑口无言不能对答，不就是他的罪过了吗！所以，将他的名字上报中书省的时候，他惶恐不安得简直像犯了错误被囚禁了一般。后来幸好有一位中书长者说“此人不堪”将他的名字抹去，他才忽然轻松快乐起来，这大快乐是因为，不用再担心被问到时不知东西左右了。

有人说，义山这段话并不是真实心境，是不得已而为之的自嘲。我反倒感觉他说得很真诚。这个世界有人刻意钻营一味躁进，有人亦步亦趋唯恐授人以柄；有人只求既得，有人却担忧难担重任让心焦虑。义山自然属于后一种。

说到底，他是一个内心细腻的文人。他太自省，太实在，对自己的要求太过严谨。这种性格说白了，并不适合耍心机斗手腕的官场。

此时，他并不知道自己已经卷入了牛李党争的旋涡。认识泾原节度使王茂元纯属偶然。王茂元的女婿韩瞻与义山同年及第，两人脾性相投，很快成为好友，义山也由此认识了王茂元。王茂元虽是武官，却非常赏识并看重义山的才华，对义山关爱有加，令义山十分感动，也发自内心地愿意和他交结，愿意为他代写状文，这一切只是情感的自然流露。

义山并没有想过要怀揣某种目的去攀附谁。朝中的派系，他虽有耳闻，却不十分明了，也无意弄清谁在谁的阵营。他以为，这些纷纷扰扰轮不到自己一个小小进士去打听，甚至，自己根本也没有资格进入这个怪圈，只要不刻意去亲谁疏谁，就不会介入这无谓的争端。

令狐绹却不这样想。令狐绹想要的是，义山首先必须是牛党中人，其次必须亲疏有别，必须泾渭分明，必须疏远李党中人，这才符合正常逻辑。

不承想，义山居然薄情至此，不惜反其道而行之，站到了敌人的阵营。

既如此，他们之间，从此恩断义绝。

义山终于辗转得知他被中书省从名单上抹去的真正原因。他宁愿自己才疏学浅是真，也不愿与令狐绹龃龉不和。令狐家的恩情，他今生今世也无法偿报，即便撇清这一层关系，他与令狐绹之间还有朋友情分，为了这乌烟瘴气的派系之争而致家国离乱，朋友失和，是多么可悲多么不值得啊！

晚唐的风雨飘摇，因牛李党争的拉锯式争斗，加速了衰败的进程。

唐宪宗元和三年（公元808年），朝廷为选拔优秀人才，特诏制举贤良方正科试。进士牛僧孺、李宗闵正是血气方刚、胸怀报国激情的年纪，于是在考卷中无所顾忌地陈述朝政的疏漏，分析症结和弊端。考官大加赞赏，阅卷时将其列为上等。不料二人的直言却激怒了当时的宰相李吉甫，认为他们有意抨击自己辅政不力，于是将二人“斥退”不用。朝野一片哗然，纷纷指责李吉甫妒贤嫉能，公报私仇，宪宗不得已将李吉甫降职外调。表面看好像是平息了矛盾，实际上朝中已分化为两个派系，一派力挺牛僧孺、李宗闵，另一派则力挺李吉甫和他的儿子李德裕。

此后，凡牛党在朝中得势，李党必遭外调贬谪，反之亦然。这样一直争斗不息，彼此的党派成员也越聚越多，至义山被中书省除名的公元838年，两派势力集团已明争暗斗了三十年！

令狐父子，尤其令狐绹，成为牛党的中坚力量。令狐楚在世时素与李宗闵交厚，但更多是出于政见相合的友情，排斥异己的朋党观念并不深，至令狐绹，这种派系分野已发展为结党营私的褊狭；而王茂元与李吉甫的儿子李德裕交好，他在仕途上的几次升迁均得到李德裕的鼎力提拔，因此朝中自然将王茂元视作李党成员。

人世间很多事情总是这样自然发展的，而非自己主观意愿。晚唐的政治气候已是黑云压城。朝中大半官员非牛即李，他们整日为一己私利相互倾轧，蝇营狗苟，大唐这座两百多年历史的大厦眼看即将分崩离析。

及第前，义山的交游圈子只限于令狐家这一边，顶多旁及自己的远亲或保持中立的官员；及第后上了一个台阶，视野开阔，交游圈子自然扩展到朝中其他文官武职，这些新结识的朋友不可能全是牛党成员，可义山不知这其中关节，凭着自己的喜好和情感，相投的便引为知己。

这没什么好指责，放在任何时候，都不是错。即便在令狐绹看来是天大的错误，那也只是他自己的偏执，是晚唐混乱的政治气候所造成的狭隘。错误的一方，并不是义山。

他只是因为理想太过洁净，便无端地被错误抓住，充当了冤屈的替代品。

◎欲回天地入扁舟

安定城楼

迢递高城百尺楼，绿杨枝外尽汀洲。

贾生年少虚垂涕，王粲春来更远游。
永忆江湖归白发，欲回天地入扁舟。
不知腐鼠成滋味，猜意鹓雏竟未休。

义山的《安定城楼》，我很小的时候就读过，只是那时不懂得义山彼时的胸怀。当然也不懂得，他在唐文宗开成三年春天，站在泾原安定城楼上时，内心所涌起的情感。

春天又来人间，眼前又是一片姹紫嫣红。芳菲三月，泾州大地已褪去初春的轻寒，杨柳青青，花树参差，一派蓬勃生机。

天地间，是谁将流光暗换人世轮转？想去年此时，义山在皇城长安，放榜的日子他忐忑不安地去看榜，他急迫的目光终于看到自己的姓名时，那一刻激动难耐的心情他永远无法忘记。然后，是接二连三的游乐宴饮。也是春光明媚的日子，在曲江，朝廷为及第进士大赐宴席，友朋间的恭贺之声不绝于耳。借着酒醺他有些恍惚，仿佛看见一扇华丽的大门在他面前敞开，从此他的生活会是理想中的样子，自己的才华将终有寄托，终将实现经邦济世的最高梦想。

可是仅一年之隔，梦想还温着，他却已醒来。眼前不是长安，是泾州。

得知自己被中书省除名与令狐绹有关，义山顿感无限悲凉。释褐试，对于义山一介寒士来说何其重要，好不容易已被吏部录取，眼看他将结束布衣生活，却飞来一记暗拳将他横空打落。他接受！如他所言，博学宏词者，不是简单就可以胜任的。可是，他无法想通的是，使这暗拳的，是素与自己相厚的令狐绹！

义山知道，他与令狐绹的梁子算是结下了。这令他万分纠结，心灰意冷。令狐楚去世，他在撰写令狐公铭文后，曾感慨不已地写诗表述过自己的心情，“百生终莫报，九死谅难追”。这句表白，他出自真心，他的心迹，日月可鉴。

可是，令狐绹不明白。或者说，他明白，但他要的不是这个。他要的是，永远不与李党人往来，更不可为李党效力。而这一切义山却视而不见，他心里有气，所以义山短时间内便不可能得到他的原谅。

这便是义山的悲。此时即便他想违心地疏离李党人，坚定地站进牛党阵营，也已经没有太大可能。

正此时，韩瞻来信相邀，请他去泾原入幕，并随信附来王茂元的亲笔邀请函。

与韩瞻已分别一年。同年及第的士子中，义山与韩瞻最为相投。及第后，义山留在京城一段时日，年底又赶去兴元为令狐大人料理丧事、代拟遗表，日子过得匆忙而又悲欣交集；韩瞻却直接去泾原入了王茂元幕府，随后又被王茂元招为女婿。

义山应博学宏词科试先已录取后被除名，消息很快传到韩瞻和王茂元耳中，此前义山不止一次替王茂元写过状文，这样的才子夫复何求？况且正值才子落魄，王茂元便竭力相邀。

于是，春光烂漫时节，义山来到了泾州。

泾州，古称回中，汉代置安定郡，唐代宗大历三年（公元768年）设泾原节度使，治所在今天的甘肃泾川县。泾川属典型的黄土丘陵地域，梁峁起伏，沟壑纵横。一条泾水河从六盘山东麓脚下潺潺而来，像一匹白练流经泾川，与汭河交汇，一路又向东流去。

义山在无边春色中闲步。春色撩人，他却是个失意人。

不知不觉，他已信步来到安定城楼边。此刻站在楼下仰望，忽然觉得往日熟悉的城楼竟如此威严，在它身后是蜿蜒起伏的城墙，砖石朴拙坚固，斑斑苔痕显露出岁月留下的印迹，雄浑中沧桑毕现。

登上城楼，站在楼上，义山展目远望，天地忽然开阔起来，连同心境也变得豁然开朗。抬望眼，近处是连片的柳林，杨柳枝头，春风常住。风过处，那些绿柳款款摆动，似一幅流动的画，让人久看不厌。远处，是一些白亮的水色，水中有小小的沙渚，水畔想必是岸芷汀兰，一片芳菲春色。

“迢递高城百尺楼，绿杨枝外尽汀洲。”读这样的句子有“荡胸生层云”的超拔宏阔，也有“芳草碧连天，夕阳山外山”的春意辽远。可是这样宏大瑰丽的开端，义山只是为了衬托后面诗句的转意。

笔锋一转，就从登楼转到了抒怀，从春天转到了青春年华的贾谊和王粲。这两句尤其重要，有了贾谊和王粲的类比，才会有义山想要表达的、怀才不遇的激愤情绪。

贾谊，河南洛阳人，西汉著名政论家、文学家。贾谊知识渊博，才华超绝，二十一岁便被汉文帝召为博士，虽是皇帝身边最年轻的博士，他已然像一部活体百科全书，随时接受文帝的咨询。后来，文帝赞赏贾谊的才华和勇于谏言，将他提拔为太中大夫，采纳了贾谊提出的一系列改革主张，并准备将他破格提拔为公卿。

此举却招致一批朝臣的嫉恨，特别是颍阴侯灌婴、东阳侯张相如、绛侯周勃等老臣纷纷出面攻击贾谊，出于无奈，文帝贬贾谊为长沙王太傅。在路过湘江时，贾谊百感交集，写下著名的《吊屈原赋》，作为彼时感愤之心的真实写照。

直到汉文帝七年（公元前173年），贾谊才从长沙被召回长安，为梁怀王太傅。此时，文帝整日沉迷鬼神世界，专门为此在未央宫的宣室召见贾谊，听他讲鬼神之事至夜半不止，因听得太过入迷，居然不知不觉将座席挪动向前，以便听得更加真切。

贾谊才高，文帝不问治国方略，却只问鬼神事，是多么可悲的事情。义山后来以此写了一首题为《贾生》的诗：

宣室求贤访逐臣，贾生才调更无伦。

可怜夜半虚前席，不问苍生问鬼神。

这冷讽中有多少悲凉意！

贾谊回长安后，立即上疏《治安策》。开篇便说，目前天下形势，可为之痛哭的有一个问题，可为之流涕的有两个问题，可为之长叹息的有六个问题。为国忧忱可见一斑。文帝十一年（公元前169年），梁怀王堕马而亡，身为太傅的贾谊常负疚自责，于第二年忧郁离世，年仅三十三岁。

一个为天下哭泣的贾谊，因一份拳拳爱国心，感动了后世许多人为他赋诗作文。毛泽东主席也曾写过一首《贾谊》诗：

贾生才调世无伦，哭泣情怀吊屈文。

梁王堕马寻常事，何用哀伤付一生。

建安七子之一的王粲是东汉末年著名的文学家，刘勰在《文心雕龙》中赞他为“七子之冠冕”。王粲少有才名，十七岁时朝廷拟召他为黄门侍郎，当时战乱连连，长安城危机四伏，王粲没有应召，而是前往荆州投刘表幕府，不料刘表却嫌他瘦弱貌丑，在荆州十五年间，只让他当一个普普通通的小幕僚。直到建安十三年（公元208年），王粲加入曹操幕府，才被赏识和重用。

王粲的著名诗篇《登楼赋》写于流寓荆州的建安九年（公元204年），后世将此篇与曹植的《洛神赋》并列视作建安词赋的最高成就。这一年，他登上湖北当阳麦城城楼，身世蹉跎、怀才不遇、客居异乡，种种情感让他郁愤不已，“气交愤于胸臆”“夜参半而不寐兮”，《登楼赋》便一挥而就。

这些被屈沉的忧愤，古有贾生和王粲，今有漂泊泾州的李义山。在义山看来，贾谊和王粲均有济世之才，却一个贬谪长沙，枉为天下垂涕，一个远徙他乡，不被重用十多年，与自己被恶意除名，如今寄身泾原幕府竟如出一辙。

生不同代，却冥冥中有一种共同的情怀穿越了时空，与此时的李义山互为共鸣。这种沉郁的情感和浩然正气瞬间充满了义山的胸怀。注目远方，远山隐隐，天地苍茫，无际无涯的宇宙时空里，每一个人都只是蜉蝣过客，成败，生死，不过是刹那之间。

接下来义山便写：永忆江湖归白发，欲回天地入扁舟。我喜欢这一联，极平远，极淡泊，极超然，极有禅意，是一种顿悟后的平和明彻。

北宋人蔡启在《蔡宽夫诗话》中说王安石晚年非常喜爱义山诗，“以为唐人知学老杜而得其藩篱者，唯义山一人而已。每诵其‘雪岭未归天外使，松州犹驻殿前军’‘永忆江湖归白发，欲回天地入扁舟’之类，虽老杜无以过也”。

王安石认为连杜甫也无法超越的诗句，自然有常咏不厌的妙处。

义山说：“我常常怀想春秋时的范蠡，他在助越王勾践灭吴后，乘一叶扁舟泛湖归隐而去。这种情操，也正是我的最终理想，当我白发苍苍，我多想像他那样驾一叶扁舟功成身退，归隐天地江湖间。”

这理想又有谁人识得？人世间的纷纷扰扰，朋党的倾轧争斗，欲望的灰尘已蒙蔽了凡心，他们不惜为那些污秽肮脏的利益互相抢夺，争战不已，甚至对品性高洁的人也虎视眈眈，生怕这些人在觊觎着那些被他们视为莫大利益的污浊之物。

最后这一层意思，义山说得很不屑。他懒得直说，只引用了一个典故，却比直说更见锋芒。《庄子·秋水》载：

惠子相梁，庄子往见之。或谓惠子曰，“庄子来，欲代子相。”于是惠子恐，搜于国中三日三夜。庄子往见之，曰：“南方有鸟，其名为鹓雏。　　非梧桐不止，非练实不食，非醴泉不饮。于是鸱得腐鼠，鹓雏过之，仰而视之曰：‘吓！今子欲以子之梁国而吓我耶？’”

读这个故事，我总要会心而笑。庄子实在太有智慧，一个含而不露的寓言，就将惠子打回原形。惠子在梁国当宰相，庄子不过是去看望他，他居然听信小人谗言，认为庄子居心叵测，想要取而代之，于是惶恐不安，满城搜寻庄子三日三夜。正急得满地找牙，庄子忽然淡定自若地去见他，没有说多余的话，只给惠子讲了一个故事。

庄子说，从前啊，南方有一种鸟，叫鹓雏。这种鸟非梧桐树不栖，非竹子的果实不食，非甘泉不饮。此时呢，有一只猫头鹰刚得了一只腐烂的死老鼠，抬头看见鹓雏从头顶飞过，怕它要来争抢这只死鼠，便仰头发出“吓，吓”的怪叫声。现在，惠子，你也要以你的梁国来吓我吗？

这首诗，四联皆可各自成篇，各有一个开阔的意境，却浑然一体成就了一个沉郁高远的主题。

在泾原幕府，对义山是一个关键的转折点。他如一片浮云，开始了四处漂泊的生活；他的诗作，自《安定城楼》后，渐渐转向平实沉静和感时伤世，一洗过去的华丽玄幽，多了几许生活的况味。

庄子说了一个故事，义山便说了一个故事里的故事，庄子是对惠子说，义山是对将他排挤除名的那些人说。他无意于争名夺利，只想将自己的满腔热情和满腹才华为世所用，得偿所愿后悄然归隐，江湖中却仍有他的传说。

这便是最美好的向往了。

然而晚唐乱世，既非群雄竞起，也非政治清明，于是注定了义山的毕生向往，只是一个无法实现的梦幻。

◎穆王何事不重来

瑶池

瑶池阿母绮窗开，黄竹歌声动地哀。
八骏日行三万里，穆王何事不重来？

义山的《瑶池》，写了一个神爱故事，唯美华丽之下，却是不露声色的深刻讽刺。

在云蒸霞蔚的天上瑶池，美丽的西王母倚窗而立，她轻轻拨开垂幔纱帘，推开雕花窗扇，神情焦急地向远处张望。三年前，她和情人周穆王约好在瑶池相会，为了这一刻，她已等待了好久，期待着周穆王驾着八匹神异骏马飞临她的身旁。

窗外，白云缥缈，雾霭迷蒙，看不见穆王的身影，却隐约听见穆王创作的《黄竹歌》哀伤动人自人间传来。西王母望空而叹："穆王啊，佳期已到，你的八骏神马可以日行三万里，为什么你到现在还不来呢？"

美丽忧伤，深情杳渺，这分明是一曲缱绻失意的情爱恋歌。诚然，如果你不了解诗句之外的相关背景，那么，它只能是一首人神恋歌，充溢着缠绵悱恻的气息。

但这显然不是义山本意。

义山刚到泾原幕府，为尽快熟悉当地的民俗风情，韩瞻陪着他四处游览，探访泾州的名胜古迹，其中便包括位于泾川县的王母宫山。

泾河与汭河交汇处，一座巍峨的高山遥相耸立，这便是西王母的发祥之地王母宫山。古籍载西王母的姓名叫杨回，王母宫山因此又称为回山。回山南麓，便是西王母的瑶池，相传西王母曾在此举行蟠桃盛会大宴群仙。西王母与周穆王、汉武帝的故事分别载于《穆天子传》《汉武帝内传》和一些道家典籍，对于曾有过学道经历的义山来说，是再熟悉不过的。

西王母的形象时常出现在神话世界中，是仙界天宫尊贵的女神，她种的蟠桃可让人白日飞升、长生不老。但最初，西王母却十足是个怪物，在《山海经》中，"西王母其状如人，豹尾虎齿，善啸，蓬发戴胜，是司天之厉及五残"。说她外形虽然像人，但长着豹子尾巴，老虎牙齿，善于啸叫，头发蓬乱像戴胜鸟一样，是展现天神威严并降临五种灾害的神。她住在昆仑之丘，有三只青鸟护卫每天听候着她的差遣。

传说演变也有趋美的成分，正如嫦娥由最初丑陋的蟾蜍变成后世的绝色仙姝一样，西王母的形象到了魏晋南北朝则有了质的飞跃，在人们的传说中，西王母不仅能歌善舞，而且雍容华贵，更谙人间情爱，与周穆王瑶池相会的故事神异玄美，满足了人们对神权和王权的想象，也满足了统治者无上的虚荣心。

《穆天子传》载："天子宾于西王母，天子觞西王母于瑶池之上。西王母为天子谣曰：‘白云在天，山陵自出。道里悠远，山川间之。将子无死，尚能复来。’天子答之曰：‘予归东土，和治诸夏。万民平均，吾顾见汝。比及三年，将复而野。’”

周穆王姬满是我国古代最具传奇色彩的帝王，在《竹书纪年》《穆天子传》和《史记·周本纪》等一些典籍中，周穆王的传奇故事已到了与神仙无异的地步。

穆天子曾让造父驾着赤骥、盗骊、白义、逾轮、山子、渠黄、骅骝、绿耳这八骏神马御驾西征。抵达青鸟栖息之地，也就是西王母的仙宫时，西王母与他在瑶池宴饮相会，穆王举觞与女神对饮，彼时两情相欢。那时的西王母是一个多情少妇，她为周穆王乘兴而歌，告诉穆王他已吃了天宫的不死仙丹，饮了长生的玉液琼浆，他将长生不老，还可以来瑶池与她相会。穆王回答说，我回去以后，会好好治理国家，让百姓安居乐业，三年后，我将回来见你，再尽今日之欢。

周穆王与女神西王母的故事便成了义山这首《瑶池》的发源。绝妙的是，义山续写了故事的结局，在他的笔下，痴情的西王母倚窗遥望，云海深茫，她等啊等，盼啊盼，蟠桃树上的花开了又落，瑶池里的盛会聚了又散，却总不见穆王英武的身影飞驰而来。

“将子无死，尚能复来。”你将长生不灭，还能回来见我。这是女神对穆王说过的话。可是，女神却再也等不来穆王，因为，穆王已驾崩。

“黄竹歌声动地哀”。黄竹歌，也来源于《穆天子传》。说周穆王在西征的途中，在黄竹这个地方遇到凛冽风雪，受冻的百姓寒苦无依，穆王于是作诗三章，以示哀民，其中有“我徂黄竹”之句，其词哀切悲凉。

西王母轻轻推开花窗，隐约听见了人间传来的黄竹哀歌。

义山如若生在当世，说不定会是一个天才的编剧。这个情境的想象堪称绝妙，却又动人心弦，戛然而止，寓意自明。

哀歌，自人间来。是人间的百姓在唱着天子的哀歌，哀哭着天子的驾崩。也是人间的百姓饥寒交迫，凄苦无告，在继续唱着这曲哀民的黄竹歌。

周穆王不是吃了不死仙丹了吗？不是饮了玉液琼浆了吗？为什么他没有长生不死，没有信守三年之约飞抵西王母的瑶池？为什么遍地都是哀歌，只留下痴情的女神在天宫默默守望？

难道，所有的长生不老都只是传说？难道，天子们热衷的求仙慕道、服食仙丹都只是浮云一朵？

不错，都是浮云，神马都是浮云。

义山是蘸着淡淡的悲意，写了这首满含嘲讽的《瑶池》。他讽刺周穆王那些升仙不死的虚幻传说，也讽刺了那些不问苍生问鬼神，为求长生不老，信奉方士仙术，服食丹药至死不悟的帝王们。

大唐帝国从开国至灭亡共两百九十年，历经二十一位皇帝，这些皇帝崩于服食方士丹药的至少有五位：太宗李世民、宪宗李纯、穆宗李恒、武宗李炎和宣宗李忱。到义山写作《瑶池》时，已有太宗、宪宗、穆宗三代帝王因服丹药先后驾崩。而文宗，也重复着先帝们的老路，正乐此不疲地沉迷方术，以求长命不绝。

从年少离家奔波于乱世，历经曲折诋毁，尤其是友朋的反目伤害，义山已渐渐变得成熟通透。早年求仙入道，耽于幻想，更多是为了科考中第和道学精华的那一份玄美，及至邂逅宋华阳，情窦初开的缠绵挚爱，给道观增添了很多温馨之感，道观也自然成了爱情的温床，那一刻，天地皆美，神灵、仙界、玄元，都是朦胧缥缈的，如他们醉人的爱情。

那时他年少，除了科考的挫折，再没有什么额外的打击，令狐楚待他如子，有人爱，有人疼。可如今，心境已截然不同。生生遭受了与宋华阳的分离，一个回宫，一个贬离；而后，令狐楚离世，他便失去了最慈祥的依靠，纵然及第，也因无心误陷于朋党之争，致使自己被无辜除名。他似乎已看透这冷漠的人世，看穿那些不切实际的虚妄，慢慢沉入内心的，是通透和清醒。

于是，他减却了年少写诗的浪漫狂热，在诗稿背后多了一双冷眼，他冷峻地看这一切，绝不留情地嘲讽，哪怕是帝王。

他到泾州入王茂元幕府，是一个转身的过程。转身向心中的宋华阳告别，也无意中转身向决定他此生命运的当权者告别。这个转身不够华美，却平和，也足够沉重，以至在此后的岁月，他都无法轻松跋涉。

第十二章
娶王氏，雾夕咏芙蕖

在义山的一生中，妻子王氏是一朵沉静的兰花，开放在他生命转角的路上，不张扬，只静静地等待着他向她走近。

这个女子留给我们的印象，不似宋华阳那样悬念丛生，更不像柳枝那样大胆热情，她是从容内敛的，有一份大家闺秀的矜贵持重。作为王茂元的小女儿，她出身名门，这一点绝不含糊，但作为李商隐的妻子，她是面目模糊的，甚至，是悲凉的。

学者们普遍认为，义山之所以郁郁不得志，就是因为娶了王茂元的女儿，等于正式明确了他李党成员的身份，因此倍受牛党的排斥，潦倒终生。

如此，她便无端绕进了一个无法解开的死结，甚至，她的婚姻被当做义山仕途中的绊脚石，无辜地，被人提了又提。

这场婚姻所能给予她的幸福，只是这个俊逸儒雅、才华出众的青年本身对她的吸引，在她心底所激起的爱慕和温柔的情感。

她的父亲王茂元，是濮州濮阳人，出身将门，祖父王栖曜曾参与讨伐“安史之乱”叛军，属有功之臣。王茂元自幼随父东征西讨，因勇略有名，在元和年间晋升为将军。甘露之变中，宦官因他曾与王涯、郑注等人交好，扬言要治罪除掉他。于是他广散家财，饷军打点，才得以度过危机，不久又进封为濮阳郡侯。

王茂元膝下共有五男七女，王氏是最小的女儿，第六个女儿此时已嫁韩瞻，两姐妹都是王茂元的继室李氏所生。

在唐朝，因科举的兴盛，每年都有一批相对优秀的士子们脱颖而出，成为仕宦阶层的新贵。所以，官宦之家选婿便有了一个共同的趋向，就是瞄准了新及第的进士们。每年放榜之日，家有待嫁闺秀的权贵们，甚至稍有名望的小官僚人家总会多一个心眼，然后想着法子获取了这些进士的生辰八字，经过一番考量，如果条件适合，接下来就是说媒议婚。

能娶士族女子为妻，意味着今后的进阶之路有了靠山，进士们当然夫复何求。

韩瞻字畏之，开成二年与义山同年及第，也被义山称为韩同年。及第不久，王茂元便聘韩瞻入幕。此时，王家的六小姐七小姐尚待字闺中，王茂元的醉翁之意既是揽才，也是想觅得佳婿。王家的女儿个个知书达理，品貌皆佳，韩瞻当然求之不得，很快便与王茂元的六女儿结婚，做了王家的新婿。

新及第进士间的相互交游，让义山和韩瞻成为知己，义山又通过韩瞻得以结识泾原节度使王茂元。王茂元虽为武将，不擅文章辞赋，却非常赏识年轻才俊。义山外表英俊儒雅，少年磨难的生活经历使他更加沉稳成熟，初次见面便给王茂元留下了极佳的印象。后来，王茂元数次请他代为撰写状文，义山总是以一个晚辈后生的姿态恭敬勤勉地完成任务，文词锦绣飞扬，才华资质皆上品，竟比韩瞻更为出色。王茂元冷眼观察，便有意将最小的女儿许配给他。

王茂元怀着这样的心意请义山入泾原幕府，义山不会不知。欢喜是一定的，尤其在自己释褐受挫、朋友背离的人生低谷期。

那一段时日，虽然刚刚经历了被牛党除名的挫折，但日渐临近的婚期却让义山心情愉悦，郁积胸中的愤懑似乎转瞬淡作了一缕烟，此间，他用轻松诙谐的口吻写作了一些戏赠诗，在调侃的语气中，处处有他自己的影子，似乎字里行间都能看到他欢快的情绪，能听到他爽朗的笑声。

韩瞻因婚后无居所，只能暂住王茂元家。义山引用萧史和弄玉的故事，将他的住处称为萧洞。在《列仙传》中，萧史善吹箫，秦穆公将女儿弄玉嫁给她，并在秦都附近筑秦台让他们居住。萧史每天在台上教弄玉吹箫模拟凤凰的叫声，终于有一天引来了凤凰，遂双双成仙，随凤凰飞升而去。

义山赞韩瞻为萧史。萧洞，自然就是萧史的神仙洞房。

韩瞻新婚燕尔，却不能旁顾无人地拥有自己的私人空间，甜蜜喜悦中多少有些情非得已的懊恼。义山深谙其心，于是便写诗打趣，诗题叫《寄恼韩同年二首时韩住萧洞》，第一首很雷人：

帘外辛夷定已开，开时莫放艳阳回。

年华若到经风雨，便是胡僧话劫灰。

义山说，畏之啊，你新婚好比窗外的辛夷花开，是多么浪漫迷人啊。这么美好的时光可千万不要虚度哦，更不能白白辜负了。此时年轻不好好珍惜，一旦到了历经风雨的晚年，可就像胡僧说昆明池的黑灰是大劫来临时的劫烧之灰一样，那时，你想及时行乐也来不及啦！

瞧瞧，义山这首诗分明是“趁火打劫”，韩瞻正郁闷在岳父家无法自由度蜜月，义山偏偏去取笑他，甚至有调皮恶作剧的嫌疑。当然，这样的玩笑也只能在关系很铁的朋友之间才能开。正因二人原本就是同年友人，更兼义山也是婚娶在即，到时与韩瞻的关系将再进一步，所以义山才会无所顾忌地拿韩瞻取笑。也因心情愉快，才有了这份调侃的兴致。

很快，善解人意的岳父便缓解了新婿的窘迫。在长安城，王茂元特意修建了一幢朱楼供这对新人居住。在韩瞻料理完新居事宜，即将去岳父家迎接娇妻的宴席上，义山又作一首《韩同年新居饯韩西迎家室戏赠》：

籍籍征西万户侯，新缘贵婿起朱楼。

一名我漫居先甲，千骑君翻在上头。

云路招邀回彩凤，天河迢递笑牵牛。

南朝禁脔无人近，瘦尽琼枝咏四愁。

宴席上的气氛自然是喜庆的，对韩瞻来说，新娶佳人，又获新居，这心情应是好到无以复加。义山拿自己作比，来衬托韩瞻的幸福，但其实他自己也是惬意的，是在惬意的期待中，有意放大自己的孤独。

想象一下，在众人的恭贺声中，义山故作咬牙状说："你小子，论进士及第，我的名次在你之上，可是论到婚娶，你却快马加鞭跑到我前面去了。你把娇妻接回这漂亮的新房来团聚，岂不是要取笑我这个银河岸边孤单寂寞的牛郎了？！我呀，就是那南朝禁脔谢混，已经被人预订了去，再也无人愿意来接近了，我只好常咏张衡的《四愁诗》来思念美人，饱受相思之苦。我原本也是那玉树一株啊，现在呢，瘦得我呀都成了琼枝一根啦！"

南朝禁脔，是一个有名的典故。《晋书·谢混传》里说，孝武帝为晋陵公主议婚，王珣推荐了谢混。可是还未结婚孝武帝便驾崩了，此时，有人便想将自己的女儿许配给谢混，王珣告诫他说："卿莫近禁脔。"什么叫禁脔呢？晋元帝初到南京建立王朝时，生活特别穷困，每逢有猪肉吃的时候，大家都将脖子上最珍贵的那块肉留给元帝，别人都不敢吃，因此称那块肉为禁脔。

义山幽默地将自己比作谢混，已经议婚，别人则不敢接近，但此时还未成婚，难免会有孤独之感。

四愁，指的是东汉张衡那首著名的《四愁诗》。诗中云："我所思兮在太山，欲往从之梁父艰。侧身东望涕沾翰。美人赠我金错刀，何以报之英琼瑶。路远莫致倚逍遥，何为怀忧心烦劳。"是一种极柔软极绮丽的相思情怀。

如若真的忧愁煎心，是断不会有这样调侃说笑的语气的。对即将缔结的姻缘，义山是惬意的，对即将成为其妻子的王氏，他也是满意和喜爱的。

这喜爱，已经褪去那份一见钟情的炽烈，也没有那份情窦初开时的生死缠绵，是一份寻常生活中真实的幸福，是努力后探手可得的幸运，是想起嘴角便会浮起笑意的温暖。历经了人世许多风雨，他的心已从云端来到人间，这时候他感觉，能够握住的真实，是他生命中不会轻易丢失却也需要倾心珍惜的所有。

宋华阳，这一页美丽的回忆，应该就此翻过了。他曾经多么不舍，但也渐渐清醒，那是个永远无法回来的曾经，她是一只云雀，飞入云层，杳然远去。在他心底她更是仙子，住在宫殿和道观之中，即便风声四起，吹起的也是煌煌仙乐，漫天遮盖了她的思念，也遮盖了哪怕是对他一丝一毫的记忆。此后，余生，即便再见她的踪影，也是前尘枉然梦一场。

于是，他转眼回到现实中来。虽然会加倍令狐绹对他的排挤，但他仍感激王茂元对他的爱惜器重，“两世节钺，不取将种，竟赘穷酸”是发自内心的敬意。

开成三年初秋，泾原府张灯结彩，王家最小的女儿出嫁，义山终于成婚了。

阅尽义山一生所作诗文，也难见他对自己大婚时心情的描写。人生中最值得记录的瞬间，他却淡然处之，似乎与情理不合。也许，幸福真的降临自己身边，已腾不出手去描画，腾不出心去体味，幸福已把他占满，满怀满抱。

雾夕莲出水，霞朝日照梁。
何如花烛夜，轻扇掩红妆。

——何逊《看伏郎新婚诗》

义山常自比南朝诗人何逊，对何逊之才推崇有加。这首《看伏郎新婚诗》，清新巧丽，佳意天成，咏之，余味不绝。义山曾引此诗写就了《漫成三首》中的第三首，前两句是：“雾夕咏芙蕖，何郎得意初。”意思是写出“雾夕莲出水”这动人心弦的诗作时，才华横溢的何逊该是多么快乐得意啊。对这首新婚诗的唯美意境，义山是感叹赞赏的。

“雾夕莲出水，霞朝日照梁。”想必，义山的新婚，也如这般美好动人。

◎照梁初有情

无题

照梁初有情，出水旧知名。
裙衩芙蓉小，钗茸翡翠轻。
锦长书郑重，眉细恨分明。
莫近弹棋局，中心最不平。

读这首诗的前四句，我总会想起另一首《无题》，“八岁偷照镜，长眉已能画。十岁去踏青，芙蓉作裙衩”。彼时，义山的描写有一种绒黄嫩绿的初春情怀，这种情怀是纯粹动人的，就像我们看到画报上，阳光穿过树林，大片的绿色中，一个明净的女孩子在林荫道上骑单车的身影。心底瞬时，似有春风轻轻拂过。

那最初的情感，妥帖的，让人心安。然后他经历了一些缠绵，一些心痛，一些无法弥合更无法忘怀的情伤，虽还是那个年轻英俊的李商隐，却已曾经沧海，烙下过爱的伤痕。多年后，他成婚，便又回到最初的情怀，妥帖安分的，夜来安然入梦，不作他想。

这是一趟情感的旅程，从起点出发，最后又回到起点。不同的是，回归后，已通透明彻。

义山极少写他的妻子，只这一首里，因是初婚不久，才显露了一些眉眼。等到诗里再有王氏的身影时，已是她离世后义山对她的悼亡。痛失后，才愈觉珍贵。

人的情感总是很复杂微妙，一个男人写诗，写他喜爱的女子，大半以上不会是他的妻，可能是他的红颜知己，可能是情人，也可能是他暗恋的女人。这种现象不绝对，却绝对是一种现象。也许每个男人心底都有两个女人，一朵是玫瑰，一朵是幽兰，得到这一朵，便怀念那一朵，得到那一朵，便怀念这一朵。无法二者兼得，便在得到和怀念间乐此不疲地寻找互补的平衡。

王氏做了义山的妻，日日与他举案齐眉，义山便不用再写缠绵的诗去赞美。生活里，是寻常烟火味，是生儿育女的温暖琐碎。

开成四年（公元839年）春，义山从泾州去往长安，第二次去京城应考释褐试。虽然有了第一次的挫折，但对一个读书多年的士子，尤其是已及第的进士来说，释褐授官是必经之路，即便失败再多次也得去考，否则便是前功尽弃，多年的辛苦将付之东流。

长安，义山又爱又恨，既亲切又陌生。“十年京师寒且饿。”在这繁华偌大的京城，他有过及第和友朋聚会的欢乐，更有落第和被除名的挫折。这是一座畸形的政治中心，到处是钩心斗角，朋党纷争。稍不留意，便会卷入黑暗的旋涡。

他在驿馆温书。新婚小别，从软玉温香中离开，转入不知结局的孤旅，思念会格外浓一些。此时，妻子的书信及时从遥远的泾州驰来。他急切地拆开，如饥似渴地展读。信里满是牵挂和关切，妻子一再叮嘱，让他记住第一次被除名的教训，京城的党派之争就像中间隆起不平的弹棋局一样，不要去接近他们，更不要去惊动甚至招惹他们，只愿他顺利地考完，早日平安地回家。

提起义山第一次释褐试上遭遇的不平，妻子依然愤愤不已。字里行间似能看到她生气蹙眉的样子，是那样真挚可爱。笑意，便浮上义山的嘴角。

他便挂着这温暖的笑，起身研墨搦毫，掭着浓浓暖暖的思念，写这首让心踏实妥帖的无题诗。

“照梁初有情，出水旧知名。”起句化用何逊《看伏郎新婚诗》中“雾夕莲出水，霞朝日照梁”的句子，透露新婚的情意。宋玉《神女赋》云：“其始来也，耀乎如白日初出照屋梁。”“照梁”一词便成为美丽女子的专属。曹植《洛神赋》云：“迫而察之，灼若芙蕖出绿波。”一个女子的清新婉致似出水的莲花，是足够让人赞叹惊艳的。

王氏的娴静美丽在义山笔下静静开放。她是个美好的女子，结婚那天，她青春柔美的容颜如初阳照屋梁，散发温暖动人的光泽。而在那之前，当她还是含苞待放的少女时，便是知名的美人，如一朵莲出水，在惊艳的目光中摇曳初开。

“裙衩芙蓉小，钗茸翡翠轻。”在义山的记忆里，这样的装束是他喜爱的，他细致地写来，代表了他对一个女子最温暖的情意。她的裙裾上绣着小小的芙蓉，她发髻间的金钗上，是一朵像翡翠鸟一样小巧漂亮的茸花。

美而惠的女子，在这四句间夺然而出，也是一朵莲出水的样子，清新唯美，让人心生愉悦和暖意。

就是这样一个美而惠的女子，她替义山愤恨不平，在信里郑重地嘱咐义山，莫近弹棋局。

换作任何人，都要被这一份幸福所淹没。义山却没有说。

当温暖沉得潜入了心底，义山不必再说。

第十三章
任职弘农，活狱罢官

文宗开成四年（公元839年）春，义山在长安第二次应考释褐试。也许此时令狐绹的火气随着时间的推移已散去了大半，主考官见他对义山的态度不再那么冷漠和生硬，也就不便继续刻意地为难一个应考进士，总之这一年，义山被顺利录取，最终释褐授官。

秘书省校书郎，这是义山此生被朝廷正式任命的第一个官职。这一年，他二十六岁。

在唐朝官制中，秘书省隶属中书省门下，主要从事“邦国经籍图书之事。有二局，一曰著作，二曰太史，皆率其属而修其职。”（《旧唐书》）

秘书省共有校书郎八名，秩位是正九品上阶。虽然官阶比较低，但处于中央政治集团中心，居官清要，可充翰林之选，因此是一个极有政治前途的部门，义山熟知的元稹、白居易当年都是校书郎出身。对于刚刚涉足仕途的新科进士来说，这个职位是一个蓄势待发的理想起点。

在秘书省的日子，义山一定倍觉欢欣。他终于通过自己的努力，取得了仕途上的一席之地，尽管这个席位不高，但他毕竟已是唐朝官制内的正式一员。他勤勉乐观地，憧憬着自己的未来。

然而，现实不遂人愿。他前脚刚进了秘书省，外任通知便接踵而至。希望像泡影一样，成了一场虚空。

义山能释褐授官，不代表牛党就此认可了他。过去的账还未算清，现在他又成了李党人王茂元的女婿，此刻把持朝政的牛党怎么可能会让他在长安立足？

他被调离京城，来到位于黄河岸边的虢州弘农县（今河南灵宝），任弘农县尉。

关于任弘农县尉的经历，义山在《与陶进士书》中有这样的解释：

“寻复启与曹主，求尉于虢，实以太夫人年高，乐近地有山水者，而又其家穷，弟妹细累，喜得贱薪菜处相养活耳。”

外任弘农，义山说与别人听时，强调了自己的主观原因，说因虢州离家较近，他去那里任职可以领一份微薄工资照顾老母和弟妹。虽然这理由足够充分，但在情非得已的情况下，这只能是退而求其次的自我宽慰和借口。

暮春。弘农县到处是深浓绚丽的色调，乱花入眼，柳絮飘飞。这景致正合了韩愈《晚春》诗中的意境：“草树知春不久归，百般红紫斗芳菲。杨花榆荚无才思，唯解漫天作雪飞。”

再美的景致对义山来说，此刻都失了色彩。他是落寞的。除了中进士的那年春天外，他生命中很多个春天都是落寞的。一年一度的春闱、吏部释褐试，这些至关重要的日期都赶在春天揭幕，人生中的很多航程便都在春天起程或者偏离轨道回到原点。他总是赶不上那条船，掉队，然后落寞转身，在满世界的撩人春色中体会与季节不相称的萧冷。

弘农县，远在河南，又在虢州治下，虽然离家近，却是一个远离皇城的偏远之地。义山担任的弘农县尉，职位在县丞和主簿之下，不过是一个级别很低的小官。

在唐代，县尉相当于现在的县级公安局长，“亲理庶务，分判众曹，割断追催，收率课调”，在政治黑暗、徭役杂税弄得民不聊生的朝代，说得严重点，县尉其实就是替官府盘剥百姓的帮凶，尽管很多时候并非出自县尉本意，但往往身不由己，上要执行县令和观察使的命令，下要承受百姓的怨恨和抵触，像一块夹心饼干两头受气，疲惫不堪。

如此不讨好却又不可缺少的小小官职，要么是刚刚及第的新人担当，要么是同等级官员的调动任职，还有一种，就是被贬谪的官员担任。唐代著名的诗人中，王昌龄、刘长卿、元稹，甚至与义山素有深交的温庭筠都有被贬为县尉的经历。

义山虽不为贬官，但看情形，与贬谪也是相差无几。皇城长安，天子脚下，政治中心，官职再小都没关系，起码是站在最高权力机构的基座上，与偏远地区一个小县的小官吏相比，尽管品级秩位相同，内质上，却根本不可同日而语。

尽管不如初想，尽管外任的消息来得太突然，义山还是调整好心情，走马上任了。好在他尚年轻，有满把的青春好年华，去基层锻炼一下也未尝不是好事。文人出仕，骨子里总有一个最基本的愿望：达则兼济天下，穷则独善其身。这不单单是儒家的理想主义，也是读书人共同的入世情结。在义山的初衷里，步入仕途的终极目的并不是身份地位的显耀和物质的满足，而是以自己的能力济世安民，展现自己的抱负和才华。

弘农县虽小，却也是一个五脏俱全的世界。如果在自己任职期间，以自己的勤勉工作换来一方安宁，老百姓仓廪实而知礼节，衣食足而知荣辱，像杜甫当年希望的那样，“致君尧舜上，再使风俗淳”，使弘农县民风淳厚，社会稳定，也一样实现了自己的理想。

但是，现实再一次和他开了个玩笑。

弘农县位于今日的河南灵宝市，古时，一条弘农涧经函谷关向北流入黄河，县名便由此而来。晚唐的畸形政治致使民生凋敝，弘农县当然也不例外。义山刚到弘农，呈现眼前的是一片凄凉荒芜的景象，民不聊生，偷盗日起，世风沦丧。

早在元和二年（公元807年），白居易任盩厔（今陕西周至）县尉时便写过一首题目叫《观刈麦时为盩厔县尉》的诗，写农民冒着暑热割麦拾穗的劳碌情景。诗中云：

复有贫妇人，抱子在其旁。
右手秉遗穗，左臂悬敝筐。
听其相顾言，闻者为悲伤。
家田输税尽，拾此充饥肠。
今我何功德，曾不事农桑。
吏禄三百石，岁晏有余粮。
念此私自愧，尽日不能忘。

元和年间农民生活已如此穷困潦倒，何况是甘露之变后的晚唐？义山的所见所感应比白乐天有过之而无不及。但是作为县尉，他还得违心地上门催缴赋税，将那些被生活所逼沦为盗贼的贫苦农民关进大牢。

纠结，痛苦，是此时义山的心情写照。更让他难以忍受的是，牢狱冤案、量刑不公、贿赂官员等等现象已到了令人发指的地步。对于胸怀治世理想、长期读经书作圣贤文章的义山来说，这简直是一个混乱不堪、黑白颠倒的世界。

内心的悲愤郁积到一定程度，便需要爆发来纾解和释放。

活狱事件，成了一根导火索。

当县尉不久，义山在清理一些陈年积案时，发现了一个量刑明显过重的案子，案犯虽然有罪，但罪不至死，却被上任县官胡乱判成了死罪，关进了死牢。义山从头梳理了这个案子，发现重判的原因，一是案犯没有后台背景，二是原告方较有权势，不仅贿赂过上任县尉，而且还找过当时的陕虢观察使孙简。

在自己的职权范围，居然存在量刑不公的冤案，年轻正直的义山无法做到放任不管。面对案犯家人的哭诉，义山悲愤交加，连一个冤案都无法还其公正，还怎么让百姓安居？还怎么实现自己的初衷愿望？他这个县尉还怎么能够得民心？

他虽是一个儒雅文人，却有文人的耿介正直。即便是蚍蜉撼树，即便他多年苦读换取的仕途就此毁于一旦，他也要坚持正义，无怨无悔。

揣着这样一份凛然，义山对案件重新量刑，死囚改判，有了活命。

活狱事件，义山做得浩然正气，痛快非常。但此时，弘农尉改死囚为活狱的消息已传至陕虢观察使孙简耳中。

在唐朝，观察使相当于地方军政长官，他们对所辖州县进行监管巡察，对违纪官吏进行处分罢免，因此，一旦触怒了观察使，意味着你的政治生命很可能就此玩完。

很显然，义山触怒了孙简。一个已经了结、并已得到观察使确认的案子，李商隐这个小小的县尉居然敢推翻重来，改判为活狱，这岂不是目中无人，以下犯上，在否定观察使大人的英明决策吗？

孙简怒不可遏，没有商量余地，便罢了义山的官职。

义山在心理上早有准备，对罢官的结果他也权衡过多次。诚然，他正值血气方刚年轻气盛，不懂得明哲保身，不谙官场的圆滑处世，但改判活狱他绝不是一时冲动，那是他内心持之以恒的一杆标尺，黑白善恶，他必须泾渭分明。

所谓举头三尺有神明，他相信是非公道自有定论。他愤而写作诗歌《明神》，是一种表白，也是对活狱事件中，自己遭受不公平待遇的有力反驳：

明神司过岂令冤，暗室由来有祸门。

莫为无人欺一物，他时须虑石能言。

他告诫那些为官不正的官衙府吏：人在做，天在看，暗中勾结、徇私舞弊必有报应。不要因为别人缺乏后台背景就欺负他，要知道，蒙冤的石头都能开口说话！

此时，义山心中只有愤慨和正义。罢就罢吧，这小小的县尉他不要也罢。想当年杜甫拒任河西县尉，改任右卫率府兵曹时曾有这样的感叹：“不作河西尉，凄凉为折腰。老夫怕驱走，率府且逍遥。”边塞诗人高适任封丘县尉时也作悲声：“拜迎官长心欲碎，鞭挞黎庶令人悲。”宁愿从军到西域守边。

这逢迎长官欺压百姓的县尉小职，虽然有一份微薄的俸禄，但对义山来说，那是以践踏尊严出卖良心为代价的所得，弃之，绝不足惜。

他赶在罢官令到来之前，便挂冠而去，告假归京。此前不久，在妻舅、河阳节度使李执方的资助下，义山已举家迁往长安居住。回到长安家中，义山读书吟诗，莳花弄草，倒也安然。这其间的生活，他在《自况》中作了这样的表述：

陶令弃官后，仰眠书屋中。

谁将五斗米，拟换北窗风？

义山以陶渊明自况。想当年，五柳先生陶渊明任彭泽县令时，刚满八十一天，浔阳郡督邮来到彭泽，有一个属吏便告诉陶渊明，应束带去见督邮，方能显示恭敬，不失礼节。陶渊明愤而叹息道：“我不能为五斗米而折腰，来侍奉这些小人！”于是辞官归隐，享受田园之乐，“高卧北窗之下，清风飒至，自谓羲皇上人。”（《晋书·隐逸传》）

“谁将五斗米，拟换北窗风？”昔日是陶渊明，今日是李商隐。义山罢官，虽有愤慨，却因可以效仿陶渊明，不用再逢迎上司，驱役百姓，心境为之豁然开朗，换得一身轻松，心无挂碍。那瞬间解脱的感觉，是一种天地为之顿开的澄明境界。

事隔不久，义山给一位陶进士写信，回忆活狱事件始末时说：“始至官，以活狱不合人意，辄退去，将遂脱衣置笏，永夷农牧，会今太守怜之，催去复任。”

他已脱下九品官袍，做好了“永夷农牧”的准备，可是就在这个当口，事情发生了戏剧性的转变——将义山罢官的孙简离任了，新任观察使姚合传令：李商隐，速去复职上任！

◎却羡卞和双刖足

任弘农尉献州刺史乞假归京

黄昏封印点刑徒，愧负荆山入座隅。
却羡卞和双刖足，一生无复没阶趋。

这首诗，是义山任弘农尉时的真实工作写照，也是彼时他内心状态的真实留痕。

活狱事件，义山耿介正直的文人脾性显露无遗，他宁愿被革职罢官，也绝不违逆自己的良心和正义。他明知事件的后果是冒犯虢州刺史兼观察使孙简，但是，纵然罢官，只要能救回一条被错判死罪的贫苦生命，这个代价，他愿意付！

他坚持做完了这一切：改判，活狱，为刑徒最后一次点名，然后挂冠封印，从容地坐下，给虢州刺史孙简写信。

此时，罢官的文书还没有来。他不管。早来也罢，迟来也罢，他已笃定要离开，是的，是到了离开的时候。

他要请一个长长的假期，他知道，乞假，只不过是一句冠冕堂皇的托词，他这样做，只是想让自己有尊严地离开，这个长假，将永无穷时，没有归期。

黄昏，落日隐入远处的荆山背后，只剩漫天余霞在天空散成绮丽的华锦，这短暂的美丽，转瞬间便要被黑暗吞噬。黄昏，总是让人无限惆怅。

此时的弘农县笼罩在一片向晚的余晖中。当初从长安外任到弘农，义山郁愤过，却也为可借此照顾父母弟妹找到了平衡；然后他安下心来，渐渐怀着一腔挚爱和责任去工作，也因了这份爱和责任，他才无怨无悔地为百姓做主，改判活狱；他触怒上司，被斥责和报复，也曾被百姓误解，遭受抵触和侧目相待。现在，他甘冒罢官离职、前功尽弃的风险，证明了自己的志向和胸怀，于是，他可以安心离开了。

他的心情应该是复杂的，有不平，有欣慰，也有眷恋。他小心地取出官印，拭去印上的浮尘，郑重地装进匣中封存起来。然后他走出屋外，就着四野弥漫的暮色来到监狱，对着刑徒名册一一点名。这是每天黄昏必须要做的工作，人都在，都安好，他便没有失职，一天便可顺利度过。今天的点名却不同于往日，也许是最后一次履行县尉的职责。刑徒回答的声音依然同往日一样，他们不知道，眼前这位刚替一位案犯活狱的官吏，可能这是最后一次同他们相见。

点完名，义山走出监牢。抬起头，远处的荆山在暮色中浮现出淡淡的轮廓，起伏蜿蜒，是那样深沉雄浑，像在低声诉说着亘古不变的传说。

义山忽然有一丝愧意涌上心头。荆山，如此沉雄敦厚，内蕴广博，此刻，它就在自己的眼前。《史记·封禅书》载："黄帝采首山铜，铸鼎于荆山下。"相传黄帝曾采首山之铜在荆山脚下铸鼎，弘农郡也因此在唐武德年间一度改名为"鼎城"。

苍苍荆山横卧在眼前，却什么也不说，什么也不为。而自己的不平与它相比，又算得了什么？山有大境界，有大荣耀大智慧却不言不语，人却无法承受世间的丑陋不公。

与其说义山在荆山面前有了愧意，倒不如说义山达到了人性的真境界。在遭遇不平时，有几人能作此想？有几人能怀有愧疚之心，把自己贬为一粒尘沙，去想时空的广博浩瀚，把自然山川皆纳之胸怀？在即将离开的此刻，义山尚且能顿悟，他的超然旷达，已非锱铢必较的常人可比。

但是，之于荆山的博大，义山虽然高山仰止，满怀钦敬，但生逢这乱世，他宁愿像卞和那样被砍去双足，不用违心地趋附那些达官小人，使自己忧烦纠结。

卞和，又称和氏，春秋时楚国人。《史记·廉颇蔺相如列传》记载了卞和献玉的故事。

卞和在荆山寻得一块宝贵的玉璞后，将它献给了厉王。厉王的鉴玉人却说这是块石头，厉王生气地将卞和处以刖刑，砍去了他的左脚。厉王崩，武王即位。卞和又将玉璞献给武王，武王同样认为卞和在诳骗他，于是砍去了卞和的右脚。武王崩，文王即位。失去双足的卞和抱着玉璞痛哭于荆山下，三天三夜后，双眼流干了泪水，继而流出了鲜血。消息传到文王耳中，文王使人传问："天下受刖刑的人很多，你为何特别悲伤？"卞和说："我并不是因为受刖刑而悲伤，是因为我的宝玉被当作石头，忠贞之人被看做诳骗之徒，这才是我悲伤不已的原因。"文王于是让玉匠刨去玉石外层的璞，果然得到一块稀世珍宝，便是日后广为流传的和氏璧。

后来，秦国强行以十五座城池换取和氏璧，才有了蔺相如的完璧归赵。秦始皇统一六国后，传说这块宝玉被制成了传国玉玺，它的至尊价值，使它成为传国镇邦之宝。围绕和氏璧，历经几个朝代，帝王为了争夺它，不惜以城池交换，甚至不惜牺牲将帅的性命，只因它的价值无以复加。这一切，都是附着在一个叫卞和的人身上，他为此葬送了双足，让珍宝的真面目现诸人世。

"和曰：'吾非悲刖也，悲夫宝玉而视之石也，忠贞之士而名之以诳，此吾所以悲也。'"卞和的这句回答也是义山的心声。悲的不是身受刑罚，悲的是宝石被轻贱，忠义之士蒙冤。

义山也是忠贞的，他忠贞于自己的职责和良心，可是，这黑暗腐朽的世道，没有人愿意为他的忠义埋单。

于是，他反其道而想，即便没有脚，也强过为一步步晋升而去违心地趋附权贵；即便身体残缺，也强过心灵的桎梏和扭曲。

"却羡卞和双刖足，一生无复没阶趋。"他这样写下来，心中是无所顾忌的解脱，诗句间，充盈着一腔忠愤之气，酣畅淋漓。

《任弘农尉献州刺史乞假归京》，按义山的说法，这首诗，是献给虢州刺史孙简的，目的是为了告假回京。拟题时义山甚至是恭敬的，一个“献”字，一个“乞”字，多少有些仰视和卑微的意思。

但这只是假象而已。他既然敢为了正义忤逆孙简，又何必为了离开向他卑躬屈膝？诗中的内容和含义，即便不把孙简气得七窍生烟，也会恨得牙关作响。

名为乞假，义山却不输半分气势。义山说，我羡慕卞和砍去了双足，从此不再受趋附小人之苦。这哪里是乞假，这分明是挑战。

活狱，让孙简大为光火。一个小小的县尉，居然敢犯上忤逆，这样狂妄无礼，自然该受责罚，要处分罢职。他这个观察使有权这样做，升官罢职也尽在他掌握中，李商隐应该乖乖地认错讨好，乖乖地像一只摇尾乞怜的哈巴狗，求他开恩息怒，并保证永不再犯。这才是常理，他孙简也习惯了。

可是李商隐居然敢说不。一封乞假信，不仅没有半点乞求的意思，甚至满纸荒唐不敬。如此狂妄的小子，真是闻所未闻。罢了他的官，还有什么好说？

而此时，义山已回到长安家中，如五柳先生，仰眠书屋，宁将五斗米，换了北窗风。

第十四章
武宗继统，李党执政

与其说义山被孙简罢官，不如说他主动炒了孙简的鱿鱼。大不了再去幕府就职，去幕府可以自己选择，起码府主与自己脾性相投，总强过曲意逢迎讨厌的上司。

闲居家中，断了县尉的念想，暂时抛却心事，倒也轻松自在。此时忽然有消息传来：孙简离任，姚合取代孙简任陕虢观察使。刚一上任姚合便遣人飞书来报，让义山速去弘农县复职上任。

姚合也是唐代著名诗人，在当时极有诗名，与刘禹锡、贾岛、李绅、张籍都曾互相酬唱，与贾岛合称“姚贾”，诗风清奇雅正。晚年编著唐人诗集《极玄集》，收录了二十一位唐人近百首诗作。任陕虢观察使的这一年姚合已六十一岁，如果义山早生几年，或者这本《极玄集》再晚几年编著，也许姚老先生会收录进义山的诗作。

彼时，在姚合眼里，义山是一个才气逼人的后生。对义山的才华，姚合早有耳闻。况且，姚合早年也是数次落第，为人清正淡泊，对做官又抱着半归隐的态度，他的兴趣志向是在作文写诗上。上任陕虢观察使，正想见一见这个后生才俊，不料李商隐却因活狱事件被罢官回京。问清事件缘由，姚合倒更加欣赏义山宁可罢官也要伸张正义的性格，于是一纸传令，让义山复职。

事情就这么发生了戏剧性的转变。义山对姚合心存感激，乱世萧寂，天下之大而无存身之地，若有知音相逢，一切便都有了继续前行的勇气，茫茫无所依的孤旅会感觉到有温暖随行。

义山又回到弘农县。仍然当一名小小的县尉，每天傍晚，对着渐渐暗下去的荆山轮廓清点刑徒，关闭监门，白天则走访百姓，了解诉讼民情，做他职责内应尽的工作。

但与此前相比，他的心境已发生了微妙变化。经历了活狱事件的起伏波折，他最初的激情和理想主义已趋于深沉平和。他似乎洞察到，在现有体制下，依靠他个人的力量妄图力挽狂澜，无异于螳臂当车，什么也改变不了，什么也实现不了！

或许，他并不适应钩心斗角的官场生涯，他不善于伪装，更不善于虚与委蛇。两相对比，他更怀念在秘书省的日子，面对兰台典藏、书籍档案，起码腐败黑暗的官场人事不会立时逼到自己眼前来，他可以充实地沉浸在书册中，换得浮生半日闲。

因此，虽然对姚合充满了知己般的感激，义山仍有了不作久留的打算。他开始准备继续应考吏部试，希望可以回长安任职。

此时，朝中政局又出现了新的变故。

开成五年（公元840年）正月，李唐王朝的皇宫内一片衰飒之气。在文宗重病期间，一场由宦官发动的政变开始紧锣密鼓，蠢蠢欲动。

唐朝历任皇帝中，文宗李昂是个倒霉却有着自省意识的君主。他在宦官的操纵下继承了大统，连登基也是在杀害皇位竞争者的血雨腥风中完成的。对宦官王守澄他是又恨又怕，但他尚未成熟，稍一动作，王守澄就会像杀害绛王李悟那样杀害他。他在龙椅上稍稍坐稳，便开始笼络和收买心腹，实施清除宦官的计划。又因用人不善，郑注和李训急功近利，导致甘露之变以失败收场，文宗也自此被宦官软禁钳制。

应当说，如若他生逢其时，有一个清明的政治环境，他会是一个好皇帝。文宗在位时，倡导节俭，勤勉亲政，缩减各地进贡开支，废除诸多游猎和声色娱乐，并重视谏议，喜欢读书，知识非常渊博。他曾说："如果我不在初更时处理政务，二更时观览群书，我怎么能够做一个君主呢？"

但就是这样一个勤勉并具有忧患意识的君主，却生在一个强弩之末的晚唐，一个即将倒塌的大厦需要他去支撑，在这个险恶的朝廷政局中，他处在宦官专权、藩镇割据、党派纷争种种错综复杂的网络中心，像一只待宰的羔羊，到处都是虎视眈眈的眼睛。他没有依靠，也没有值得信赖的臣子，朝中的派系说穿了谁都在利用他，谁都没把他这个傀儡皇帝真正放在眼里。

开成四年，文宗与翰林学士周墀有一段意味深长的对话，文宗问："卿觉得朕是个什么样的君主？"周墀不假思索地回答："如尧舜一样的君主。"文宗苦笑说："卿觉得朕与周赧王、汉献帝相比如何？"周墀大惊，忙说："陛下怎将自己与亡国之君相比呢？"文宗说："周赧王、汉献帝不过是受制于强权，而朕却受制于家奴，我连他们也不如啊！"

哀伤、担忧、隐痛，伴随着文宗短暂的一生。他在位的十多年，是李唐王朝不可逆转地走向没落的时期。忧郁成疾的文宗也在病体的日渐消磨中走到了生命的最后时刻。

此时，庄恪太子李永已薨，文宗急需立储，于是立敬宗第五子陈王成美为太子。开成五年正月，文宗病情愈发严重，密令宰相李珏、杨嗣复等人拥立太子成美监国。但文宗万万没有想到，当初自己被宦官操纵继位的一幕，居然如此雷同地再次上演。

宦官掌控禁军绝对是导致覆国悲剧的主要原因之一，原本是皇室家奴，却因兵权在握，连君王的废立都由他们决定，还有什么事情他们不敢去做？

为争夺拥立权，神策军中尉仇士良和鱼弘志决定扶持一个新的皇位继承人，从而继续实施他们的操控计划。很快，他们便锁定了目标——文宗的弟弟颖王李炎。趁文宗病危，他们火速废除了太子成美，复封为陈王，立李炎为皇太弟，暂时代理国政。

开成五年正月初四，唐文宗李昂带着无限遗憾在大明宫太和殿驾崩，享年三十三岁。李炎继任大统，是为唐武宗。

关于文宗的死，也有一种说法是，仇士良和鱼弘志将文宗骗至太和殿，用一根白绫将他谋杀勒死。但《新唐书》只记载了这么一句："辛巳，皇帝崩于太和殿，年三十三。"也许历史真相只能永远隐藏在书页的背后。

武宗刚一亲政，立即在宦官仇士良和鱼弘志的授意下大开杀戒。杨贤妃参与过文宗的立储计划，曾提请文宗立安王李溶为太子。因此，武宗继统后首当其冲赐死了杨贤妃、安王李溶，还有陈王成美。伴随着新君王的登基，皇宫内又是一片血雨腥风。

消息传出，四野震惊。此时，义山远在弘农县。一个王朝已濒临覆灭，经历甘露之变和宦官发动的数次宫廷政变，人心已渐渐变得疲惫和麻木，但文宗的抑郁驾崩，义山仍然忧伤感怀不已。他用诗作《咏史》来怀念这位无法施展抱负的君王：

运去不逢青海马，力穷难拔蜀山蛇。
几人曾预南薰曲，终古苍梧哭翠华。

后世文学家范仲淹说：处江湖之远则忧其君。彼时的义山亦如是。他对这位没落君王怀着敬意和深深的同情，文宗的俭朴勤勉和忍辱负重，让义山久久嗟叹。

他以青海马喻英才，以蜀山蛇喻宦臣，他叹文宗生不逢时，所信任的李训、郑注并非栋梁，所以难以除掉祸国殃民的阉党，致使朝廷一次又一次面临倾覆之灾。

昔日舜弹着五弦琴高歌《南风》之曲："南风之薰兮，可以解吾民之愠兮；南风之时兮，可以阜吾民之财兮。"舜的这首爱民歌几人得闻？感染了几多天下臣民？当他驾崩离世，葬于苍梧之山，人们悲哀地哭望着天子仪仗的翠羽霓旌，哀叹圣君再也不能重来人间。

文宗虽比不上传说中的圣王舜，但在义山心中，他也一样是个贤明的君主，只是身受几重钳制，无法施展才能。而今，义山已释褐授官，也算是享受到了天子的恩泽，当文宗抑郁离世，义山也像舜的臣子一样，为他哀歌悲哭。

但很多事情，谁又说得清究竟是好是坏？任何事物都是和其他事物相互关联，组成一连串的因果。起码在彼时，武宗的即位，给了李党一个翻身的机会。

一朝天子一朝臣。新王登基，为排除异己，对大臣重新调任升贬，如此一来，执掌朝政的党派角色便进行了新一轮洗牌。

开成五年四月，淮南节度使、李党领袖李德裕应诏回京任吏部尚书，同平章事，也就是宰相；与此同时，原宰相、牛党成员杨嗣复被调离京城，不久又贬为潮州刺史。令狐绹因守丧刚刚服阕，躲过了这一次牛党的大贬谪。

朝中掌政格局发生了戏剧性的变化。李党卷土重来，重新占领政治高地，牛党暂时败退，转为韬光养晦。李党和牛党政治地位的此升彼降，相当于彼此互换了营垒。

王茂元奉旨入京，任御史中臣，举家迁入长安。这年九月，义山也正式从弘农县辞职，回到长安与家人团聚。

义山长安的家，在城郊樊川以南。正如他学仙的玉阳山有一条潺潺玉溪，他便取别号“玉溪生”来纪念那段生活一样，他后来取“樊南生”作为自己的别号，也是为了见证他在长安的这段居家生活。

樊川以南，是个环境优美的郊区村落。民国人傅增湘曾著《秦游日录》，对此地作过精彩描述，“长渠分注，土壤丰腴，菜圃稻畦，错纷绮错，田庐鸡犬，恍如江南水村图画中。”可想而知，在一千年前的唐朝，当时的原生态风景更是墟里烟直、花树参差，一派清丽淳朴的旖旎风光。

与义山合称“小李杜”的樊川居士杜牧，曾经就在长安以南的樊川居住。但似乎他们并未在樊川有过交往，义山曾写过两首诗赠杜牧，也未见杜牧有回赠之作。也许杜牧一直在外作官，流连酒肆，狎妓取乐，并不想与义山过多接触，又或者政见和处世态度的不同，所以两人虽合称“小李杜”，却不能像当年李白与杜甫一样，心无芥蒂地敞开胸怀视对方为知己。

义山在樊南度过了一段轻松快乐的时光。从弘农县辞职，他是决心早定。任县尉的这段经历，让他目睹了很多阴暗不公。越是在底层，越是能看到百姓的贫苦无告，也越是能看透官衙的腐朽黑暗，官吏的蛮横无理。他很失落，为自己的理想，也为这无法扭转的时世。他心灰意冷，再无留恋地坚决离去。

不管怎么说，李德裕上台，对李党都是个福音。先撇开党派这层关系，王茂元与李德裕也一直私交甚厚，王茂元的擢升指日可待。而作为王茂元的女婿，义山似乎也将迎来机遇的垂青。

◎荷叶生时春恨生

暮秋独游曲江

荷叶生时春恨生，荷叶枯时秋恨成。
深知身在情常在，怅望江头江水声。

与荷有关的诗词，像贝壳散落海滩，多得到处都是。但我坚定地以为，义山的《暮秋独游曲江》一反前人借物咏物或借物咏人的直平简淡，写出了绵密深情、回环怅惘的离人心境，古往今来，无人能出其右。

因此，清代诗论家叶燮在《原诗》中评论义山诗，“至李商隐七绝，寄托深而措辞婉，可空百代，无其匹也。”绝不是虚言。

写这首诗，义山的毫端蘸的不是墨，是殇以往后、思念之苦化作的浓汁；他吟的不是荷叶，是深情惆怅的心曲。

从弘农县辞职归京，日子忽然安静了下来。

回到长安，义山度过了一段短暂的闲漫时光。樊南之美之静，很快滤去了官场生涯中落在心头的浮躁和烦恼，他常常走在空无一人的原野，默默地吟诗付与清风读，与秋虫私语，与垅亩亲近，心底一片澄澈静谧。

偶尔，他会一个人出门，闲散地走在晚唐的天空下，听着长安城传来的市声喧嚣，一直走到京城东南的曲江去。

这个都城最大的皇家园林，朝廷几乎每年都会在此举行百官宴、科考及第士子宴，他也曾作为新登进士出入其间。后来，又数次携伴同游，依稀记得江边孤蒲苍翠，柳荫四合，芙蓉园里碧波红蕖，绿萍涨浮，这一片胜赏之地总是让人流连忘返。再后来，甘露之变，宦官专权，曲江的水啊，依然逝者如斯，但残翠衰红，遍地憔悴枯损，游人的心境已不同往昔。

此时，已是暮秋。他在青衫外添了秋衣，他仍然是年轻俊逸的李商隐，只不过心绪里是文人的多愁善感，一个人独对秋景，难免会勾连出悲秋情怀。

离人心上秋。一丝愁绪，慢慢淹渍在心间。

独对曲江，他与这一片秋景秋物神思交接。芙蓉园，偌大的荷塘，蓦然映现在眼前时，仍然让他措手不及。昔日的田田碧荷，现在经了秋寒，已枯萎在水上。整座芙蓉园，像残败之后来不及清理的战场，水面倒映的不再是“脉脉荷花，泪脸红相向”，而是“菡萏香销翠叶残，西风愁起碧波间”。

这一片残败萧瑟的荷塘，多像一座荒凉的香冢啊，它埋葬了逝去的青春容颜，埋葬了前尘旧梦，也埋葬了游人多情的流连和贪恋的目光，只留下香消玉殒后残存的遗骸，在寒风里，供有情人凭吊和追想。

北宋词人贺铸写残荷，也巧出机杼，堪为精彩：

杨柳回塘，鸳鸯别浦。绿萍涨断莲舟路。

断无蜂蝶慕幽香，红衣脱尽芳心苦。

返照迎潮，行云带雨。依依伺与骚人语。

当年不肯嫁春风，无端却被秋风误。

——贺铸《踏莎行》

当年不肯嫁春风，无端却被秋风误。这两句当是神来之笔。贺铸咏的是凋谢的荷花，义山叹的是枯萎的荷叶。一段生命的过程，生的那一刻就注定了有一天会离世，有生必有死，万生万物，生生死死，离离散散，回环往复，永无止歇。

生命不过是一趟旅程，情感也如是。相识相恋犹如植下一棵树，及至馥郁满园，是两情愉悦的缠绵陶醉，而最后的分离，是一棵树的枯萎殇逝。

春天，当荷叶从春意融融的水底发芽，亭亭玉立于碧波无垠的水面，那时，它已经种下了春根——另一个枯萎的自己正张开怀抱，在暮秋时节等待着它。

荷叶生时春恨生，荷叶枯时秋恨成。早知道会有今日的枯萎，为什么当初要种下情根，举满塘的风荷，开映日的红颜，而今只像一场华丽的春梦，让人空对着满塘残荷断肠地追忆往昔。

纵如此，它们的根，仍然沉睡在水底。一朝冬尽春来，它们会坚强地醒转，继续寻找前世的影子，再活过一回。一世又一世，经历一次次痛苦的枯萎，也不愿割舍对前世的惦念。

深知身在情常在，怅望江头江水声。唱一曲哀婉的情歌，几欲让人伤痛落泪。曲江水，漾起层层波纹，拍打在江头岸边，似在呜咽轻泣。这亘天塞地的孤寂，一个多情人，一池曲江水，一塘残荷憔悴损。

义山站在芙蓉园，怅望江头，聆听江水拍岸，心间涌上无限伤感。漂泊在人世已二十多个春秋，曾历经俗世艰难，曾邂逅过刻骨铭心的爱情，也曾败退于黑暗腐朽的官场，纵然娶得贤淑的王氏，却又无端卷入党争旋涡，到底是意难平。

他对王氏有一种踏实的情感，这踏实里是真实和平淡，日子越久，就越是一种细碎的亲情，像养分浸入了他的生活，不觉得炽烈，却也不能须臾短缺。

那么，当他一个人独游曲江，面对满池残荷想起生死离散，触景生情时涌上他心头的那个人，应当不是王氏，而是宋华阳。

这与不忠没有关联。宋华阳是逝去的一曲情歌，他以为已经忘了，却不料在他独游曲江，在芙蓉园，面对曾是红芳翠盖今已红衰翠减的满池枯荷，蓦地就想起了他们的曾经。彼时，他们的情意正如酽酒，醇香醉人，一如隋朝人杜公瞻笔下的同心芙蓉，“一茎孤引绿，双影共分红。”温馨缠绵的时光里，他们是两枝并蒂莲，醺然开过了一整个盛夏的时光。

爱过的人如今已天隔一方，这段爱的结局如此悲凉。义山在另一首《荷花》诗里说：“预想前秋别，离居梦棹歌。”原来想念的心并没有须臾放弃，它只是如枯荷的根，沉睡在心底，触景生情时，它便活过来，在怀念里痛悼前尘如梦。

李白说，坐看飞霜满，凋此红芳年。义山在芙蓉园独对残荷，心是凄哀的，他不幸生为有情人，加上才华卓著，对事物的感悟更为灵敏。就像《红楼梦》里看见燕子就和燕子说话，见了星星月亮也要长吁短叹的贾宝玉一样，心深处，是不绝如缕的深情。

这首诗，李商隐的研究者持多种不同的见解，有人说是义山在王氏去世后的悼亡之作，有人说是义山对自己漂泊身世的感叹，更有人拿一个叫“荷花”的女子说事，说义山在娶王氏前曾与一个小名荷花的女子相恋，可惜不久荷花早夭，义山便写诗来纪念她。

悼亡之说虽通情理，却似乎没必要如此含蓄悠长。王氏去世后，义山所作的悼亡诗，几乎都是沉痛之作，是失去亲人的哀伤，是睹物思人的具体实写；身世之说虽可沾一点边，但与诗中的深情对照，显然太过偏颇。

而最不着调的就是关于荷花女子的演绎。难道古人写诗，叹咏秋风便要有个叫秋风的女子，悲牡丹枯荣就要有个叫牡丹的女子，写荷花就必要有个叫荷花的女子，这些女子统统与作者有过一段恋情，似乎这样敷演就有了感天动地的悲剧效果。过几日我要是写几首题为《玉树临风》的诗，难不成我必有个情郎叫玉树或临风？！实在是庸人小技耳。

短短二十八个字，读之回环往复，摇曳不止，一唱三叹，余韵悠长，颇具音乐的节奏感。二十八字居然有一半重复，这在律诗写作中应是大忌，但义山的深情已穿越了这些樊篱羁绊，他不是为诗而诗，是情至诗成，是思绪翻涌时的自然流泻，内在的气韵一贯如注，冲破了写诗的忌讳和条框，从而抵达诗意流动、外冷内热、绵长惆怅的极致诗境。

诗，也有温度。这首诗的诗温，是如此失意萧冷，表达的情感却沉敛悠长。幽幽的凉，如佳人哀怨的眼眸，眉端深锁的是离愁。

春恨生，秋恨成。恨，因爱而起。佛教云人生有七苦：生、老、病、死、爱别离、怨憎会、求不得。因为爱别离，才有怨憎会。义山是用字的精灵，这恨字，义山反面写来，衬得情更为沉郁深刻，恨比爱更爱，恨比深情更深情。

只恨此身在，此情常不灭。南朝江淹曾作《恨赋》《别赋》，称自己为“仆本恨人”，而今义山亦如是。

人生长恨水长东。彼时在晚唐深秋的天空下，李商隐这个忧郁的男子，他独自缓缓走在曲江芙蓉园，他怅望江头，听江水呜咽，怀念逝去的美好时日。

时光一恍，便是今朝。彼时的情感已穿越时空而来，无数人在他杳渺深曲的诗句中，流连感怀，欲罢不能。叹此恨绵绵，无绝期。

◎直道相思了无益

无题

重帏深下莫愁堂，卧后清宵细细长。

神女生涯原是梦，小姑居处本无郎。

风波不信菱枝弱，月露谁教桂叶香？
直道相思了无益，未妨惆怅是清狂。

这首《无题》，写的仍是对宋华阳的思念。义山早年的诗，尤其许多冠之以《无题》的诗，总少不了道教的玄美，朦胧摇曳，难以索解。是了，义山就是要这样。

彼时，虽然他已娶王氏，玉阳山之恋早已隔世离空，却无奈，那些过往的缠绵，总会在不经意的时刻，浮现于他心间。他克制着，也藏匿着，但心，是会隐痛的。

隔了那么久，他以为已能淡然处之。王氏的娴美，他是喜欢的。作为世家小姐，她有着与门第相应的稳重和安然。婚后，日子淡淡地过，不求缠绵炽烈，却也是举案齐眉，两相契合。但谁也无法阻止他的心，并不是他要去想念，而是，当他被某些相关联的事物牵动，蓦然间那个深埋在心底的女子，会一下子来至眉端。

她在长安，他是知道的。她所在的方向，他应该会惦念着。站在长安街头，他会朝那个方向遥望吗？

当年在玉阳山，他与她情事暴露，一个被逐出道观，一个遣返回宫后被安置在长安华阳观中。此事过后，当义山怀念她却又不能明说，便干脆用“宋华阳”替代了她的本名。

华阳观，位于长安永崇里。元和初年，诗人元稹曾住朱雀门街靖安里，当时白居易和元稹都将参加殿试制举，为了迎考即将到来的殿试，白居易特意搬至元稹住处对面，也就是永崇里的华阳观，“闭门累月，揣摩当代之事”，写出了七十五目共四卷的《策林》。最后元稹考得甲等，官授左拾遗，白居易乙等，为盩厔县尉。

宋华阳在华阳观的日子，应是寂寥的吧。因玉阳山情事的影响，她一定被人非议，并且要接受被边缘化的现实。对于义山，她还能以一颗初心相待吗？或许心底是有的，但她触犯的是道教皇权两重禁忌，被遣返下山，能被华阳观接纳安置，已是侥幸脱难，万幸之至了。即便她会想念那个英俊多情的少年郎，也必须强迫自己，灭了那致命的心意。

而义山，因了与之相同的处境，也只能偶尔遥望了。

但他一定有意无意地路过她的道观。不想惊扰她的清修，也不想让彼此再没有退路，他只装作漠然地走过，无人得知，彼时他心底是不是有飓风刮过。

重帏深下莫愁堂，卧后清宵细细长。莫愁，是古代美丽女子的芳名。“莫愁在何处，莫愁石城西。”是古乐府中的句子。萧衍的《莫愁歌》又说她是洛阳女子，“河中之水向东流，洛阳女儿名莫愁。”义山将宋华阳比作莫愁，是倾慕怜爱的心思。

首联，义山揣摩宋华阳在道观中的生活。她所在的观堂，一定像莫愁的闺房一样，垂挂着重重帘幔。当夜深人静，她独卧在这寂寞道观中，长夜漫漫，是多么清寂难熬啊，更漏的水声缓缓地滴落，像一只孤独的虫子在啮咬着她的心。

神女生涯元是梦，小姑居处本无郎。第二联，义山在拿今昔作对比。想昨日，她多像宋玉《高唐赋》中的巫山神女，与楚襄王梦中相会，旦为朝云，暮为行雨，朝朝暮暮，阳台之下。两人缱绻恩爱的日子，有多少爱意堆积，填满了心房。如今，她却像传说中的清溪小姑那样，独守小姑庙中，耗尽青春芳年，却再没有情郎相伴。

乐府《清溪小姑曲》中有“开门白水，侧近桥梁。小姑所居，独处无郎”的诗句，说的是清溪小姑寂寞孤独的神女生活。小姑，相传是汉朝秣陵尉蒋子文的三妹。蒋子文战死后，悲伤的小姑也跳水身亡。孙权在南京钟山为蒋子文立庙，其妹也被奉为小姑神，接受人间香火朝拜。一个正花颜青春的女子，虽然被供奉在神庙中，在义山看来，又是多么孤寂啊！据说小姑庙前，一条清溪蜿蜒而去，一座小桥横跨溪上，溪水中倒映着小姑寂寞的容颜。

曾经无法割舍、生死相依的缠绵情爱，如今想来，竟是一场杳然春梦！在华阳观中，她静心修道，谨持慎行，但当真她就断绝一切俗念了吗？她当真决然地忘记了那些缠绵共处的时光，忘记了他吗？

但愿她忘记了吧。如果依然惦念，那蚀骨的思念，会生生熬干了她，一个人面对这孤独的夜，怎生得黑？

念及此，义山的心是痛的。更何况，风波不信菱枝弱，月露谁教桂叶香。她已像一根漂在水上无所依靠的菱枝，可是，周遭的风言风语仍然不肯放过她。经历这重重摧残，她还能像桂树一样，在月夜清露的浸润下散发迷人的清香吗？她是否已憔悴心死，让那个曾与她痴爱的人，不忍相见，心痛欲裂啊！

直道相思了无益，未妨惆怅是清狂。再深的思念，如今都已枉然。可义山仍想让宋华阳知道，为她，再苦的思念他都是情愿的。他会将她珍藏在心底，一个人默默地心痛，只天地相知。

直道相思了无益，这牢不可破的世间樊篱虽然能阻止他们相恋，可是谁又能阻止他的心，谁能阻止他为惆怅心碎，为思念发狂？！

这一首思念的诗，义山写得无限深情，百般哀婉。可是，他毕竟已不再是玉阳山上的学仙少年。他可以暂时沉浸在回忆中痛快地哭一次，深情地思念一回，可是清醒过来，他仍然要做回如今的自己。

第十五章
再入兰台，却是阴差阳错

李德裕执政的几年，李党人在政界风光重现。在心理上，义山从未将自己归为何种党派，但自从娶了王茂元的女儿，牛党人尤其是令狐绹，主观上已认为义山错误地站进了李党阵营，就算他说破了嘴，说自己心不在李党，又有谁会相信？

问题是，虽然令狐楚对他有知遇之恩，但跟随令狐公的那些年，他一次又一次科考落第，只能寄身幕府维持生计。在那个以行卷干谒作为科考敲门砖的时代，如果令狐楚真的设身处地为他的前程着想，义山应该早几年就已经及第。虽说义山理解令狐楚为人的清正不阿，更感激令狐楚多年来给予他的无私关怀，但事实结果摆在那里，他总不能一辈子待在令狐幕府当秘书写公文，他要替自己的未来着想，他要立足，他要生活。

由此他在令狐楚去世后才入了王茂元幕府，这没什么好指责，况且彼时他正当婚娶之年，王茂元又主动择他为婿，既然已经失去了宋华阳，那么能娶士族之女为妻当然是求之不得的姻缘，这本是人之常情，与党派八竿子打不着，当然更轮不到外人来非议。

但人生很多时候，尤其在腐朽没落的晚唐，谁又愿意拿道理来说事？他还是如一叶浮萍，被推进了旋涡，跟随着党派之争的潮起潮落，一波扬起又一波跌落，以至半纪漂泊，沉浮不定，命运由不得自己来掌握。

眼下李党执政，他的命运便稍微顺畅了一些，起码不会像上次那样被无端除名，不会再有人刻意作梗，人为设置重重障碍。

武宗会昌元年（公元841年），王茂元调任忠武军节度使、陈许观察使，治所在陈州，也就是今天的河南淮阳县。义山暂时闲居在家，便应了岳父的邀请，入了王茂元的陈州幕府。但也仅逗留了几个月，第二年也就是会昌二年春，义山再次来到长安参加吏部试，最终以书判拔萃，官授秘书省正字。

关于唐朝以书判拔萃取士的制度，《新唐书》载："凡择人之法有四：一曰身，体貌丰伟；二曰言，言词辨正；三曰书，楷法遒美；四曰判，文理优长。"以书判拔萃，就是说用遒劲美观的书法写出优美又极具理性的判词，写三条而达到考试标准，便可拔萃授予官职。

由此可知，义山的楷体书法也是极有水准的。

秘书省正字，是品秩极小的一个官。黄庭坚曾有诗云："正字不知温饱未。"而北宋诗人陈师道就是在公元1100年，任秘书省正字时，冻病死于任上。两人虽都是宋朝人，却也是一种有力的参照。

按唐朝的官制，秘书省设校书郎十人，正字四人。校书郎为九品上阶，正字为九品下阶，正字与校书郎一起，对典籍史册进行校对和订正讹误，换作今天的说法就是校对员。文宗开成四年（公元839年），义山第一次入秘书省时为校书郎，三年后重入，居然是正字，兜了一个圈后回来，官职从上阶降为下阶，似乎很令人沮丧。

虽然不是十分完美，义山的知足感已远远大过了这一丝遗憾。想当初他因活狱事件从弘农县罢官辞归时，"将遂脱衣置笏，永夷农牧"，做好了躬耕垅亩的准备，未曾想过有一天能重回秘书省任职。况且，他尚年轻，一旦有人外调，在李党执政和岳父的关照下，他的升职有着极大的空间和可能。

当然，这只是我们的设想。义山在意的是，他其实更适合秘书省的工作，一介文士，从小便与经史书籍打交道，骨子里流淌的文人气息塑造了他安静内敛的性格。手握经卷，清茶一盏，吟诗作文，躲进小楼成一统的清雅时光，这样的生活状态与他的性格才相匹配。因此，对于义山来说，秘书省虽然清贫，却是最合适的栖身之所。

秘书省的秘书监，初设于东汉，相当于皇帝的办公室主任。至梁朝才有秘书省的官署名。唐高宗龙朔二年（公元662年），改秘书省为兰台，秘书郎称为兰台郎；则天女皇武曌垂拱元年（公元685年），又改兰台为麟台；至唐睿宗太极元年（公元712年），复称为秘书省。

兰台，是秘书省最雅致也最普遍的别号。兰台一词始于楚国。刘勰在《文心雕龙》中说："唯齐楚两国，颇有文学，齐开庄衢之第，楚广兰台之宫……屈平联藻于日月，宋玉交彩于风云。"说屈原和宋玉都曾在楚国的兰台之宫讲学，开一代风气之先。后来宋玉又伴楚襄王游兰台之宫，与楚襄王畅论风起于青萍之末，写下恣肆磅礴、文采斐然的《风赋》。宋玉也因之有了兰台公子的美誉。

至汉代，将宫中藏书馆和档案库称为兰台，此后，兰台一词沿袭至今，成为档案机构的雅意代名词。

这些由来和典故，都很合义山的心意。一个小小的文职，工作比较单纯，不需要担负太多责任，更不会动辄卷入官场纠纷，闲时与人饮酒斗诗，假日在樊南家中小试犁锄，日子过得却也安逸自在。

只是，这样的日子何其短暂，就在这年冬天，义山的母亲在长安与世长辞，义山悲痛欲绝，立即上报解官三年，为母亲丁忧守丧。

唐朝非常重视官员的守丧制度。一旦父母离世，不论官职多大，一律离职守丧三年，三年守丧期满脱下孝服，称为服阕，这时方可重回岗位复职。

悲痛袭来，义山顾不得许多，一心一意办理母亲的丧事，将母亲的灵柩送往荥阳坛山安葬，那里是他们李家的祖坟所在，山冈上安歇着他的祖辈先人。

他将母亲葬于父亲的墓旁。义山十岁丧父，随后又目睹两位姐姐的亡故和一位小侄女寄寄的夭折，再然后是堂叔，现在又是生养了他、毕生辛劳的母亲，他留在这世上的亲人已经不多。

料理了母亲的丧事，趁丁忧长假，他又四处奔波，将姐姐、侄女和散落各处的亲属遗骸一一迁葬坛山，又给他们撰写祭文和志文状，言辞哀伤恳切，后来皆成为义山文集中的上乘佳作。

迁葬修墓，几乎耗尽了义山的积蓄，所费心思更是无以言表，但义山是欣慰的，他在《祭仲氏姊文》中说："五服之内，更无流寓之魂；一门之中，悉共归全之地。"他年少时家道崩殂，未曾享受过亲人团聚的快乐，当他成年，当他将亲人一一迁葬在一处，似乎一家人终于团圆在了一起，补全了年少时的缺憾，也完成了他许久以来的愿望，心底是温暖而感动的，从而得到精神上的深层慰藉。

然而刚刚办妥李家亲属的迁葬，义山又惊闻岳父王茂元在讨伐叛军的途中不幸亡故。

唐史上的这场"唐平刘稹泽潞之战"，又叫"泽潞之叛"，肇始者是昭义节度使刘从谏的侄子刘稹。会昌三年（公元843年）四月，刘从谏病逝后，刘稹秘不发丧，意图谋划藩镇割据。五月，武宗下令河阳节度使王茂元等五路大军合力讨伐刘稹，史称"会昌伐叛"。九月，年老多病的王茂元病逝于万善城的讨伐征途中。

母亲和岳父的离世，给义山带来的不仅仅是伤痛。

他重又考取授官，再入兰台，是多么不容易啊，他满以为自己的春天就要来到了，日子多么清雅自在，李德裕任宰相后，身边又是一个没有排挤和打压的政治环境，他甚至会想，即便不升迁，这样的日子天长地久他也愿意。

可是母亲去世了，他要丁忧三年。这三年正是李党执政的大好时光，武宗对李德裕十分倚重，朝中至关重要的大事几乎都以李德裕的主意为主，李党人在朝中如鱼得水，然而他李商隐偏偏缺席了这一场盛宴。

岳父的离世使他失去了最重要的权力支撑。李德裕与王茂元再怎么私交甚厚，那也只是对王茂元的情分，况且还包括上级对下属的情分，对李商隐这么卑微的一介小文官，他似乎没有必要低下高贵的头颅，用眼光去寻找并加以垂青。

按唯心主义的说法，义山真的有点背时。设想时光倒流，一直倒流到义山重入秘书省的时间点上，再换一种可能重新前进：母亲没有离世，他没有守丧三年；岳父也没有病故，仍在李德裕的关照下继续升迁；他呢，在秘书省勤勉地当一名九品正字。此时，李党的政治形势一片风光灿烂，他也能借着这股东风，飘起再飘起，渐渐地升至更高的官职，那么，即使日后牛党卷土重来，将他削职贬官，瘦死的骆驼比马大，他起码已积累了经得起削减的资本。

可是，这一切只是假设。当然，如果这些假设都已成真，也许就没有后来在诗史留名的李商隐。但谁知道呢？也许李商隐苦其一生，苦出来的精神财富营养了我们这些后人，但他如果一生富足，即便不留名，对于已经消逝于时空的他来说，又有什么关系呢？所谓的留下宝贵的文化财富，只是成全了存于世上的我们而已。

所以，当时的义山只剩下丧亲的悲痛和前途茫然的感叹。长安城，还是车水马龙，繁华依旧，但他的心似乎再也无法融入，失意和凄凉使他像一个被抛弃的灵魂，毫无目的地游走在繁华边缘。

此时义山尚未服阕，离复任的日子还有一年多时间，在征得王氏同意后，义山再一次举家搬迁，这回他迁到了河中府蒲州境内的永乐县。

◎昨夜星辰昨夜风

无题

昨夜星辰昨夜风，画楼西畔桂堂东。
身无彩凤双飞翼，心有灵犀一点通。
隔座送钩春酒暖，分曹射覆蜡灯红。
嗟余听鼓应官去，走马兰台类转蓬。

这首诗写于会昌二年（公元842年），也就是义山以书判拔萃重入秘书省的第一年。彼时，义山愉悦的心情，似春天茸茸的草地上欢喜的草芽儿，一寸一寸，铺满了心田。

长安城，又是一年春意浓。满街满巷，到处是春光漠漠，烟柳画廊，晓岸云树，参差人家。这一年的春天与他及第的那个春天一样，在义山心中，充满了劫后余生的暖意温馨。当初从秘书省到弘农县，本以为能像杜甫那样“致君尧舜上，再使风俗淳”，实现自己的治世理想，却因活狱事件差点丢官罢职，他最初的热情被冷水迎头一击，只剩下挫败感和永夷农牧的退隐打算。但是峰回路转，姚合让他复职，他总算重拾了一点入世的希望，接着又考取吏部试，尽管所授官阶不尽如人意，但最为关键的，是兜兜转转后，他重新回到了起点，回到了长安城，那么，一切就都可以从头再来。

他就是在这样和暖的春天里，在这重又涨满希望的心境中，开始了生命中的第二次兰台赴任。

与弘农县相比，长安城毕竟是皇城，文化气息甚至休闲娱乐，都充溢着帝都的繁华浮靡，当然也有时尚高雅。官场的宴会和同僚的宴请，总少不了送钩或射覆游戏，更有才艺俱佳的女子在席间助兴，巧笑倩兮，美目盼兮，一时间，丝竹盈耳、歌舞升平，酒不醉人人自醉，想不醉都难。

这首诗，是义山对昨夜宴会的回忆。此刻我在想，将一场司空见惯的宴饮写得这般美妙婉转，一定有些什么让义山萦怀，在他低吟落笔的时刻，心底是温柔的，一股细细的暖泉，仿佛微笑着，流过了他的心田。

一个美好的春夜，一场愉悦的欢宴，一位与他心意相通的女子，还有重回兰台的好心情，这一切构成的温暖回忆，足以让他写一首圆融流丽的诗，来纪念这一场盛宴。

昨夜星辰昨夜风，画楼西畔桂堂东。是一个春风沉醉的晚上，就着雕花窗棂，能看见屋外的夜空满天星斗，银河灿烂。夜风挟带着馥郁的花香和夜露的清凉，一阵一阵从窗外悠悠潜入，沁人心脾。此刻，在繁丽华美的画楼西畔、桂堂之东的一间华堂内，烛火通明，高朋满座，一场宴会正在进行……

从来文人写时间地点，总是简明扼要，没必要添枝加叶，这也是一贯的做法。但义山这两句，却美得一塌糊涂，朗声诵读，也是跌宕婉转，旋律柔美。这么浓墨重彩地写，是为了隆重地衬托后面的两句，也是不经意地告诉自己，记着那个春夜，记着那个明亮的华堂。

只因，有一个美丽的女子，在那个夜晚的宴席上，曾让自己怦然心动。

这场宴席的主人，是官场中人，或是京城豪富，因此，他的府上才有画楼桂堂，才有美貌温柔的姬妾，或色艺双全的歌舞乐伎。

酒已微醺，人至半醉。宾客同僚们推杯换盏，说不尽的祝词，道不完的戏谑，欢声笑语，绕梁出户。这气氛也感染了席上陪座侍酒的姬妾和乐伎们，在烛光映照下，她们粉面桃腮的笑颜格外娇俏美丽。

刚刚赴任的秘书省正字李商隐，此时微笑坐在宾客中间，他的邻座是一位温柔可人的女子。显然，她对身旁这位英俊儒雅的青年产生了好感，在满座谑笑疏狂的宾客中间，他骨子里透出的士子的文雅，和眉宇间的一缕英气，是那样的卓尔不群。她已知道，这位公子就是大名鼎鼎的洛阳才俊李商隐。

从她的眼眸中，义山已看到几分温柔情意。在那样的气氛中，在那样一个美妙的春夜，面对身边这位姣好的女子和她妩媚的眼神，他确实有些心猿意马，春情萌动。他相信，此刻，他们虽不是比翼双飞的凤凰，两颗心却如神兽犀牛角上的一缕白纹，心意相连相通，灵敏地感知了彼此的倾慕之情。

一点点的暧昧情意在两个人的心底漫涨。忽然，席间有人提议玩送钩和射覆游戏，众人齐声赞好，宴席上又是一轮热闹欢腾的气氛。

送钩，就是今天宴席上猜拳游戏的祖宗，或曰猜拳的最初版。据《汉书·外戚传》载，汉武帝刘彻当年巡狩路过河间国武垣城（今河北省肃宁县境内），负责观天象的侍从说此地定有奇女子，武帝便下诏寻找。一位姓赵的女孩子被带到武帝面前时，只见双手握拳，她告诉武帝，从她生下来的那天起，她的双手就没有松开过。武帝上前轻轻一拨，女子的双手立刻伸展。另有传说称，女子双手松开后，只见手中藏着一枚小小的玉钩，武帝便将这女子收至宫中，号为“拳夫人”，后来又晋为婕妤，住钩弋宫，称其为“钩弋夫人”，生昭帝，号钩弋子。

这个典故在宫中传为佳话，渐渐演化为宴席上的藏钩游戏。玩法有点类似今天的击鼓传花，就是将宾客分为两队，一队藏物在手，并迅速传递给队友，另一队负责猜物，猜出物在谁手为胜，反之则败，败则罚酒。

射覆也是猜物游戏，由藏钩发展而来，却与藏钩略有不同。射，就是猜度的意思。覆，就是覆盖隐藏。游戏的规则是，在酒碗、器皿、托盘等器具之下覆盖一个物件，让人猜测所覆何物，就是猜一猜器具下到底是什么玩意儿。这是初级的玩法，后来在文人雅士中演变为射覆酒令，就是用几个相关联的字为覆，射一个共同所指的字，那便是智慧加才情的游戏了。

《红楼梦》中，贾宝玉说射覆是酒令的祖宗，并说比一切的令都难，但曹雪芹写射覆酒令却是非常精彩。宝钗和探春射覆，探春覆了一个“人”字，宝钗说“人”字太泛不好猜度，探春便又覆了个“窗”字，称为“两覆一射”，宝钗见宴席上有鸡，便射着探春用的是“鸡窗”“鸡人”二典，于是射了一个“埘”字。探春便知她已射着，是用了个“鸡栖于埘”的典，于是两人相对一笑，心下意会，各饮了一口门杯。

义山所说的射覆，应该还是最初的玩法。分曹射覆，就是分为两组来玩这个游戏。既然不是文人间的雅聚，自然不是玩什么射覆酒令的游戏，更不用分为两组来玩，显然，这是分组猜物的游戏。

隔座送钩春酒暖，分曹射覆蜡灯红。彼时，在一片欢笑声中，席间玩起了送钩游戏。一个小小的物件在众人手中悄悄地传递，义山忽觉得他的手被什么东西轻碰了一下，侧过脸去看，却是邻座女子小手握拳，要将那个小物件塞到他的手中来。那女子此时面若桃花，含羞带怯，手如柔荑，肤如凝脂。义山刹那间心旌摇荡，面容却是不动声色。彼时除了他们自己，无人知晓他的手已在桌下张开，一只握拳的小手轻轻放入他的掌心，被他轻握，几秒钟后两只手又不动声色地分开。

这是送钩游戏的一个小小环节，在义山心中，却是湖面刮过了一阵春风，荡起涟漪无数。此刻，他被一抹怦然心动的情意激荡着，什么落入眼底都是炽热温暖的，这春夜，这春风，这春酒，这喧闹快乐的游戏，这红彤彤的蜡灯明烛，还有这春天般让人心动的女子。

只恨夜短，哪怕情长。这一夜，虽不是两情相悦，所有的情意却是那般含蓄婉转，一点点的小暧昧，一丝丝的小幸福，一缕缕的小欢喜，弥漫在烛光、夜宴人的欢声笑语中，游进义山的心里，把他的心撑得满满的醉醉的，但愿时光就此停留，停留在这个春夜里。

可惜天已微明，华宴终将散去。隐约听到五更鼓声响起，又是新的一天来临，义山要如往常一般上朝去应卯。他恋恋不舍地与华宴的主人告别，当然，也会向主人的姬妾们告别，包括那个与他款曲心意两相知的女子。

嗟余听鼓应官去，走马兰台类转蓬。这是义山的一句叹息。叹佳人难得，也叹身在江湖身不由己。官场，也是江湖，却比江湖更为风险难测。类转蓬，是说仕宦之旅像随风飘转的蓬蒿一样无法安定。历来解诗人总将这一句当作义山的身世之叹、飘零之感，但其实，此时义山再入秘书省不久，虽正字不比校书郎品阶高，但从偏远的弘农县重回京城，已属不易，身世飘零也是日后离开京城四处入幕的经历写照，义山此时应该还不至于有此感慨。因此只能说，义山的叹息是因华宴的散去和不得不离开的佳人，只怨身在官场，无法尽欢。

这首诗，义山写得余韵悠长，诗中的女子，虽只是初识，义山却不惜笔墨酬付深情，似乎义山是个泛情之人。其实，在义山生活的年代，社会的开放度甚于今日。官场有官妓，教坊有乐伎，达官贵人之家有家伎，还有勾栏酒肆的艺妓和青楼女子，这些女子比寻常人家的女孩儿更具才情，因此才有林下风致的薛涛、看破红尘的鱼玄机、女中诗豪李季兰、言辞雅措的刘采春、“花开堪折直须折”的杜秋娘……无论是官场中人，还是文人雅士，总爱与这些女子交往，比起结发妻子，这些女子社会接触面广，色艺俱佳，对话和交流也更显韵致和风情。大诗人元稹与薛涛、刘采春先后传出绯闻；温庭筠和鱼幼微过从甚密，留下许多唱和之作；刘长卿与李季兰情意相投；与义山齐名的杜牧，留下“十年一觉扬州梦，赢得青楼薄幸名”的艳情诗句；有趣的要数与义山合称三十六体的温庭筠和段成式，两人曾在一个叫光风亭的地方夜宴，一边看醉酒的妓女打架，一边兴致勃勃地即景作诗，段成式说“捽胡云采落，疻面月痕消”，温庭筠则调侃“拂巾双雉叫，飘瓦两鸳飞”，虽有些煞风景，却是他们与青楼女子交往的例证。

应当说，偎红倚翠、红袖添香是当时士大夫交游中的流行风尚。因此，义山虽有王氏，在宴会中邂逅一个美丽的女子，并产生片刻的爱慕之情并不为过，况且，此姝也不能轻易去爱，她是别人家的花朵，只在心里喜欢着，自己无份求得。

这首“昨夜星辰昨夜风”，很多人耳熟能详，记忆深刻，却往往忽略了另外一首次章，次章承接前章而来，也许是那夜华宴的说明或补充：

闻道阊门萼绿华，昔年相望抵天涯。
岂知一夜秦楼客，偷看吴王苑内花。

——李商隐《无题（其二）》

这首诗翻译过来，是这样一层意思：听说神仙之门中有仙姝名叫萼绿华，为了见她一面只能寻遍海角天涯，却也未必能够见到她。谁知就在那个春夜，我像在秦楼吹箫成为仙人的萧史一样，居然偷看到了吴王苑内美人西施一样的娇艳之花。

吴王苑内花，是那个在春夜的宴席上，将小手轻轻放入义山掌中的女子吗？一次回眸，一朵笑靥，一场春花开过。倏然，义山的天空一片惊艳的流霞。

醉成了满天星辰，醉成了拂面春风。

第十六章
暂居永乐，树欲静风不止

永乐县位于河中府蒲州境内，也就是今天的山西省永济县。会昌四年（公元844年），义山携眷离开长安，举家搬迁来到了永乐县。

这一年义山尚在居丧期间，母亲和岳父的离世让他心绪低沉，也让他逐渐看清，人生这一场华丽的旅程到头来不过是虚无一场，与其面对红尘纷扰，倒不如与家人安宁一世，相守到老。于是趁丁忧长假未满，他带着对亲人的深切怀念，决意远离喧闹的京城，找一处安宁之所，珍惜与家人共处的时日。

河中府，因位于黄河中游而得名，距离长安和洛阳均只有数百里路程；唐开元中，河中府的蒲州与国都附近的其他三个州郡同、华、岐共为唐朝四辅，政治经济地位极其重要；而蒲州境内的永乐县，则背靠中条山脉，前望奔腾不息的黄河，可谓枕山依水，风光旖旎，在此结庐隐居，做采菊东篱下的五柳先生，是再好不过的选择。

此时正值暮春时节，朝廷已先后平定刘稹和杨弁之乱，历经数月的动荡不宁，王土之内又恢复了短暂的平静。义山到永乐后，在一座小村庄结庐筑室，出门是奔涌的黄河，回首是群山绵延，这一片山光水色使他忘忧，使他迷恋。

“驱马绕河干，家山照露寒。依然五柳在，况值百花残。”这是他移居永乐之初写下的诗句。每天清晨，他驱马悠闲地从黄河之滨走过，初升的朝阳映照着这一片美丽的家园，草尖上的露珠泛出湿漉漉的清凉寒意。在这明净的天宇之下，行走在自然的怀抱，呼吸着清新的朝露气息，恍惚间义山觉得自己已化身成五柳先生陶渊明，在这百花凋零的暮春时节来此隐居，安享闲逸时光。

在永乐，义山大约闲居了一年时间。这一年是快乐的，他在房前屋后植了树，种了花，一卷在手，抚琴窗下，常常是花间一壶酒，独酌无相亲。淳朴的乡间生活对他而言，是清香披蕙兰的雅意栖居，闲慢的时光里充满了悠闲细致的小幸福和小安慰。

春天。“自喜蜗牛舍，兼容燕子巢。绿筠遗粉箨，红药绽香苞。”（《自喜》）他小小的陋室住进了客人，是南来的春燕在唧唧喳喳地上下翻飞，在忙着衔泥筑巢；陋室周围的竹林此时也笋壳剥落，正在拔节生长，而红色的芍药花已吐露香蕊，花苞绽放。这是多么美丽的一幅春日小景！

夏天。“华莲开菡萏，荆玉刻孱颜。”（《灵仙阁晚眺寄郓州韦评事》）房前小池中的莲花亭亭开放，清风拂过，荷香四溢；中条山巉岩巍峨，似有荆山之玉镶嵌其中。

秋天。“素色不同篱下发，繁花疑自月中生。浮杯小摘开云母，带露全移缀水精。”（《和马郎中移白菊见示》）篱下新开的白菊，像月中清辉笼罩的桂树散发着清香。将那小小的白色花朵摘下放入杯中冲泡，如一朵一朵散开的云母，清晨将它们移植进盆中，那带露的花叶上缀满了闪亮的水晶。

冬天。“庭树思琼蕊，妆楼认粉绵。瑞邀盈尺日，丰待两岐年。”（《忆雪》）一场大雪纷纷扬扬，庭院里的树木被白雪装饰成玉树琼枝，小立楼台，看屋外白雪飘飞，似粉如棉。待这场瑞雪下足一尺深的时候，可知来年一定是个丰收的好年成。

义山在永乐闲居时写作的诗，有五柳先生之风，朴厚醇美，平淡自然，已全然脱去早期诗歌的幽深窈渺和含蓄蕴藉，这自然不是义山诗的代表风格，却是真实生活在义山诗歌创作中的直接体现。

> 窗下寻书细，溪边坐石平。
> 水风醒酒病，霜日曝衣轻。
> 鸡黍随人设，蒲鱼得地生。
> 前贤无不谓，容易即遗名。
>
> ——李商隐《所居》

恬淡淳朴的乡居生活，使他如隐士一般，有了遁世逃名的悠然情趣，但这毕竟是暂时的心灵抚慰，在他心底，出仕的愿望一直没有真正停歇过。在《喜雪》中，他说："此时倾酒贺，相望在京华。"杜甫也曾说过，"每依北斗望京华"。义山的心，被一根长长的线牵系着，线的那一头，是长安。

会昌五年正月十五，他听说京城彩灯齐放，正在举行灯市节，他惆怅满怀，写下《正月十五夜闻京有灯恨不得观》的诗作，叹"身闲不睹中兴盛"，将无法亲临长安观灯引为憾事。更多时候，他独坐小园，叹青袍似草，世间荣落。"欲逐风波千万里，未知何路到龙津。"他为不知哪条路径才能通向庙堂龙门，不知怎样才可向天子献治世之才而烦忧。在永乐，闲逸只是暂时，尘埃落定后，义山心头仍是抹不去的出仕报国愿望。

会昌五年（公元845年）春，在永乐闲居一年后，义山接到从叔、郑州刺史李褎的邀请，去往郑州住了数月。这年十月，义山丁忧服阕，守丧期满，他终于回到长安复职兰台，继续当他的秘书省正字。

但是，重回兰台的日子何其短暂。半年未到，会昌六年（公元846年）三月，三十三岁的唐武宗李炎因服食丹药在大明宫驾崩。李炎的叔叔、光王李忱以皇太叔身份被宦官左神策军护军中尉马元贽立为皇帝，是为唐宣宗。伴随着新君的即位，晚唐风雨飘摇的朝廷政局又是一轮乾坤倒转。

——李党遭贬外调，牛党卷土重来。

政治、官场、天子、朝臣，看透了，不过是一场接一场的戏剧，生旦净末丑，浓墨重彩地演，你方唱罢我登场。大幕拉开，舞台上晃动的是一张张陌生的面孔，有时候字正腔圆地唱，有时候打打杀杀，把一段过程演绎得高潮迭起。还没等谢幕的焰火余烟散尽，在锵锵的锣鼓声中，舞台上已撤换了布景，新上了主角，又一轮生旦净末丑的悲喜正剧开始隆重上演。

历史，总是在锵锵的锣鼓声中，启幕落幕，落幕又启幕。

唐宣宗李忱就是那个在锣鼓声中新上的主角，与他配戏的，自然不会是上一场主角用过的旧戏子，他要用自己喜欢的班底——牛党成员。

武宗重李党，贬牛党，宣宗偏反其道而用之。李忱即位后，任命牛党成员、翰林学士、兵部侍郎白敏中为同平章事，也就是执政宰相。同时，在武宗朝被贬的五位牛党宰相于同一天北迁任职：牛僧孺被武宗贬为循州司马，宣宗诏为衡州长史；此外，诏流放封州的李宗闵为郴州司马，诏恩州司马崔珙为安州长史，诏潮州刺史杨嗣复为江州刺史，诏昭州刺史李珏为郴州刺史。只是李宗闵未离封州便已病故。

宣宗一边对牛党提拔重用，一边对李党大加贬谪，将过去武宗对待牛党的态度一股脑地又用在了李党身上。

宣宗李忱素来厌恶李德裕的恃宠专权，在他即位的那一天，宰相李德裕手捧册立诏书站在他旁边。册立仪式结束后，宣宗问左右：“适近我者非太尉耶？每顾我，使我毛发洒淅。”意思是，刚才靠近我身边的是李太尉吗？他每看我一眼，都使我毛骨悚然。听起来是畏惧之言，实为憎恶之语。

宣宗即位不久，将李德裕一贬再贬，最终贬为潮州司马；又贬李德裕的亲信、给事中郑亚为桂州刺史、桂管防御观察使，并将朝中李党成员纷纷贬谪外放。一时间，朝中官员贬的贬，升的升，大有重换天日的架势。

这一场政治洗牌无异于湖心起了飓风，秘书省正字李商隐虽不在旋涡中心，但仍然无法避免地被波及，被排挤的无助让他惶惑，那一份无人可诉的不安，只有他自己能够深切体会。

他本是一个无党派之人，却生生被夹在两党中间成了骑墙派，虽早年受恩于牛党令狐楚，但现在却是李党人的女婿。两党中人任谁得势，都不会真正把他当自己人待。

现在，因岳父的关系走得稍近一点的李党中人，不是贬谪就是流放，牛党把持的朝中政治环境，气氛已明显于他不利。

幸好，桂管防御观察使郑亚及时向他伸出了橄榄枝，请他远涉桂林，入聘桂州幕府。

这一去，便是十载幕府，余生飘零。

◎通灵夜醮达清晨

汉宫

通灵夜醮达清晨，承露盘晞甲帐春。
王母不来方朔去，更须重见李夫人。

宫廷诗，向来有几分浮靡和虚空的奢华，这奢华是一张千疮百孔的壳，内里是永久的颓废和没落。

义山这首《汉宫》，写的是汉武帝的前尘旧事，隐射的却是唐武宗的求仙慕道。

汉武帝刘彻，是中国历史上封建帝国的一代雄主，他开创了繁荣鼎盛的西汉王朝，在位五十四年间，文治武功，独尊儒术，灭匈奴、并朝鲜，开疆拓土，使汉朝版图得到空前扩张，他的一生也因之笼罩着传奇的光辉。

但这位雄才大略的君王，却偏偏迷信巫蛊，尤敬鬼神之祀，一生遍寻方士，祈求长生不老之术，给后世留下了许多愚昧可笑的求仙故事。

方士李少君胡乱猜出了一件铜器的年代，便被汉武帝当作活了几百岁的神仙；李少君死后，汉武帝又被方士少翁、栾大骗来骗去，甚至封栾大为侯，还将自己的女儿下嫁给栾大，期待栾大有朝一日能请来神仙。后来，栾大见瞒骗再也拖延不过，便谎称入海寻师，溜之大吉。

这还不算。当一个叫公孙卿的方士出现时，汉武帝还是执迷不悟。有一年在汾阴掘出了一只古鼎，公孙卿忽悠汉武帝说："当年啊，黄帝采首山铜，在荆山脚下铸鼎。鼎铸好后，天上突然出现一条龙，垂下长长的龙须来迎接黄帝。黄帝和群臣及后宫共七十多人都骑上了龙身。可是我呢，当时是一名小臣，不够资格上去，只好拽着龙须，可是龙须却被我拔断了，我又摔到了地上，黄帝的弓也摔下来了。百姓看着黄帝升天离去了，抱着龙须和黄帝的弓痛哭流涕，后来就把这里叫做鼎湖，弓就叫做乌号。"

这么蹩脚的段子，汉武帝居然深信不疑，还十分天真地说："我要是能像黄帝那样升天当神仙，妻儿算什么，我离开他们就像脱鞋一样简单！"见皇帝这么好骗，公孙卿便接着忽悠，一会说发现了仙人的踪迹，一会儿又让汉武帝大造船只，出海去寻访蓬莱仙人，一会儿又说仙人喜欢住高高的楼宇，让汉武帝在长安和甘泉山广建高楼，武帝于是日日期待神仙降临。

但直到最后，汉武帝也没有求得长生不老，更没有乘龙升天，他仍然是一具肉体凡胎，七十岁时在他的宫殿五柞宫，一命归西永赴黄泉。求仙，不过是一场虚妄的闹剧。

义山的《汉宫》诗里，住着汉武帝的女人。四句诗，起码有三个女人的面孔，很模糊，却都以不同的形式存在着。有脂粉宫人，才是帝王的后宫。《汉宫》诗，当然要有女人。

通灵夜醮达清晨。这一句里，住着钩弋夫人赵婕妤。西汉人王褒《云阳记》中载："钩弋夫人从至甘泉而卒，尸香闻十余里，葬云阳。武帝思之，起通灵台于甘泉宫。有一青鸟集其上往来。"

自古红颜多薄命，即便生为皇帝的女人也常不能幸免。钩弋夫人被汉武帝封为婕妤，住钩弋宫，生子弗陵，也就是后来的昭帝。征和二年（公元前91年），皇后卫子夫和太子刘据被人诬陷自杀，一时间，皇后和太子位空缺，此时燕王刘旦上书，愿意交还封国回朝，也就是想当太子，汉武帝一怒之下杀了燕王的使者，这就是西汉著名的“巫蛊之祸”。

征和四年（公元前89年），决意立弗陵为太子的汉武帝在甘泉宫画了一张图赐给霍光，图上是周公背着年幼的成王朝见大臣的画面。霍光立时明白，汉武帝意在让他效仿周公姬旦，辅佐年幼的弗陵当皇帝。

几天后，汉武帝便无事生非怒斥钩弋夫人，并将她打入掖庭狱，最后，年轻貌美的钩弋夫人死于云阳宫。

其实，汉武帝非常喜爱钩弋夫人，爱她，却要杀了她，是因为汉武帝担忧自己驾崩后，母壮子幼，小皇帝会被母亲掣肘控制，不利于西汉社稷江山的稳固发展，于是果决地对自己所爱的女人痛下杀手，为即将即位的小皇帝扫清障碍。多么残酷可怕的君王，他的大智慧和超理性折射着寒冷的光辉。

传说钩弋夫人死后，尸体香味不绝，延之十里不散。此时的汉武帝行将就木垂垂老矣，他为被自己无辜迫害的钩弋夫人痛哭哀悼，怀念不已，在甘泉宫筑起通灵台，道人夜夜设坛打醮，直到清晨。传说常有一只青鸟在通灵台上往来飞翔，那便是钩弋夫人的化身。

承露盘晞甲帐春。第二句虽没有确切的女人，却也是一片春意。承露盘是汉武帝为求长生不老而修建的承接露水的铜仙人建筑。汉武帝元鼎二年（公元前115年)春，“作承露盘，高二十丈，大七围，以铜为之，上有仙人掌，以承露，和玉屑饮之，云可以长生。”（《资治通鉴》）这又是方士的骗术之一，如果把玉石碾成屑和着露水饮下就能长生的话，那普天下早就没有凡人，这颗星球也早已是天上人间了。

作承露盘，皇帝自然要常饮露水，但此时在义山诗里，却是承露盘晞，甲帐春浓。义山说，承露盘里的露水早干了，甲帐之中却是春意无限。这句诗有两解，或者说语意双关。甲帐春，可以理解为承露盘里的露水已被武帝饮用，武帝饮了这种求仙甘露后夜夜春情。这样理解有点少儿不宜，但道教典籍中确有房中术的记载，并将其列为求仙修炼的方式之一。在《汉武帝内传》中，武帝与西王母对食蟠桃，西王母还令上元夫人向武帝传授可以长生不老的房中术。怪不得一些玄幻武侠剧中，男女裸体对坐练功，估计这样的构思就是化道教古籍而来。

还可以理解为神仙住在仙宫甲帐里，懒得理会武帝的求仙之请。《汉武故事》云："上以琉璃珠玉、明月夜光杂错天下珍宝为甲帐，次为乙帐。甲以居神，乙以自居。"武帝日日求神，神却在甲帐中怡然自乐，根本无暇施降仙露甘霖，以至承露盘里空空如也。

义山写这一句，起码有三分讽刺，两分调侃。

王母西归方朔去。这句诗里住着第二个女人西王母。西王母是女神，却在传说中与武帝有着扯不清的绯闻。西王母住在昆仑仙山，她的瑶池遍植三千年结一次实的蟠桃，食之可以长生不老。既如此，求仙的皇帝们当然愿意与她扯上关系，一些野史和典籍也乐此不疲，大肆渲染，把西王母描绘成风情万种、与天子情爱缠绵的绝世神女。在《穆天子传》里，周穆王驾八骏西征，抵达昆仑山与西王母相会在瑶池，并约定三年后再次相会。

汉武帝当然也不甘落后。《汉武帝内传》中，西王母居然下凡来到人间，在汉武帝的宫殿与天子约会。七月初七夜，西王母驾着紫云车，身后跟随的上千位神仙，有的骑鹤，有的骑虎，有的乘龙，有的驾着漂亮的马车，金光闪闪地降临大殿。刚一落定，千位仙人却倏地隐身不见，只有西王母带着两个神仙侍女款款向汉武帝走来。落座后，西王母赠给汉武帝五枚仙桃，说吃下可长生不老。武帝悄悄藏下桃核，西王母说："此桃三千年结一次实，中夏地薄，种之不生。"正说话间，西王母发现武帝的大臣东方朔正在窗外偷窥她，于是对武帝说："这个人曾三次去我那里偷我的仙桃吃。"

西王母的这句话为东方朔后来的去向埋下了伏笔。于是《汉武帝内传》又说："其后东方朔一旦乘龙飞去，同时众人见从西北上，冉冉大雾覆之，仰望良久，不知所适。"是说东方朔于某一日乘龙升天而去。如此说来，东方朔成仙应是得益于偷食蟠桃。

即便是神话，如此动人的神人相会也只能是刹那光华，身为凡人的汉武帝不可能天天与神仙相约。义山说，如今神女已回到昆仑仙山，偷食蟠桃的东方朔也成仙离去，只剩孤独老去的汉武帝依然留在人间。此时他该醒悟，求仙路于他，不再有任何希望和悬念。那么，还有什么可以慰藉他渐渐老去的身心？

于是第四句里，住着最后一个女人李夫人。当求仙梦破灭，在日渐衰老的汉武帝心底，此生，大约只有人世间的情感才值得他去回味和怀念。虚幻成空，铅华洗尽，更须重见李夫人了。他应该带着一颗对生死淡然的心，带着彻悟和了然，从容地去往另一个世界，与他曾万般宠爱的绝世佳人相逢于泉下。

李夫人，便是那个倾国倾城的绝世佳人。

李夫人的故事，已广为流传，但每一次回味，那美好和惆怅依然令人心惊。宫廷乐师李延年在给汉武帝侍宴时起舞而歌，歌曰："北方有佳人，绝世而独立。一顾倾人城，再顾倾人国。宁不知倾城与倾国，佳人难再得！"武帝闻之，叹息曰："善！世岂有此人乎？"武帝的叹息似是喃喃自语，他难以相信，绝世独立，倾国倾城，这么美好让人心醉的女子，世上果真有吗？

此时坐在一旁的平阳公主说："乐师的妹妹正是这样一位绝世佳人啊！"于是，乐师李延年的妹妹，那个有着沉鱼落雁容颜的女子，成了武帝宠爱的李夫人。

她的美有着聪慧独立的光辉，即便是离世，也理性地设置了一个温柔的距离，让武帝在往后的岁月念之不忘。

李夫人入宫数年后，一场重病袭来，昔日的美人瞬间形容枯槁。武帝来探视，李夫人蒙被谢曰："妾久寝病，形貌毁坏，不可以见帝。愿以王及兄弟为托。"武帝一再哀请见她一面，李夫人皆坚辞不见，惹得武帝十分不悦。后来，李夫人的妹妹问："你为什么不趁机在皇帝面前托付家人兄弟？难道你恨皇上到这步田地？"李夫人曰："所以不欲见帝者，乃欲以深托兄弟也。我以容貌之好，得从微贱爱幸于上。夫以色事人者，色衰而爱弛，爱弛则恩绝。上所以挛挛顾念我者，乃以平生容貌也。今见我毁坏，颜色非故，必畏恶吐弃我，意尚肯复追思闵录其兄弟哉！"

果然，李夫人逝后，武帝以厚礼葬之，并提李夫人兄李广利为贰师将军，封海西侯，李延年为协律都尉。汉武帝对李夫人更是思念不绝，方士李少翁于是夜张灯烛，在帷幕外摆上酒席，让武帝坐于帐内遥遥观望。迷蒙中，恍惚见一位外貌像极李夫人的女子身影，在帐外走走停停，极目细看时，却又消失不见。武帝思念至极，凄哀写下，"是耶非耶？立而望之，偏何姗姗其来迟！"让乐府谱而歌之，又亲自作赋伤悼夫人，"……去彼昭昭，就冥冥兮，既下新宫，不复故庭兮。呜呼哀哉，想魂灵兮！"美人虽逝，却永远遗世独立地活在嫔妃无数的武帝心中，让他一生牵念不忘。

色衰而爱弛，爱弛则恩绝。多么智慧的女子！不愿见帝，正是为了让帝记着她病前姣好的容颜；不愿见帝，正是为了深托家人兄弟；不愿见帝，是为了让帝永记她的拒绝，这心痛的距离美会让他怀念一辈子！

李白诗中说："以色事他人，能得几时好？"李夫人这位聪慧的女子，早于李白八百年前，便已明白了这个道理。

义山这首诗，短短四句似乎说尽了汉武帝的一生。汉宫，笼罩在武帝求仙的烟雾之下，到头来，却没有一条天梯引领着他去往仙界，只能在黄泉之下，寻找他永世的爱人。

写这首诗时，大唐皇宫也笼罩在一片求仙的夜醮声中。三十三岁的唐武宗，因服食长生不老丹药，中毒崩于大明宫。因求仙死于丹药的皇帝，唐武宗不是第一个，也绝不是最后一个。

要不是迷信方士，要不是丹药的慢性中毒，唐武宗不会英年而殂。与文宗的节制隐忍不同，唐武宗喜爱歌舞游乐，倒也并未沉湎其中，甚至在他即位期间，因任用李德裕执政而振兴朝纲，民生凋敝的晚唐才出现了短暂的会昌中兴。

但是，这一切都因虚妄无度的求仙慕道而日渐式微又迅速败落，最终还以搭上自己年轻的生命为代价。

武宗灭佛，历史上称为会昌法难。道士赵归真宣扬佛道不能两存，还会影响求仙修炼，导致唐武宗开始大举灭佛，并对其他四教袄教、景教、摩尼教和回教相应废除，异教寺庙一并拆毁，在拆毁过程中，甚至出现京城七十多位女摩尼，因无从栖身而全部自尽的事件。

从此，唐武宗只把道教奉为圭臬，为求长生，迫切让道士炼制不老丹药。赵归真给唐武宗开了这样一个炼药清单：李子衣十斤，桃毛十斤，生鸡膜十斤，龟毛十斤，兔角十斤。这个清单与《红楼梦》中宝钗的冷香丸好有一拼，求之，几乎不太可能。但武宗贵为天子，除了星星月亮，又有什么不可以得到？于是，赵归真日日给他炼制仙丹，武宗服后果然精神焕发，却不知毒性已慢慢潜入体内，短暂的兴奋期后，武宗开始喜怒无常，日渐枯瘦。他宠爱的女人王才人婉转地劝他少服丹药，武宗却说：没事，道师说这叫换骨。脱胎换骨，快成仙了。

但转眼间，武帝已病入膏肓。立储的事还没有尘埃落定，弥留之际却只顾念身边的女人。“初，武宗疾困，顾王才人曰：‘我死，汝当如何？’对曰：‘愿从陛下于九泉！’武宗以巾授之。武宗崩，才人即缢。”（《资治通鉴》）

《资治通鉴》上的这段话，司马光说得何其淡然。但那个红颜薄命的王才人，当她接过武宗递给她的巾绫时，内心难道只有哀恸和决然？是圣命难违，还是对爱情的抵死不悔？生不能做神仙眷侣，死也要长伴黄泉，这个邯郸女子的内心，是何其飒然贞烈，但是，陪葬于虚妄的求仙名下，再美好的爱情，也有几分冤屈和不值。即便她最后感动了宣宗，被赐为贵妃，与武宗同葬于端陵柏城之内，但是这些空名，又怎能酬付得起她如花的青春？

在诗人李商隐的内心，整个会昌年间，到处都充斥着通灵夜醮的声音，它们远从汉宫传来，当无法成仙的汉武帝驾崩，它们又被接引着来到唐朝，来到唐武宗的会昌之年。从武宗即位的那天起，直至他在大明宫驾崩，一场又一场求仙的法坛，和着弥漫整座宫殿的丹药气息，夜醮的声音绵延不绝，通宵达旦，像一曲曲乱世的哀音。

在这哀音里，一个残破的大舞台上，不同党派和不同面具的角色，粉墨登场。

◎君恩如水向东流

宫辞

君恩如水向东流，得宠忧移失宠愁。

莫向樽前奏花落，凉风只在殿西头。

义山生活的晚唐，是一个晦暗的朝代。宦官专权、藩镇割据、党派之争，还有皇帝的求仙慕道，它们混乱庞杂地纠缠在一起，沉闷得让人喘不过气来。

后宫由来心计多。有天子的皇宫，好比树王在森林，那些在它脚下攀援的藤萝，挤挤挨挨地，拼了命地争抢阳光和地盘，等到有朝一日紧紧地攀附着树干缠绕上去，似乎便是直上云霄，重见了天日。

但其实，除了时光本身，没有恒久不变的事物。皇恩浩荡，再多的宠爱，都只是一时的心头好，何况是在佳丽云集的后宫。按照唐朝体制，皇帝的妻妾仅地位较高的就有皇后一人，夫人四人，嫔妃、婕妤、美人、才人各九人，还有宝林、御女、采女各二十七人及六尚各司，又有掖庭局、宫闱局、奚宫局、内仆局、内宫局等众多宫女，可谓妻妾成群，是个庞大规整、端丽冠绝的后宫队伍。

皇帝的女人们个个明艳动人，能被宠幸的毕竟是少数，到头来多的是"闲坐说玄宗"的白头宫女。于是，本是宫闱中的柔弱女子，为了成为后宫艳丽的玫瑰，她们迫不得已给自己戴上假面，出演一场场惊心动魄的宫心计。史书中关于唐代后妃的结局，说来实在有些恐怖，有记载的三十六个后妃中，十五个死于非命，绝大部分都与争宠有关。

当然，争宠，绝不只是嫔妃的专利。义山的《宫辞》，表面上写的是后宫争宠，实际上，隐射的是晚唐的牛李党争。

从宪宗朝牛党与李党龃龉相恶开始，一直到宣宗即位，已倾轧斗争了近四十年。宪宗元和年间，两派争斗的核心是如何对待藩镇割据，李党坚持平定叛乱，牛党主张安抚。当时，宪宗与掌权的宦官支持平叛，结果便是李党得势牛党失宠；穆宗长庆年间，因李党检举牛党在进士试时涉嫌舞弊，遂两党嫌隙加剧，斗争更为激烈；其后，只要牛僧孺和李宗闵为相，则贬谪李德裕；李德裕当宰相，则贬放牛僧孺和李宗闵。这其间，随着新天子的即位和支持态度的转变，牛李两党的得势或失宠一直交替进行。

得宠，不见得长久。像朝不保夕的后宫红颜，昨夜分明还在曲尽缠绵承接龙恩，今夜却已是蓬头垢面，被打入永巷长门。

君恩如水向东流，得宠忧移失宠愁。怨不得皇帝的薄情寡恩逝水流，身为天子，他没有得不到的红颜，身边没有不谄媚的臣子。但承皇恩被宠爱，未必就安之若素，还要担忧天子的移情，至若一朝失宠，便是雨打花落，愁郁煎心。

想起陈阿娇。记得当年两小无猜时，小小的刘彻曾为她许诺

“若得阿娇为妇，当作金屋贮之”，本以为有母亲馆陶长公主和窦太后的撑腰，她会是刘彻一辈子的心头好。但刘彻成了汉武帝，一切情爱皆成流水，当年那个许她金屋藏娇的男人，最终却将她幽禁在长门宫内。为挽回皇帝的心，她居然千金为聘，求司马相如为她写《长门赋》，想感动那个在她眼前消失不见、迷失在万花丛中的男人能够回一回头，像从前那样，对她展露亲切熟悉的笑容。怎奈皇恩如水，一去不返，一切痛断肝肠的哭喊挽留，皆是徒劳无功。

昔年，她是得宠的阿娇，今日，却已成被弃的旧妇。当年于万千红颜中，他只要她一个。“若得阿娇为妇，当作金屋贮之”，到头来这承诺已轻若毫羽，早被他丢在脑后，凉风四起时，吹得不见踪迹。这悲凉境地，怎一个哀伤可以写尽？

王安石诗中云：“君不见咫尺长门闭阿娇，人生失意无南北。”人生失意事，又岂止后宫失宠？义山本无意于党争，他只不过为王茂元写了些状文，只不过娶了一个颇合心意的女子，就这样不由分说被牛党划入李党阵营，从此在两派的夹缝中失意终生。

他看惯了多少人在牛李两派的得势和失宠中，骄矜自得或痛哭流涕，深陷红尘纷扰中不能自拔。他看透了这世态炎凉，在彻悟中深深懂得，得宠和失宠，一切皆是浮云遮望眼。

张爱玲说，因为懂得，所以慈悲。因为义山懂得，所以才有了后两句的劝诫：莫向樽前奏花落，凉风只在殿西头。

花落，指的是汉乐府横吹曲名《梅花落》。“横吹曲”共二十八解，为西汉乐师李延年谱造，《梅花落》为其中之一。说起李延年，总让人想起他的妹妹、那位有着绝世容颜、倾国倾城的李夫人。为了向汉武帝引荐他的妹妹，李延年算是颇费心机。他在给皇帝侍宴时，会执一管竹笛，横吹一曲《梅花落》吗？然后，他献舞于皇帝樽前，边舞边歌，“北方有佳人，绝世而独立。一顾倾人城，再顾倾人国。宁不知倾城与倾国，佳人难再得！”

为了妹妹的富贵荣华和家族利益，作为兄长的李延年不遗余力，他的智慧和才情在史上也留下了惊艳一笔。如他所愿，他所歌的佳人终于从歌词中走出，被皇帝识得，宠爱有加。数年后李夫人病重，却坚持不让皇帝见她憔悴的病容，她聪颖地以这样一个温柔的局，达成了让汉武帝对其兄长家人的眷顾和赐封。

但是，万千宠爱怎敌得物换星移，世间事的不停轮转又怎能如常人所料？月盈则亏，水满则溢，事物的发展总是这样循环轮转。李延年当初不会料到，最终，他会卷入巫蛊之祸；李夫人的另一位兄长李广利当初因皇帝的眷顾垂爱加封海西侯，为贰师将军，却在与匈奴交战时兵败投降，惨遭灭族。

如果李延年知道这最后的结局，当年还会不会在皇帝面前笛声悠扬，奏一曲《梅花落》，歌一阕 “北方有佳人”？早知如今啊，莫向樽前奏花落。

为赚得皇帝宠幸，后宫多的是手腕和心机，有些别出心裁的小计谋可笑可叹，直至今天仍然被人引作谈资。

“羊车望幸”这个成语出自晋武帝的后宫争宠故事。晋武帝司马炎爱美色，把俘虏自曹魏孙吴后宫的女子充塞自己的后宫，一时嫔妃宫女多达万人以上。美人太多，也颇费脑筋。乱花渐欲迷人眼，司马炎不知该宠幸哪一个才好，于是坐上羊车，让羊拉着自己在后宫溜达，羊车停在哪个嫔妃宫门前，就留在哪里过夜。这个方法类似于抓阄，有情趣，也刺激，司马炎玩得极有兴致。

一个比较有心机的宫女，想出了引诱羊车的办法。她在自己的宫门前洒上盐水，花窗上插上竹叶，至夜，羊闻着味儿就来了，被羊拉着的晋武帝自然也来了并留宿下来。如此一而再再而三，其他宫女渐渐看出了名堂，于是偌大的后宫，路上到处洒上了盐水，个个窗前都插着竹叶，那境地，不是晋武帝爱上了宫女，是羊爱上了盐水和竹叶。

这个典故，义山在另一首诗《宫中曲》中说得很明白：

云母滤宫月，夜夜白于水。

赚得羊车来，低扇遮黄子。

水精不觉冷，自刻鸳鸯翅。
蚕缕茜香浓，正朝缠左臂。
巴笺两三幅，满写承恩字。
欲得识青天，昨夜苍龙是。

赚得羊车来，低扇遮黄子。不得不说，那是个聪明的女子，小小的机心和伎俩，换得“蚕缕茜香浓，正朝缠左臂”，皇帝对她宠爱有加，在她左臂系上被茜草染香的绛纱丝带，以表明那是天子中意的美人。

但是，往后的命运又有谁能看得透说得清。在天子面前，再聪明美丽的女子都可能难逃被弃的命运。

班婕妤，一个何等冰雪聪明的女子，在赵飞燕入宫之前，汉成帝把她当做手心的宝。也许是太过谨慎自持，当成帝邀她同辇出游，她低调地以天子身边当伴良臣为谏，婉拒皇帝的好意，希望助他成一代明君。按说这样的女子当好自珍惜，但男人把女人收在他的字典里时，多是看中了美色而忽略了智慧。当善舞的赵飞燕和妹妹赵合德入宫，汉成帝的后宫生活充塞着声色犬马，那个曾善意提醒他的好女子，早被他抛至九霄云外。但班婕妤是个有骨气的女人，她自请前往长信宫侍奉太后，孤灯黄卷，了此残生。

班婕妤，这个才情卓绝冷艳自持的才女，当她从繁华退居冷寂，从受宠到被冷落，无论那个贵为天子的男人爱着她或忘了她，她似乎都能闲看流云，淡然自若。然而，她所作的五言《怨歌行》，依然有一道深深的伤，在诗里隐痛，刻骨铭心。

新裂齐纨素，皎洁如霜雪。
裁作合欢扇，团圆似明月。
出入君怀袖，动摇微风发。
常恐秋节至，凉飙夺炎热。
弃捐箧笥中，恩情中道绝。

《怨歌行》又叫《团扇歌》。后来，清人纳兰性德在《木兰词》里加以引用，并成流传深远的名句，“人生若只如初见，何事秋风悲画扇？等闲变却故人心，却道故人心易变。”

彼时，她像一把精致的纨扇日日陪伴在成帝身边，被他呵护，被他宠爱。她却时常恐慌，怕夏尽秋至，凉风袭来，爱她的人会将她弃之箧笥，不再管她心碎欲裂，夜夜垂泪至天明。

“窃愁凉风至，吹我玉阶树。君子恩未毕，零落在中路。”这是南朝梁人江淹所作的《拟班婕妤咏团扇》。君子恩未毕，恩情中道绝。明明我们的情意还在，明明我还是你宠爱的那个人，为什么一转眼，我已成秋日纨扇，被你冷冷地弃之箧笥，日日独坐冷殿，任凭凉风四起，寒意扑面。

失宠的寂寞，如潮水般淹没过来，呛得人窒息。但在皇权面前，没有人能看到身后的那一份寂寞，他们眼里，只有得宠后的荣耀和繁华，只有得宠后的权势和地位，因此，为了得宠，他们在不停歇地向上攀爬，绞尽脑汁地布局设阵，不知疲倦地明争暗斗。

一朝得宠又如何？谁人知，凉风只在殿西头。

伴随着宣宗的即位，李党失势，牛党又得宠。甫一翻身的牛党人卷土重来，势焰熏天。秘书省正字李商隐虽不是李党的铁杆成员，但在牛党人眼里，起码也是李党的热情拥趸，排挤和压制便纷沓而至。在这样的政治空气和政局环境下，义山是郁闷的，尤其是一些牛党小人的得势嘴脸，让他恼怒，也更为不屑。

因了当权者讳的缘故，义山用《宫辞》来隐射朝中的党派之争。在牛党人面前，他需要小心地隐藏心底的真实想法。但即便如此，他也不可避免地受到了排挤，开始了漂泊坎坷的幕府生涯。

第十七章
追随郑亚 流寓桂州

唐宣宗大中元年（公元847年）三月，长安城烟柳画廊，又是一个莺飞草长的春天。对义山来说，这个三月有些特别，喜悦和忧伤结伴而至。

义山的弟弟羲叟在三月的春试中进士及第，也就在这个三月，他要随桂管观察使郑亚动身前往桂州。再往前推几个月，会昌六年（公元846年）下半年，义山和王氏的第一个孩子来到了人世。这一年义山三十四岁，按古人的寿数已是中年得子，义山的喜悦可想而知。

关于义山得子，《唐才子传》有一段极为有趣的记载。话说白居易年老隐退时，极喜义山诗。因爱极义山才华，白居易情不自禁地叹息说："我死后，得为尔儿足矣。"意思是死后如能托胎转世成为义山的儿子，便满足了最大的心愿。

后来白居易去世，义山生子，想起这个典故便给儿子取名"白老"。可是这个小"白老"天资愚钝，一点也不似乐天他老人家转世之身，惹得义山的好友温庭筠嘲笑说："以尔为侍郎后身，不亦忝乎？"说像你这样的儿子也算白乐天的后身，岂不是辱没他老人家的名节吗？又过几年，义山再得一子，聪慧异常，义山用谋士公孙衮师之名号，给儿子取名为李衮师，在《娇儿诗》里赞曰："衮师我娇儿，英秀乃无匹。"打趣地说这个儿子才是白老转世，算是替乐天老人家挣回了些颜面。

当然，传说只是后人的加工和附会，总之这一年，天伦之乐带给了义山些许心灵的慰藉，他有了孩子，他的弟弟中了进士。

但是，伴随喜悦来临的，是离别的忧伤。离愁别绪像晨雾一样弥漫开来，渐渐填满了他的心胸。

如果不是郑亚聘他，要去往云水迢迢、路途遥远的桂州入幕，他可能会拒绝，起码，离家那么远，绝不是最好的选择。

但邀请他的人是郑亚，于是他一定会去。

桂管观察使郑亚是义山的同乡，河南荥阳人，唐宪宗元和十五年进士，史书称他"聪悟绝伦，文章秀发"，会昌年间为监察御史，刑部郎中、中丞，后在御史中丞李回的推荐下任给事中，为李德裕李党中人。宣宗继统后，被贬到离京数千里之遥的桂州地区（今桂林）为桂州刺史、桂管观察使。他的命运，紧紧连着李党的命运。

李党失势，义山和郑亚的遭遇某种程度上是相同的，加上同乡这一层亲近的关系，还有文人间的惺惺相惜，当郑亚邀请义山同赴桂州时，义山有七八分的欣然和一二分的同情。

应当说，在这一点上，义山很值得钦佩。此时追随郑亚，无异于又一次站到了牛党的对立面。但义山是个重情义的男人，何况秘书省弥漫的政治气氛已不同于往昔。

辞别了家人，三月七日，义山随郑亚一行离京南去。"依依向余照，远远隔芳尘。细草翻惊雁，残花伴醉人。"（李商隐《离席》）此时春光正好，离别的马蹄扬起缕缕芳尘，长安城，渐行渐远了。

这一趟赴任的旅途可谓劳顿艰险之极，义山随郑亚攀于崎岖山径，经洞庭风波之险，五千里行程，历尽了艰难险阻，中间经闰三四月，至五月初九历时近三个月，终于抵达郑亚的桂州任所。

桂州的山水旖旎如画。刚到幕府不久，一有空闲，义山便随郑亚四处游历探访。他们泛舟山水倒映的漓江之上，在北部湾欣赏“桂水寒于江，玉兔秋冷咽”的桂海景色，流连郊野“村小犬相护，沙平僧独归”的淳朴风情。一连数日的寻幽访胜，洗去了旅途的劳累，也使义山的心境为之明朗许多。

但桂州风景虽好，终是未曾开化的南蛮之地，义山的《异俗二首》中，有关于桂州“鬼虐朝朝避，春寒夜夜添”“虎箭侵肤毒，鱼钩刺骨铦”的描述，有些地方甚至险象环生、骇人听闻。身为异乡客，义山有时也难免心中悚然。

城窄山将压，江宽地共浮。
东南通绝域，西北有高楼。
神护青枫岸，龙移白石湫。
殊乡竟何祷，箫鼓不曾休。

——李商隐《桂林》

这首诗，除了“西北有高楼”这句因出自《古诗十九首》中“西北有高楼，上与浮云齐”，而有朗然高峻之气外，其余所述皆有森然之象。尤其是“枫林岸”，《述异记》曾说“南中有枫子鬼，枫木之老者人形，亦呼为灵枫焉。”《南方草木状》则说这种枫木遇暴雷骤雨后能变幻人形，会鬼神之术的巫师用它可以通神灵，如果方法不得当，它会忽然飞去不见。

这样可怕的枫木在当地居然是一片枫林，已经够让人悚栗了，在城北又多了一个据说有吃人蛟龙的白石潭，则更是骇人听闻，如果从旁边走过，不知要做何提心吊胆状。

这些还不算，偏偏这南蛮地带到处是鬼祠，箫鼓和祝祷之声盈耳不绝，听了，心情也为之阴郁不明。

但郑亚的厚待足以拂去身处异乡的种种不适。初入幕府，郑亚聘义山为掌书记，很快又为支使、检校水部员外郎，为从六品上阶京衔，仅次于正、副观察使。在义山漂泊坎坷的仕宦之旅中，这已接近他一生的高峰。

为回报郑亚的知遇之恩，义山几乎包揽了郑亚所有表、状、奏、启等公文的撰写工作。这年秋天，李德裕贬为东都留守后，为了对自己以往的功绩留下见证，他将过去的奏议公文编成文集，请郑亚作序，郑亚将这作序的任务交给义山代笔完成，也就是义山的《太尉卫公会昌一品集序》。这年入冬，义山又欣然接受郑亚之托，北上南郡拜谒郑亚的宗叔、荆南节度使郑肃。

南郡就是今天的湖北江陵，是郑肃的使府所在地。郑肃在会昌年间曾为宰相，宣宗即位后罢为荆南节度使，与他的侄子郑亚境遇相同，此时彼此的安慰和鼓励十分重要。郑亚公务缠身，只得遣最为信任和相知的义山送去书信和问候。

义山在李处士等人的陪同下于十月北上江陵。洞庭湖畔，枫叶红如丹，芦花白似雪。初冬的湖水，在阳光照射下泛出冷冽的白光。静坐舟中，连时光也是沉寂的。义山想起郑亚的托付和情谊，满心涌起的都是欣慰和感激。他一时无法自已，提笔写下洋洋三百言的长诗《自桂林奉使江陵，途中感怀，寄献尚书》，“张衡愁浩浩，沈约瘦愔愔。芦白疑粘鬓，枫丹欲照心。”他自比张衡、沈约，虽负才情，却瘦弱多愁，伶仃漂泊，幸好有郑亚引为知己，在精神和物质上给予细致入微的关怀，人生苦短，自己的满头黑发也将如芦花一样雪白，但他一颗如枫叶般艳红的丹心将永远感念这一份深厚的情谊。

舟行是寂寞的，却正可趁此难得的闲暇静心思索，潜心著文。义山对此早有准备，在舟中，他着手编著自己的骈体文集《樊南甲集》二十卷，并作序。义山的骈体文，历来评价极高。史学大家范文澜在《中国通史简编》中认为，只要李商隐的《樊南文集》能够留存于世，唐代的骈体文即便全部散佚也绝不足惜。可惜的是，《樊南甲集》与义山后来编著的《樊南乙集》均已不存。

抵达江陵，谒见了郑肃，转达了郑亚的问候和书信，义山又在荆州之地逗留了数月，踏上归途，已是春节过后。

回程依然是水路迢迢。这一日，舟行至湘江附近的湘阴黄陵。连日来天气一直不好，此时更是阴云低垂，江风烈烈，浊浪滔天，一场雨转瞬即至。义山只得弃舟登岸，想找间客馆暂住一日，避过了雨势再走。

义山未曾料得，这场雨却是及时雨，在这异乡将他短暂滞留，才会让他遇见了故友、此时任澧州司户参军的刘蕡。

刘蕡是牛党中人，却不妨碍他与义山"平生风义兼师友"，是互相倾慕、肝胆相照的挚友。大和年间刘蕡参加"贤良方正"科举考试时，直言进谏，痛陈宦官专权，可谓大快人心，当局却怵于宦官淫威，不敢授以官职，当然他也被宦官锁定为清除的对象。直到大和九年，牛党要人令狐楚和牛僧孺才相继聘他入幕，尽管当时远离京城，并且只是栖身幕府，他仍然没有逃离宦官的眼睛。会昌元年，刘蕡被贬为柳州司户参军。

这次重逢，忆及之前在令狐幕府相识的点点滴滴，又谈起如今朝廷的昏庸腐朽，延续了几百年的大唐王朝已积重难返，两人抚今追昔，秉烛夜谈，竟勾起满腔忠愤之气，全然忘却他们所处的似乎是两个不同的党派阵营。义山情难自禁，写下《赠刘司户蕡》，诗中说"万里相逢欢复泣，凤巢西隔九重门"，对这位忠正之士不能被朝廷所用深感惋惜。

回到桂州，已是新春过后的正月间，节日的气氛依然很浓郁。几日歇憩后，郑亚又派义山去往桂州西部的昭平郡（今广西平乐县）代理太守之职。

义山的人生随处都是无可奈何的短剧，这些短剧在他一生中七零八落丢得到处都是，无法拼凑成一个整体。来到昭平郡仅过了几天，二月，郑亚就被贬为循州（今广西龙川）刺史，义山再度失业。

如果说，义山当年用"走马兰台类转蓬"来形容自己在秘书省任职，不过是一句苦笑和无可奈何的解嘲，那么现在，义山的漂泊之旅才真正体会到“类转蓬”的漂泊无依。一年前，他离开长安，历尽艰险，万里投荒，安顿下来的时光不过半年，转眼间，又要翻山越水，徒然归去？！

他心有不甘，漂流在回程的江水之上，不知该往何处。他想起时任湖南观察使的李回，取道去拜访，终因许多客观原因没有留下。在荆州，他遇见了正要去往四川的诗人崔珏，崔珏也是郑亚幕僚，幕府解体后也正在寻找新的去处。他乡遇故知，难免无限伤感，义山写下《送崔珏往西川》相赠。他忽又想起自己的表兄、西川节度使杜悰，于是准备溯江西上，投杜悰幕府。但杜悰是个刻薄虚伪之人，义山的内心终是犹豫的，当船行至夔州附近时，到底还是掉头北归。

“春物岂相干，人生只强欢。”春天来，春天又去，义山的一生在来来去去间，枉然一场空。他漂泊在湘江水上，忆起与郑亚一起共事的时光，心情竟也若《世说新语》中缘岸追子的母猿，肝肠寸断。

“莫遣碧江通箭道，不教肠断忆同群。”（李商隐《失猿》）湘江的水啊，你不要那么急流如箭，让我想起了往昔，不要让我回忆起在桂州幕府的往事，如今那位相知的府主已经被贬远去，不要再让我断肠回忆！

◎人间重晚晴

晚晴

深居俯夹城，春去夏犹清。
天意怜幽草，人间重晚晴。
并添高阁迥，微注小窗明。
越鸟巢干后，归飞体更轻。

这首《晚晴》，流传最广的是其中的颔联。我在很多场合、很多字画、很多有老年人发挥余热的地方，看到过这样的诗句：天意怜幽草，人间重晚晴。

时光刷刷地退回到一千多年前的晚唐，义山在久雨初晴的桂州幕府，登高望远写下这首《晚晴》，他绝不会料到，这两句诗在岁月的烟尘里久久穿梭后，有了无限的延展性，被赋予了新的内涵和新的质地。

那是一千一百多年前的暮春傍晚，在远离长安城的南蛮之地桂州，雨后初晴，夕阳晚照。一位从京城远道来此的诗人，出现在寓所的城楼上。他的面容虽然有些沧桑疲惫，却掩饰不了眉宇间的英气和俊逸丰神。他推开城楼的窗户，俯身向外。瞬间，一个有着淡金色光辉的栏外风景，像一幅清新出尘的水粉画，带着微暖的气息，映入了他的眼帘。

这一年，义山三十五岁。他受新任桂州刺史、桂管观察使郑亚的辟聘，三月前由长安起程，一路舟车劳顿，此时刚到桂州幕府不过数日光景。

桂州，远离长安五千里之遥，此前，他不曾想过会有这样一天，离开皇城，离开秘书省，跋山涉水远赴南蛮，并且要安下心，跟随郑亚在这片土地上一直工作下去，直到郑亚再次调离。他有了这个心理准备，于是他来了。眼前的桂州，好山好水，民风淳厚，什么都是那么新鲜有味。他所居的寓所在幕府附近的高阁之上，每天他推开窗，或在木栏上俯身，这片掩映在绿色中的城楼和城楼外绿树连村郭的景色便收入眼底。他喜欢这样的俯视。可以一个人静静地看风景，想很多，想很远。

雨，一连下了几日。他不知道为何此地这般多雨，也许是因为夏天很快就要到来。他觉得，自己的双眼还远没有将此地变成熟悉的风景，虽然他和郑亚已欣赏过伏波岩的激流、虞山的舜庙、北部湾的桂海，也曾泛舟漓江，观阳朔美景，但是在这暮春，在这处处皆景的陌生所在，他的心境中，始终困着一只想飞的鸟儿。

他的情绪，已被这连日的春雨浸泡得快要发霉。今天，雨又从早晨下到了午后，他坐在屋内看书，写公文，心情也恍恍惚惚的，无端的躁闷袭遍了全身。

时已傍晚，他慵倦地从书案抬起头，忽然觉得室内的光线明朗了起来！他起身走到窗前——只见屋外雨住云收，原本壅天塞地的阴霾已遽然散尽。一鞭残照余晖脉脉，散发出淡金色的光芒，像温情的母亲，照得满天满地都有了暖意。

瞬间，惬意和喜悦涌上了他的心田。他长吁一口气，似乎要把胸腔里的躁闷一吐而尽，一股混合着植物和泥土芬芳的清新之气蓦地扑面而来，由鼻端吸入肺腑，他觉得浑身像被洗过一样，瞬间轻快酥松起来。他被一种惬意的满足驱使着，自己都没有觉察，几缕笑意，挂在了他上扬的唇角上。

使府城门外，几十米之遥的距离，是作防御之用的夹城。他在高阁上俯视，瓮状的夹城依然有雨水的痕迹，在夕阳残照下折射出点点白光。他游目四望，城门内外春已阑珊，初夏已隐在渐次凋零的花瓣和日渐深浓的枝叶间，还没有完全现身，但它弥漫在空气中清爽宜人的气息，已无处不在，无法隐藏。

忽然，他的眼角余光里，闪现出一丁点似有若无的绿意。他转过头去，那是长在高阁转角背阴处的几茎小草，因长年不见阳光，嫩青泛白的叶茎瘦小颀长，此时在微风吹拂下，茎叶瑟瑟地抖动，却也似在欢呼，这久雨后的乍晴给了它继续活下去的勇气。

他忽然心有所动。是天意吗？天意怜幽草，是上天在垂怜这弱小的生命。在阴暗角落里生长的草儿，多像他自己夹在党派之争中沉沦下僚、辗转奔波的命运，幸好有郑亚的相知信任，他才能暂离是非纷争之地，翻越千重山万重水，来到桂州，安享这世外桃源般的宁谧生活。这迟来的安宁惬意便如眼前这久雨晚晴的天气，那么短暂，那么难能可贵，但哪怕是生命最后一刻的光辉，也是一场盛宴，一场狂欢。

诚然如是，远离长安城，远避到桂州府，就像这云收雨霁后晚来的晴好天气。更何况，郑亚如此倚重他，待他如友如亲，屡次将他提拔擢升，甚至为他奏请朝廷，辟带六品京衔。官职品阶的提升，正如他此刻站在高高的阁楼上，比往日有了更为开阔的视野，和更为高远的眼界，现在，他广博的胸怀终于可以纳山川河流、民情公务，他可以快意地施展才能和抱负。

他的情绪就这样愈发晴朗起来，一如这晚晴明媚的天气。一鞭残照，暖暖柔柔地映照在小窗上，倾射进一缕暖橘色的光芒，在那一道光里，匝拢出一片明亮温馨的世界。

一个小黑点在眼前一闪而过。他敛神去看，那是一只归巢的鸟儿，在向一片丛林飞去。想必，那里有它的鸟巢；想必，连日来被雨水淋湿的巢儿，现在已被暖阳晒干；想必，它已料知了这一切，因此，它飞翔的体态才会那样轻盈，那样轻快。

哦，他忽然想起一句古诗来：越鸟巢南枝。桂州乃百越之地，因此这南方的鸟儿又称越鸟。越鸟总是习惯将巢安在向南的枝丫间，那样它们才会舒适安心。而从北方来的他，心却是属于南方的，他多像一只鸟儿，离开北方那令人纠结的皇城，把南方作为他的栖居地，现在，他终于从那个到处是排挤和打压的地方逃离，把心巢安在向阳的南枝上，他是那样舒畅惬意。

这雨后的晴朗，多像义山处境的变迁。虽然是迟来的晚晴，他仍然为之振奋不已。

这蛮荒之地虽然僻远，虽然比不得长安城的车水马龙，可是作为一个当朝执政者对立阵营的一员，作为在弘农县差点被革职查处、在秘书省被众多牛党人视为异己的边缘人，远离旋涡的中心，远遁到让人看不见听不到的地方，远逃到乱世红尘之外的天涯海角，是一种慰藉，也是幸运。

天意怜幽草，人间重晚晴。当他被乱世所迫，走投无路时，有了重生的机遇，是天意如此，那一线希望来自强权背后的真挚情谊。他会像那稚嫩弱小的草儿，珍惜那一缕微风的轻拂，珍重那一丝夕晖残照所传递的温暖，在这晚晴的分秒光阴里，摇曳，怒放。

此后，他便怀着珍重昂扬的心情，为郑亚所用。替郑亚撰写公文，处理日常公务，奉使去往江陵，辛苦劳累，也时常思念家人，可是，他在所不惜。

彼时，他没有料到，这晚晴时光却是如此短暂。

大中二年（公元848年）二月，他刚从江陵回到桂州，又马不停蹄来到昭平代理太守，仅过数日，消息传来：郑亚被贬为循州刺史。

大中元年二月朝命郑亚南来桂州，大中二年二月朝命郑亚离任桂州。仅仅，整一年。

大中元年三月他随郑亚南投，五月抵达，十月使江陵；大中二年正月去昭平，二月伴随郑亚的被贬，他脚下的路，忽然中断，归零。

命运，再一次和他开起了拙劣的玩笑。他的希望如一个刚刚升起的彩色气泡，没有先兆地无声破了，他无措地站在原地，顿失所依。

是该回家的时候了，这北地的鸟儿。

第十八章
旅宦凄怆，绝径兰香

义山从桂州回到京城，已是漫山红叶的秋季。走在长安街，被嘈杂的闹市包围，他耳畔隐约响起神秘的箫鼓之声和风过树杪的轻啸声。桂州，只在梦境中了。

游宦归来，与妻儿团聚，应是幸福快乐的吧。衮师已能蹒跚走路，常年的聚少离多，与父亲久别乍见，小儿已难识亲人面。丈夫远行的日子，王氏一人为生计操劳，瘦弱伶仃，憔悴的面容留下了岁月的痕迹，昔日的香草蕙兰已萎谢凋残。

生计的压力很快驱散了家人重聚的欢乐。义山必须外出工作。

在徒然无望中，他想到了令狐绹。

其实，义山一直没有和令狐绹真正断绝过联系。令狐楚去世后，义山娶王氏入王府，令狐绹责骂他偷利放合，背恩弃义，甚至在义山第一次释褐试时加以阻挠，以泄心头之愤。但令狐楚在世时，对义山关切备至，可以说义山的少年期是在令狐府度过的，他与令狐家的几位公子交游搭伴，形同兄弟家人。因这一层特殊的关系，尽管之后道不同不相为谋，但义山在不同时段的处境，令狐绹仍然在经意不经意间，由不同的渠道知悉；令狐绹的外任及升迁，义山当然更是了如指掌。彼此固然曾经失和，但是念在已去世的家父的嘱托上，令狐绹即便有一百个不愿，这份旧情到底还是抹杀不掉的。

义山偶尔会即兴赋诗，遣鸿雁传书，向远方的令狐绹说说自己的近况，表达一下故知的感恩和问候。会昌五年，义山母亲去世，当时任右司郎中的令狐绹出于礼节曾聊致慰问，义山为此写下情真意切的《寄令狐郎中》：

嵩云秦树久离居，双鲤迢迢一纸书。

休问梁园旧宾客，茂陵秋雨病相如。

大中元年，义山撇下秘书省正字之职，随郑亚远赴桂州，令狐绹非常生气，在给义山的信中，谴责他不该一再地追随李党。义山回信解释，理由无非是为生计所迫，并无其他党派目的云云。

大中初年，外任湖州刺史的令狐绹被召回京城，任考功郎中、知制诰，充翰林学士。此时，他是天子面前的红人。

九月九日重阳节。这一天，长安城已是一座菊城。京城内外家家户户菊花绽放，长安街头人潮如涌，倾城出游，女人簪菊花，男人插茱萸。不消猜测，皇宫上下将如往年一般分发庆节花糕，皇帝也要在这一天去万岁山登高酬秋。

义山早早出门，穿过长安街，向令狐府走去。他选在这个日子去令狐府别有深意。忆起昔年重阳日，他与恩公令狐大人菊前把酒，那时，恩公喜爱的白菊花开满了庭园，甚至开满了庭阶的缝隙，整座府宅像下了一层霜雪。

当然，此时困窘的义山去谒见令狐绹，绝不仅仅是怀念恩公，他另外也是最主要的目的，是期望令狐绹能代为延誉汲引。他太需要一次汲引推荐的机会了。

进了府门，仆僮将他让到一间小厅，进去通报后回来转述令狐绹的话，说郎中正在商议公务，一会儿还要出门，今天没时间见客。

这显然是一道逐客令。义山站在当下，耳中听着，心内五味杂陈，想起往昔令狐楚在世时，他在令狐府何曾受过这样的冷遇？瞬间，对恩公的怀念强烈地填满了他的心胸。此时，一抬眼，就能看到府中盛开的菊花，只是，这菊已不同于往日。

他想说点什么，他有很多话想说。于是他让仆僮取来了笔砚。他缓缓地磨了一砚浓墨，然后就着小厅的墙壁，抬腕起承间，一首凄怆感怀的诗作便在那一面白墙上淋漓而下：

曾共山翁把酒时，霜天白菊绕阶墀。
十年泉下无消息，九日尊前有所思。
不学汉臣栽苜蓿，空教楚客咏江蓠。
郎君官贵施行马，东阁无因再得窥。

——李商隐《九日》

他所思，是曾与令狐公把盏菊前的柔软时光，他所感，是今日令狐郎中冷漠相对的无奈惆怅。写这首诗，义山是沉痛内伤的，他把过往和今天相对照，对照间更添伤痛几分。

他不知令狐绹看后会作何想，他顾不得许多。既然令狐绹避而不见，他就得寻另外的出路。

恰逢此时，吏部有一场选调考试，类似于今天选招干部到基层任职。义山参加并顺利通过考试，选调任盩厔县尉。盩厔就是今天的陕西省西安市周至县，盩厔乃古名，来源与当地的人文历史有关，1964年国务院才批准以同音字“周至”取而代之。在义山之前的唐代大文人中，白居易就曾任过盩厔县尉。很多李商隐研究者认为，义山所任的盩厔县尉，官秩是九品下阶。其实不然。当时的盩厔县隶属于京兆府，那么，盩厔县尉应为从八品下阶。

官阶不大，但对当时的义山来说绝非易事。宣宗对李党的清洗活动正处于高潮期，李德裕贬至荆南后，再贬为潮州刺史，大中二年九月又贬为崖州司户。按理，从郑亚被贬的那一刻起，义山便失去了被朝廷再次任用的可能。身为李党人王茂元的女婿，又先后追随李党成员为其效命，他的党派趋向性无论在谁的眼中都是一目了然的事。

在牛李党争白热化时期，虽然义山在这场斗争中只是一个可有可无的小角色，逃过大的打击是没有问题的，但能顺利通过吏部的选调考试，并调任京兆府的属县为官，算得上是极为难得的破格任用。难道，是令狐绹在关键时刻暗中相助？

应当说，这推测是成立的。历来研究者总爱将令狐绹视作义山的对立面，其实，人性的复杂谁又能以脸谱化的模式一言蔽之？义山进士及第那一年，令狐绹面对考官周锴“八郎之友，谁最善？”的关切问询时，能三道李商隐之名，现在又为什么不能再次施以援手？牛李党争固然激烈，但在关键时刻就凭过去的那一层关系，情义复苏一下又有什么不可？

官职的升迁也许使令狐绹变得更为冷漠，义山上门请求，他虽然懒得理会，心里却是知晓的，义山的题诗也使他瞬间产生了某种柔软的顾念。于是在恰当的时候，他便随口为义山作了一个似是而非的推介，即便不特意说什么，只消在某些场合透露一下他和义山的关系就可以了，剩下的事情不需要他继续操心，自然有人会安排妥当。

对于令狐绹来说，这个忙他随便帮一下，只不过张一张口的事情，费不了多大力气。但对于义山来说，却是枯木逢春。担任盩厔县尉似乎只是一个跳板，时间不长，大中三年春，义山便被调回京城，被京兆尹、牛党人郑涓招为留假参军，专门负责章奏的起草工作，官秩也由从八品下阶升为正七品下阶，算是升官了。

这里面有一个值得思考的问题。从桂州归来被执政的牛党所用后，义山便一直辗转在牛党人幕府中，这现象不能仅用朝中得势皆牛党，所以义山所投自然是牛党来解释。我与很多研究者看法不同的是，这与令狐绹的帮助有很大关联。

宣宗即位不久，令狐绹一直处在不停升迁之中，大中三年由中书舍人、御史中臣、兵部侍郎知制诰，直至十月升任宰相，短短时间内完成了位极人臣的直线升迁。

之前，义山的阵营分界比较明显，追随郑亚，又是王茂元女婿，是李党人的事实还用说吗？牛党得势后，如果不转换阵营，义山便没有前途，甚至生存都成问题。那么当务之急，是义山能转换到牛党名下，被牛党接受和包容。如果令狐绹从这个角度出发，先将义山调任京兆府属县，再调回京城转调牛党人、京兆府尹门下，这一切，不就顺理成章巧妙过渡了吗？

还有一件值得一提的事，也算是转换计划的重要一环。义山到京兆府工作后，京兆尹郑涓便交给他一项重要任务，为已逝牛党领袖牛僧孺撰写祭文《奠太尉牛相公文》。写这篇祭文的意义非常重大，某种程度上是义山进入牛党的一次高调亮相，府尹对这篇祭文如此评论，“吾太尉之薨，有杜司勋之志，与子之奠文，二事为不朽。”意思是说，牛僧孺去世后，有杜牧为其写志文，李商隐为其写祭文，这两件事堪称不朽。为已故牛党领袖作奠文，义山以这样的形式走近牛党似乎更容易一些，也更易于被牛党人所接受。

但这并不能说明，他此后的日子便可舒心如意。被牛党人接受，是他生存下去的必须，不代表他就可以耽于安乐。现实问题永远是一个方向盘，左右着他的选择以及生活。

大中三年（公元849年）秋，被宦官贬为柳州司户参军的刘蕡病故于任上。消息从湓浦（江州）传来，义山痛不能遏，忆想黄陵之别，两人促膝相谈的情景仍历历在目，一年后居然是阴阳两隔。这悲痛无以遣怀，义山泪如雨倾，连作四首悼亡诗，来纪念这一段知己之情。

“平生风义兼师友，不敢同君哭寝门。”这个乱世啊，又夺去了他仅有的知音。茫无涯际的昏聩腐朽里，义山真正从心底敬佩的人本已不多，他们像暗夜中海面之上的几粒星星，义山仰头看见那微弱的光，心底就有了一丝温暖，如今，又一颗星自空陨落，夜，更黑了几分。

也许是经历了太多折磨，在京兆府薪俸微薄，又总是做些为人作嫁衣的琐事，加上刘蕡去世对心情的影响，义山对前程开始心灰意冷。此时，他忽然接到远亲卢弘正的辟聘，邀他去往徐州入幕。

义山的曾祖母卢氏与卢弘正是同族中人，虽是远亲，终究比别人多了些亲切感。卢弘正的父亲似乎更为人所熟悉，是中唐著名诗人卢纶。唐宪宗大和年间，卢弘正中进士，初为掌书记，因行事果决，纪度严明，此后一直被朝廷重用。大中元年，卢弘正官至户部侍郎，兼盐铁转运使，任期内对晚唐的财政极有贡献。大中三年，武宁军（今江苏徐州）屡次发生将士驱逐镇帅的事件，朝廷便命卢弘正为武宁军节度使，兼徐州刺史，镇守武宁军，以肃军纪。

去一个将士骄横的地方任职，卢弘正必须培植自己的亲信。于是在征得义山同意后，卢弘正奏请朝廷任义山为节度判官，于这年冬季起程去往徐州。

漫天大雪，纷纷扬扬地落，像一场圣洁无声的欢送。义山的前半生为功名拼搏，于是在一个又一个杨柳青青的春天，他赴考、入幕，现在，他已然年近四十，又总在风寒水冷的冬季辞别亲人，为生计奔波。“关河冻合东西路，肠断斑骓送陆郎。”他披着一天一地的茫茫大雪骑马东去，在马上随口吟诵《对雪二首》，“龙山万里无多远，留待行人二月归。”此时，他的妻子王氏已有病候，嫁给义山十多年来，她似乎一直在为远行的丈夫送别，这个男人，始终是她生命中的匆匆过客。人生天地间，忽如远行客。如今又一次远行，念及此，义山怎能不歉疚挂牵？

在徐州，卢弘正给予义山极为优厚的待遇。义山充节度判官兼记室，此外，又在卢弘正的举荐下领侍御史官衔，官秩为从六品下阶。

可惜，这样的日子很快便到了尾声。大中五年（公元851年）春，卢弘正在徐州病逝。义山头顶那一片渐渐明朗起来的天空，瞬间又沉入烟花燃尽的寂寞。他的人生啊，是一条坎坷不平的小径，他高一脚低一脚跌跌撞撞地走着，没有止歇安定的时刻。

“成名逾于一纪，旅宦过于十年。恩旧凋零，路歧凄怆……春畹将游，则蕙兰绝径；秋庭欲扫，则霜露沾衣。”这是当初卢弘正辟聘义山时，义山所写谢启中的句子。多么凄美的骈文，唯美而伤感，凄恻而婉丽，如义山忧郁多情的一生。他是那绝径一枝兰，凋零在空山幽谷中。

◎春日在天涯

天涯

春日在天涯，天涯日又斜。

莺啼如有泪，为湿最高花。

这首五言绝句，是一曲春日挽歌。诗里的意境，像贾宝玉游太虚幻境饮的那一种酒：万艳同悲。春已深，日已斜，满园芳菲，已开到荼蘼。

关于这首诗的写作年代，有很多不同的见解，冯浩说写于大中九年，张采田又说写于大中五年，刘学锴和余恕诚认为应写于义山入桂州幕府和其后的梓州幕府期间。

时空概念对于体会诗中的情绪，是一个有意义的对应指向，但事隔千年，如果不是义山自己在文中注明，要精确到某一个具体的地名，某一个特定的时间节点，只能是悬疑和猜测。

我只需知道，那是一个春日傍晚。那是海角天涯般遥迢的他乡。那时写诗的人有悲怆潮湿的心怀。

它可以是义山漂泊异乡辗转幕府时所有春日的某一天，就在这某一天，他有一颗想哭的心。

春和景明，韶光灿烂，是适合远游的季节。义山的大半生，一直在远游的路上。他如果有无忧的生活和理想的仕途，似这样的春日远游在外，便是愉悦的悠游，他可以把韶光当做流水来挥霍；但是，如果心底有悲意，再好的春日也是看花两眼泪，远游便是羁旅漂泊。

春日在天涯。春日和天涯，一个极温暖，一个极孤单。一个极明媚，一个极苍凉。把美丽放置在寂寞的底色上，造成的效果，是文艺性的凄艳。

春天里，义山远在海角天涯，远到千山万水长流，远到长安城无法遥望的地方。流寓幕府，是生活所迫。这生活，是柴米油盐的生活，也是郁郁不得志的官场生活。

这本身便有几许悲凉意。展眼望去，平芜尽处是春山，行人更在春山外。春山外的那个旅人，他是一个断肠人。

不知道四百多年后，马致远写小令《天净沙·秋思》时，是否受过义山这首《天涯》的启发？“春日在天涯，天涯日又斜。”“古道西风瘦马，夕阳西下，断肠人在天涯。”总觉得有些相似的诗境。也许，羁泊他乡的人，在孤旅中独对夕阳西下，会有一种相同的凄怆情怀。

义山的凄怆来自更深的心伤。他的一生是个生不逢时的错误。他自身的品质是春天里秀挺的绿树，但时运却置他于贫瘠坎坷的天涯孤旅。少年时他姿仪俊雅，才气夺人，却早早失怙，缺失了亲情的温暖照拂；令狐楚惜其才并亲授四六文写作，许多赏识他才华的贵人将他邀至幕府，那些温暖是这凉薄人世间春日乍现的阳光，但他们纷纷离世或遭贬，恩旧凋零，旅宦凄怆，只剩他独自摇曳在绝径，品味这乱世凄凉。

如果恰是大中五年，彼时，卢弘正病逝于春日的徐州。义山的伤痛，便有了最直接的出处。在徐州，卢弘正待他有知遇之恩。节度判官加侍御史之衔，这份信任和倚重，沉甸甸的，让义山感觉充实。但是他还来不及感恩，卢弘正便去世了。义山的心底，那宛若朝霞初照梁的明媚春光，瞬间变成了一鞭残照。剩下满目的，是日薄西山，流水逝波。

他在幕府，像一尾鱼融入了一片温暖的海洋。忽然间，风吹云散知己凋零，茫茫天地间，只剩他独自一人，悼春伤怀。这时游宦在外，忽然倍添了孤独的距离感，这距离相对于熟识的家乡和亲人，是迢递高城，天涯阻隔。

莺啼如有泪，为湿最高花。这个啼字，义山用了它的通感。莺啼，明明是婉转的鸣叫，却为什么变成了泪？我却知道，义山这样用字有多么好。

想起杜鹃啼血的典故。春秋战国时蜀王杜宇称帝，号望帝。望帝爱民如子，治蜀水，解黎民之困，极得百姓拥戴。后来却禅位给大臣，死后化作杜鹃鸟，每至春天，哀声啼叫，滴血则为漫山遍野的杜鹃花。

这个故事后经演变有了多种版本。也有说望帝被奸佞所害后化作杜鹃鸟，日日徘徊悲鸣在皇后的花园，它的泪落下变成鲜血，染红了花园中的花朵，那花朵便被后人称作杜鹃花。皇后知悉杜鹃鸟是望帝的化身后，哀伤中也化作一只鸟，日日哭喊着“子归，子归”。

在《史书·蜀王本纪》中，这个传说有了爱情的色彩。说望帝倾慕大臣鳖灵的妻子，但他是个君子，他痛苦地隐忍着自己的爱恋，将情感深埋于内心。后来望帝禅位于鳖灵，退隐西山，化为杜鹃鸟，至春则啼血哀鸣，声声都是对心上人的深情呼唤。

莺这种鸟儿，从来都与春天有关，莺歌燕舞，莺飞草长，莺啼应如流水般清脆婉转，那是明媚的春之声。因了杜鹃啼血的通感，衬着义山行在天涯的孤旅漂泊，莺啼便有了深深的悲凉，在伤心人耳中，那涧水般的鸣叫正是它伤春啼哭的声音。感时花溅泪，恨别鸟惊心。于是悲剧的效果，骤然涌现。悲哀啼鸣的莺啊，请掬几滴清泪，祭奠那枝头最高的花朵，为这日暮残春举行葬礼。

忽然想起《葬花吟》。黛玉葬花是太经典的名著桥段。泣残红，垒香冢，葬桃花于香丘，艳得让人心疼，哀得让人心痛。这份哀艳之美，也若义山的莺啼有泪。

春花开到枝头最高处，当是春意阑珊花事了。最高花，也是最圣洁的那一朵。或者在义山心中，那是最高贵的灵魂。张采田说此诗作于大中五年，最高花指的是府主卢弘正。是耶非耶？已无法考证，但义山为圣洁的灵魂哀悼，却可感知。这份情怀也是一种通感，从字里行间析出，弥漫在今日读诗人的心间。

杨致轩曾评此诗“意极悲，语极艳，不可多得”。鲁迅也曾说，悲剧就是将人生有价值的东西毁灭给人看。这首诗的悲剧意境在于，明明是春物昌昌，却要泣红谢幕，香消玉殒。义山的很多诗都有这种哀艳的悲剧性。他的美学修养，已潜移默化成为他写诗的一部分。

蜩螗乱世，断肠人在天涯。悼春、伤时、哀世，它们交织成一缕惆怅的寒烟，在这短短二十个字间袅娜飘荡，像失意人扯不尽的愁绪。

第十九章 游幕东川，克意事佛

从徐州回到长安，已是大中五年（公元851年）暮春，义山无心伤悼卢弘正的去世，因为归家不久，更残酷的现实将他逼入了深渊。

初秋，长安的白菊还未盛开，乍起的秋风却已寒意摧人。义山的妻子王氏，在病痛的折磨下，于这年八月，香消玉殒。

丧妻之痛如洪水不竭，让义山痛断肝肠。他的心，瞬间老去。

义山明白，陪伴在他身边的十几年，王氏很苦。生活的寒苦，聚少离多的孤苦，养儿育女的辛苦。她的苦，无处诉说。身为士族小姐，她本可以有安定富足的生活，可是当初，她只爱了他的英俊和才华，却在物质的匮乏中耗尽了一生。

在义山心底，相比于年少时对宋华阳的热恋，此刻他对王氏的爱，因有了俗世的艰辛和烟熏火燎，更多了深沉含蓄的亲情，这情感像不可缺少的盐，浸入了他的血液和灵魂。因此这痛，是一种持久不散的摧残。

他在哀痛中写一首又一首的悼亡诗，怀念那个为他付出了一生的女子。

……

忆得前年春，未语含悲辛。

归来已不见，锦瑟长于人。

今日涧底松，明日山头檗。

愁到天池翻，相看不相识。

——李商隐《房中曲》

犹记得当年，义山初入王茂元幕府，那时她是王家娇贵的小姐，新罗绮带，乌鬟翠钿，可是十四年后，她居然已长眠于林泉之下。岁月神偷啊，你何必那么急迫地要卷走她的一生？！

义山从徐州刚回到长安时，曾向令狐绹陈情，请他给自己安排一个职位，既有闲暇时间照顾病中的妻子，又有俸禄可养家度日。于是令狐绹举荐他当了一名太学博士，正六品上阶，无外乎给太学生们教教书，讲讲经，工作性质比较单纯。虽然有些乏味，但起码有时间兼顾家小，加上王氏病重期间无暇他顾，因此对于这份工作，义山只有知足，喜不喜欢已是其次。

王氏病故后，义山顿时失去了生活的重心，很多事情忽然变得毫无意义。此时，新任梓州刺史、剑南东川节度使柳仲郢邀请义山随自己去四川任职，一来自己正缺人手，二来也是为了让义山远离熟悉的长安。睹物思人，只会让他身陷伤感中无法自拔。

冬季，转眼到了。义山将年幼的儿女托付给韩瞻后，再一次踏上游幕之旅，他日夜兼程，赶赴东川。行至陕西境内的大散关时，一场雪，铺天盖地袭来。

彻骨的寒冷，伴着旅途的孤独和悼亡的哀伤，像漫天飞舞的雪花，交织成一片白茫茫的天地，天地间只剩下他一个人，独自迎接这痛苦的狂欢。

剑外从军远，无家与寄衣。

散关三尺雪，回梦旧鸳机。

——李商隐《悼伤后赴东蜀辟至散关遇雪》

再没有人，在他远游的日子里为他寄来寒衣了；再没有人，切切地盼着他的归期了；也再没有人，在大雪纷飞的日子里念着他的冷暖了。散关三尺雪啊，怎不让人想起旧日的好时光，怎不让人午夜梦回，幻想她就着织锦机为千里之外的人赶织冬衣的情景。如今这一切，再也不会重来，再也不复重现。

这年十月，义山终于抵达东川节度使治所所在地梓州城。柳仲郢辟聘义山为节度判官、检校工部郎中，官阶为从五品上。

中国政区史上道和府的建制始于唐朝。唐初贞观年间，全国划为河南、河北、山南、陇右、剑南等十道，开元年间增至十五道。唐至德二年（公元757年），剑南道又分为东川和西川，东川东临四川盆地中部的涪江，西望沱江流域，地理位置十分优越。东川治所梓州（今四川三台县），为四川境内仅次于成都的第二大城市。写下“前不见古人，后不见来者，念天地之悠悠，独怆然而涕下”的陈子昂就是梓州人，杜甫也曾在梓州客居近两年，写下多首与梓州有关的诗篇。“无数涪江筏，鸣桡总发时”“夜深露气轻，江月满江城”，可见当时梓州城的繁华美丽。

此时的义山，面对梓州的好山好水，遂生了安定之心。也许妻子病故，他对长安的牵挂便少了许多。何况，他的节度判官之职，除军事之外的大部分府务可以代节度使行使职权，由此可见柳仲郢对他的信任和倚重。

但这并没有让义山重新点燃生活的激情。他再也不是那个意气风发的洛阳少年。

义山的消沉，柳仲郢当然知道。他以为，给义山再找一个女人，或可使他焕然一新。

柳仲郢的梓州幕府中，有一位容貌秀丽的歌舞乐伎，名叫张懿仙。每逢府中群贤毕至或宴饮酬酢，张懿仙总会应府主或客人的要求，即席献艺助兴，因此在梓州的士大夫中间，张懿仙算是小有名气。义山因了爱好文艺的关系和善良的心性，对这女子极为友善，柳仲郢便有意撮合。

但是话刚开口，就遭到了义山的婉拒。义山说："某悼伤以来，光阴未几，梧桐半死，才有述哀，灵光独存，且兼多病……至于南国妖姬，丛台妙妓，虽有涉于篇什，实不接于风流。"义山的意思是，夫人刚去世未久，自己也是心灰意冷，如今又是多病之身……虽然我以前的文章中有过一些美妙姬妾的描述，但现实生活中，我并不是一个风流随性之人。

此时的义山，心如止水。

王氏的离世，对义山生活和精神的影响，是一个重要的分野。人生至此，似乎已尘埃落定，他不再向往庙堂之高和未曾实现的抱负，人生只剩下简淡超脱的境界。四十年的生命历程中，他一再地经历丧亲之痛，随着年龄的增长，对亲人越来越深沉的追念渐渐化作一种信仰，他甚至愿意相信，亲人并没有走远，他们只是以另一种形式存在着，他便有了新的寄托。

于是，义山开始参禅礼佛。大中七年十一月，他着手编定《樊南乙集》时，在序言中说："三年以来，丧失家道。平居忽忽不乐，始克意事佛。方愿打钟扫地，为清凉山行者。"

唐代，到峨眉山礼佛是高僧们的活动之一，因此巴蜀之地常有云游僧人往来，义山于是结识了许多高僧禅师，其中包括名僧知玄国师。知玄是眉州洪雅人，入京后唐文宗极为看重，以国师号相赐。大中八年，知玄乞归故里，在此期间，义山与知玄结下了深厚的友谊，并以弟子礼待之。有一次，义山患眼疾，遥望知玄居住的兴喜寺默默祈愿，第二天早晨，知玄便寄来《天眼偈》三章，义山诵读后眼疾竟然渐渐痊愈，此后，他便一心向佛，曾一度表明心迹，愿削发为知玄弟子。

长平山的慧义寺，义山也常去听住持高僧弘扬佛法。他还特意捐出自己的俸禄，在慧义寺的经藏院建五间石壁，刻金字《妙法莲华经》七卷，又在经首请柳仲郢题写了记文。

当义山还是一个白衣少年，他曾在玉阳山学仙慕道，道教在他的前半生烙下了鲜明的印记，人生快要走到尽头时，他又开始参禅礼佛。早年他耽于幻想，待人生之秋来临，他又崇尚四大皆空。加上读书人对儒家思想潜移默化的吸收，因此儒释道三者的思想在他生命中合而为一，化作特有的创作经验和形式，形成义山诗歌幽深窈渺的风格。他在此过程中，也渐渐褪尽迷障的铅华，完成了对生命更深刻的体验和认知，使自己抵达宁静澄明的境界。

大中九年十一月，柳仲郢结束了在东川五年的节度使生涯，调回京城任吏部侍郎，回京途中，又接到朝令，由吏部侍郎改任兵部侍郎，真是名符其实的朝令夕改。

义山随柳仲郢回到京城，已是大中十年春。长安城的杨柳，又开始泛青了。

◎君问归期未有期

夜雨寄北

君问归期未有期，巴山夜雨涨秋池。

何当共剪西窗烛，却话巴山夜雨时。

我有一个文友，是颇具青瓷古意的女子，她的笔名叫“寄北”；还有一位文友是极年轻却熟知典籍古董的才子，他的名字叫“君问”。看得出来，他们的名字皆出于义山的这首《夜雨寄北》。

稍有国学知识的人，都能随口吟出“君问归期未有期，巴山夜雨涨秋池”，是能吟出潇潇雨意来的。记得小时候，我曾坐在桃树下，手里捧着一本绘图唐诗选，读到这一首时，情不自禁地朗声念出来，对诗中的意思虽然不甚了了，可是那回环顿挫、折叠而返的节奏感，像来自遥远处的钟声，惹得思绪也会飘出好远。

宋人洪迈编著的《万首唐人绝句》里，将这首诗的题目写作《夜雨寄内》，意思是义山这首诗是寄给远在长安的妻子的。后来，清人冯浩虽然否定了这个题目，却将内容定为寄内诗，并说此诗写于义山从桂州郑亚幕府回家途中、路过巴蜀之地的一个秋雨之夜。

可是照这样理解，首先语意上就说不通。明明是归家途中，却说“归期未有期”，这显然不合逻辑，古典文学研究专家陈寅恪否定了冯浩关于这首诗写作时间的推测。后来又有一种说法，研究者认为，这首诗写于义山在梓州幕府时期。梓州在四川东川，巴山蜀水是最基本的地貌特色。因此，这一说法最符合这首诗的本意。

一直以来，关于这首诗的情感，总被认为是义山对王氏的思念之情。尤其是“何当共剪西窗烛”这一句，直接断定了这首诗的儿女情长。

问题是，义山跟随柳仲郢入梓州幕府时，他的妻子王氏，已经不在人世。

因此又有人说，这首诗，是义山寄给北方的某一位友人。

于是，温庭筠，进入了话题的中心。

温庭筠，字飞卿，山西祁县人，花间词派重要作家，唐初宰相温彦博之后。义山与温庭筠的相识，当在义山跟随令狐楚的那段时日。论年龄，两人相差无几；论才名，两人更是伯仲相当，合称“温李”。温庭筠虽是宰相后裔，但到了他这一辈，遭遇和义山一样，也是数次应考均未及第，最后仅官终国子助教，虽然流连青楼酒肆的习性与杜牧好有一比，但一生沉沦，并不得志。

当年，令狐楚身边聚集了一大批文学青年，他们在令狐府饮酒作诗、高谈雅论，这其中包括李商隐，也包括花间词人温庭筠。温庭筠才情卓著，却不喜束缚，虽屡次参与科举考试，却总是恃才放浪，甚至为他人作弊扰乱考场纪律，落第也是情理之中。若论才情，在当时他是世人公认的大才子，“八叉手即得八韵”的典故几乎无人不知，人送雅号“温八叉”，实在是一个惹人争议的怪才。

在令狐府，年少的义山曾与令狐绹、温庭筠共度一段最美好的青春年华。那时，令狐绹政治上还未起步，相互间的友情便纯真了许多。及至令狐绹官越做越大，所处环境的不同，让彼此渐渐生出了嫌隙。后来，令狐绹又暗自请温庭筠代制新词进献给皇上，结果快嘴快舌的温庭筠四处张扬，说令狐绹这首词其实是自己替他填的，惹得令狐绹一肚子恼火。

温庭筠虽然不拘小节，恃才傲物，与义山却是惺惺相惜，互为知己。在这一点上，他与杜牧迥然不同。义山与杜牧合称“小李杜”，又与温庭筠合称“温李”，但杜牧与义山并无多少交集，义山曾写诗寄赠杜牧，但杜牧反应冷淡，如果排除了诗稿遭遇焚烧的可能，那么，杜牧当时并未作出积极回应，对义山的热情，他似乎不愿理会。

温庭筠与杜牧刚好相反。在与义山相隔一方各自谋生时，也时时互赠诗词，酬唱遣怀。大中四年（公元850年）前后，义山在徐州卢弘正幕府时，温庭筠曾写下《秋日旅舍寄义山李侍御》，将义山比作西汉大文人司马相如（字长卿）：

一水悠悠隔渭城，渭城风物近柴荆。
寒蛩乍响催机杼，旅雁初来忆弟兄。
自为林泉牵晓梦，不关砧杵报秋声。
子虚何处堪消渴，试向文园问长卿。

——温庭筠《秋日旅舍寄义山李侍御》

及至义山在四川梓州幕府，也曾寄诗给温庭筠。他写《有怀在蒙飞卿》，向温飞卿诉苦，盼望他常常来信以解思念之情；听闻范阳人卢著明的死讯后，又连忙写下《闻著明凶问哭寄飞卿》寄与温庭筠，期待有一天能和他相约去卢著明墓上放声一哭。仅这两首诗中表露的情感，可以看出，只有知己之间才会在最哀苦的时刻，向对方倾诉，彼此温暖。因此，义山在一个潇潇雨夜寂寞独处时，写一首诗寄给远在长安的温庭筠，是极为可能和自然的事情。

彼时，义山刚失去王氏不久，虽然远离长安，来到千里之外的巴山蜀水，悲哀和孤独却像冰凉的蛇，如影随形跟随他千里之行。巴山多雨，一到萧索的秋天，秋雨更是潇潇不歇，平添许多凉意浸骨的愁绪。

这是又一个寂寞清冷的秋雨之夜。义山在居所之内，听得屋外雨声潇然；斗室之中，一盏烛火昏黄暗淡，只有清瘦颀长的影子与自己孤独面对；偶尔，夜风扑窗，惊起灯罩内的烛火微微跳动，这一刻，满室的空气似乎是一片寂寞的海，将义山淹没在萧萧凉意中。

丧偶以后，他已沉默孤独了太久。此刻，他多想与知己良朋秉烛夜谈，卧听秋雨敲窗，把满腔的哀思和愁绪向友人倾诉，抚慰自己苦楚寂寞的心。

他想起温飞卿。在这个秋雨之夜，如果他在自己身边，该有多好。不久前，飞卿曾来信询问自己归家的日期，可是刚抵梓州，归期应是遥遥无期啊！此时，秋风凄紧雨凄惶，黑漆漆的屋外，什么也看不见，像一个无底的深渊。那个浅水池，怕是已涨满秋雨了吧，雨点落在水池上，多像他落寞凉薄的心，在不竭地跳动。

君问归期未有期，巴山夜雨涨秋池。这两句，能读出引颈远望的孤寂和荒凉。想念友人的日子，他独自在遥远的梓州，在一个漆黑的夜晚，听秋风秋雨愁煞人。只有影子相伴左右。

何当共剪西窗烛，却话巴山夜雨时。这两句诗，尤为人称赞。他只不过作了一个预期的设想，设想有朝一日相会在一起，再不用一个人面对满窗秋雨，两个人可以彻夜长谈，就着西窗，将烛花剪了又剪，将茶水续了又续，那时会说起今日巴山的这个秋雨之夜，共同体会今日的孤独煎熬，那会是一种怎样的感受啊！

明明此刻巴山的秋雨在屋外潇潇不歇，义山却想象着相聚的那一天，两人回忆眼前这个秋雨之夜的情景，这种笔法堪称独到。

忽然想起诺贝尔文学奖获奖作品《百年孤独》。加西亚·马尔克斯写这部鸿篇巨著的第一句话是：多年以后，奥雷连诺上校站在行刑队面前，准会想起父亲带他去参观冰块的那个遥远的下午。

“多年以后”是对未来的预想，“那个遥远的下午”是过去已然发生的事。一笔延宕到未来，却在未来又转回到了过去。

而这个时间概念上的回环折叠手法，早在加西亚·马尔克斯写这部著作的一千多年前，晚唐的李商隐，已经用过了。

有人说，“何当共剪西窗烛”这一句，分明指出那个与义山共剪之人，是个红袖添香的女子。我抗议这种说法。谁说知己友人间，就不可以共剪烛花？至交友人阔别重聚，有多少话需要倾夜长谈？青梅煮酒论英雄，伯牙绝琴为子期，温庭筠和李商隐，为什么就不可以剪烛西窗，秉烛夜谈？

浮世多寂寞。寂寞的晚唐，寂寞的李商隐，需要另一颗寂寞的心灵来抚慰。

因此，当他独对秋窗风雨夕，寂寞像游魂向他袭来时，他需要积累来自友情的力量和温暖，来抵御这四起的寒意。

何当共剪西窗烛，却话巴山夜雨时。他期待着，仰望着，那一刻的来临。

◎夕阳无限好，只是近黄昏

乐游原

向晚意不适，驱车登古原。
夕阳无限好，只是近黄昏。

不知为什么，读这首诗，眼前虽有红霞漫天，仍然抵不住字里行间传递出的那一丝垂暮之气。我的直感中，会有一位长髯及胸的老人，老到要坐在马车里，缓缓地迎着西天的晚霞驱车而去，只留下踽踽的背影，深到了历史书页中去。

而当得知，义山写这首诗的时候，只不过四十出头年纪，感觉却又发生了变化。

起码，他并没有那么老。也没有那般颓丧，颓丧到需要晚霞的余晖来反衬。

乐游原，位于长安城东南，曾是皇城的游览胜地。乐游原的得名，源自西汉宣帝时在此建立的乐游庙。乐游原又是京城最高地，登上古原睥睨四望，曲江、皇宫、终南山、汉家皇陵可尽收眼底，是一个地处九五之尊的祥瑞所在，因此极得皇家看重。不仅如此，民间也将登乐游原作为重要活动之一，每年初晦日（正月最后一天）、三月三、九月九，长安城的居民总要登上古原，祈求上苍降甘霖，保平安。

对乐游原更多的感觉，是来自古诗词中的意象。义山的这首《乐游原》，是最美的软文广告，让更多人，知道了这个所在。

然而在此之前，乐游原的地名，已经数次在古诗词中华丽现身。

箫声咽，秦娥梦断秦楼月。

秦楼月，年年柳色，霸陵伤别。

乐游原上清秋节，咸阳古道音尘绝。

音尘绝，西风残照，汉家陵阙。

——李白《忆秦娥·箫声咽》

这首词据说是词牌名《忆秦娥》的源头。词的下阕展现的画面，似乎为后来义山的这首《乐游原》作了铺垫。乐游原上清秋节。西风残照，汉家陵阙。一鞭残照，满天晚霞，斜阳余晖里的汉家皇陵，不过是历史大浪淘沙后仅存的几抔黄土，过往的烟云，已风流尽掩。

这一年，义山从东川游幕归来。京城长安，这熟悉的故地，已物是人非。亲人离散，知交零落，又兼他的多病之身，他的落寞孤独，怕也是“梁间燕子闻长叹”了。

这天傍晚，也许是幽闭斗室太久，他忽然躁闷起来。出门，见落日正圆，余晖正好，满天晚霞把西天涂抹得绮丽多彩。于是他索性坐上马车，向乐游原的方向前进，他要赶在太阳落山之前登上古原，看那夕阳最壮丽的谢幕。

乐游原居高而临下，一览众山小。在乐游原上看夕阳，应是另一种奇特的体会吧。在义山之前，陈子昂登幽州台，不禁念天地之悠悠，独怆然而涕下；杜甫登泰山，会当凌绝顶，荡胸生层云；而义山登乐游原，他感叹的是，夕阳无限好，只是近黄昏。

那一刻的情境无须多想，稍一动念，便会浮现眼前。古原、夕阳、黄昏，还有一个寂寞驱车人李商隐。这一串关键词连接在一起，是一个绚烂宏大的场景，却因是谢幕前的绝唱，于是便有了几许悲壮的惆怅。

夕阳无限好，只是近黄昏。这样直白的诗句却在后人一再地注解之下，多出了许多复杂的内涵。

关于这两句诗，古人的意见是，义山在感叹自己行将岁暮却襟抱未开的迟暮之憾，慨叹唐朝国祚日薄西山的命运。纪晓岚认为，“百感苍茫，一时交集，谓之怨身世可，谓之忧时事亦可。”意见都是一致的。

1974年，一个名叫入矢义高的日本汉学家提出了不同意见，他说，正因为是日暮时分，夕阳才显得美好。意思是这里边没有多少伤感的成分。

后来，古典文学专家周汝昌进一步阐述了这个观点，并说“只是近黄昏”的“只是”，并没有转折的意思，不能当“但是”来理解，应作“正是”来解读。夕阳无限好，正是因为时近黄昏了啊！所以，在周汝昌眼中，这是义山热爱生活、坚持理想的一种乐观态度。

但是从义山的角度来看，他也许会说：没那么复杂，你们这些人，比我想得多了。

诚如惠子说庄子：子非鱼，安知鱼之乐？庄子回曰：子非我，安知我不知鱼之乐？当然，我非义山，我也不知道义山写这首诗时，是否真的那么乐观。但是，经历过阶级斗争和革命热情渲染的国人，对人物的评论曾经一直脸谱化，要么高大全，要么假恶丑，绝没有中间路线；对文学作品的鉴赏评论也一度带有明显的政治观点，比如之前很多专家评义山诗，总跳不出“向令狐绹陈情”的圈子，明明是一首情深意长的朦胧情诗，也偏说，这是义山在向令狐绹陈情，希望加以推荐汲引云云。不知道义山泉下有知会不会气晕过去。

从时间节点上来说，义山从梓州回到长安，离生命的终点已时日无多。此时，他体弱多病，况且又是“向晚意不适”，妻子已经谢世，柳仲郢迁兵部侍郎后，自己前途迷茫。可以肯定的是，他是在一种失意的情绪基调中，去看乐游原的夕阳的。他已经说得那样明白：向晚意不适，驱车登古原。这两句用不着瞎琢磨，因为没有任何悬念。

一轮夕阳灿然绚丽。这幅自然美景，应该给义山带来了些许惬意和赞叹，但也仅此而已。夕阳虽然无限美好，遗憾的是，已是落日黄昏时。那绚丽博大的美，在失意郁闷的义山心中，真的美到了极致，可是又实在是太过短暂了。

“义山此意吾能会，不适驱车一惘然。”这是钱钟书的诗句，出自一首题为《薄暮车出大西路》的诗。钱钟书先生在秋日的夕阳残照中驱车出游，将车出大西路时看到的情景写成了这首诗。钱先生的意思是，他懂得义山《乐游原》中表达的情感色彩，懂得他“不适”后的“惘然”，那是一种人生天地间，忽如远行客的无奈和惆怅。

寄生于世，不过是小小蜉蝣。义山不快乐，这很正常。他有权不快乐，他有权说，夕阳虽好，却近黄昏。他没必要装出一副乐观积极的样子，被人当做精神楷模去教育后人，他没有这个责任。

对我而言，他只需展示真实的自己，绵长的诗意，以及由此带来的艺术魅力。

这便够了。

第二十章 此情不再，锦瑟无端

从梓州归来，长安城的小儿女们，已然长得很高。此时分别五年的义山，却有了憔悴衰老的迹象。

没有了王氏，团聚的日子难免弥漫着凄哀的伤感。义山怀着对小儿衮师的歉疚之情，同时也为了调理身心，暂时幽居长安，偶尔往返于京洛之间。因此这年十月，柳仲郢任御史大夫充诸道转运使，义山并未随同入幕。

直到大中十一年（公元857年）正月，柳仲郢以兵部侍郎充诸道盐铁使，临去扬州治所上任前，上奏朝廷以李商隐为盐铁推官。义山再一次随同柳仲郢离京赴任。

起程的日子尚是春寒料峭，远处，青山隐隐，大唐的河山，又要绿满江南，可是，他为什么丝毫感觉不到春天的气息？是他的心被寒冬冻结了太久，还是此时的李唐王朝，扑面有了衰飒之气？

途经洛阳，他特意请柳仲郢在此小住几日，他怀着无法诉说的哀伤，辗转来到位于崇让坊的王家老宅。

昔日，这里曾车马往还，人丁兴旺。王家的七个女儿，个个姿颜秀丽；七位佳婿，人人都是年轻才俊。泾原节度使王茂元的幕府常常通宵达旦，英才俊贤们在华灯之下畅怀痛饮。那时，王家的轩敞华宅多么气派啊！

可是展眼不过十多年，当义山重新站在它的廊下，已是人去楼空，苔痕侵窗，亭榭凄凉。廊檐和窗棂上的蛛网，在瑟瑟寒风中寂寞地晃动，几只老鼠蓦地从残垣断壁中钻出，又忽地隐入荒草间不见踪影。

大门上的铁锁已有斑斑锈迹，义山四处观望，终于找到一处断壁翻墙入院。这里留存的记忆太温馨太快乐，所以他要去寻找，以证实那些美好的岁月不是梦。

此时，夜幕降临，一轮残月升起在天空，四周寂静，老宅在月影中更显得阴暗萧寂。他点亮随身携带的灯烛，一间一间仔细地看，走到曾经和王氏共住的房间，他在案前坐下，思念的痛苦瞬间将他淹没。忽然，窗外传来窸窣之声，仿佛有人深夜来访，正在屋外轻敲窗纸。义山有些惊诧，忽地又一喜：莫非，是王氏的亡灵赶来与他相会？

定睛细看，一只小老鼠爬上了窗台，在烛光映照下，它瞪着两只发着亮光的小眼睛，默默地看了义山数秒，忽然跳下窗台，又一溜烟地隐入了黑暗之中。

义山一声长叹，闭上眼靠上座椅。他耳畔似响起《起夜来》的歌声，那是一首妻子思念远方丈夫的歌谣。曾经，年轻的王氏不止一次对他轻轻哼唱过。

离开伤心地，义山无法忘怀这老旧的宅院。为了纪念，他写下了《正月崇让宅》。那么，这留下他太多美好记忆的屋宇，留下他和王氏青春纪念的老宅，他将，不再见了；或许，也没有机会再见了。

密锁重关掩绿苔，廊深阁迥此徘徊。
先知风起月含晕，尚自露寒花未开。
蝙拂帘旌终展转，鼠翻窗网小惊猜。
背灯独共余香语，不觉犹歌起夜来。

——李商隐《正月崇让宅》

重回老宅，义山无限伤感。问世间，究竟什么是永远？如果时间注定要带走一切，那么为什么又要施舍这一切？佛说，众生因恩爱执著、迷惑造业，生命于是在三界六道中不停地轮转，受各种苦恼而不能解脱。于是这一世，所有的恩和孽，便要给他带来如此巨大的伤痛吗？

直至暮春，义山才到达扬州。贞观年间，扬州属十道中的淮南道，天宝年间改扬州为广陵郡，公元758年也就是肃宗乾元元年，又复为扬州之名。扬州自古繁华，在义山生活的年代更是商贾如织，富甲天下，是海上丝绸之路的重要起点和著名港口城市，当时在海外经商的扬州人就达五千之多。

晚唐的重要财政开支来源，主要集中在盐铁收益上。当时全国的盐铁中心便设在商贾云集的繁华之地，其一设在四川益州（成都），其二便在扬州。朝廷为了保障盐铁效益的最大化，在盐铁使之下设置了盐铁推官，专门负责盐铁税收案件的裁定处理。

这是一个肥差。因此义山任盐铁推官的一年间，基本上生活无虞，他利用闲散时间，游遍了南京、苏杭等地。他依稀记得，从他刚刚记事起，父亲受聘为浙江东西两道观察使幕僚，他曾跟随父亲在此生活居住了整整六年！

人生，多像用枯枝在沙地上画出的不规则的圆啊。这是冥冥中上苍的安排吗？当义山快要走到生命的终点，于是安排他重走一遍曾经走过的路，重拾过去那些悲欣交织的回忆，去王氏的老宅，去幼年时曾经生活过、并给他的一生留下深刻烙印的江南……是上苍让他对这人世做最后的告别吗？让他偿还那些怀念的心愿，让他的生命不留太多的遗憾。

他的身体已渐渐不支，本来便是多病之身，加上王氏病故后，他总是郁郁寡欢，又兼长期奔波在外，健康状况因之每况愈下。

在扬州，他听了太多杜牧的风流韵事。当年牛僧孺为淮南节度使，聘杜牧入其幕府为掌书记，居扬州。自此杜牧整日流连青楼酒肆，宿醉不归。牛僧孺不放心，常派人暗中保护，并要求所派之人及时通报杜牧的行踪安危。后来杜牧调离，牛僧孺语重心长地劝他万不可再“风情不节”，并拿出当时为了保护他、手下人传回的满满一筐平安帖给他看，杜牧羞愧不已。“十年一觉扬州梦，赢得青楼薄幸名。”正是他此段生活的真实写照。

然而，与义山齐名的杜牧，已于大中六年先他离世了。尽管他和杜牧并不是特别熟悉，但人活世间，难得有才名相当、并足而立之人，他们是彼此的一面镜子，可以彼此参照，彼此相惜，或者，彼此互为假想敌。但是，一旦其中一个不在了，那瞬间的孤独不是常人所能领会。义山会觉得，他的暮年已经到了。他的生命，已行至山穷水尽。

大中十二年（公元858年）春，柳仲郢奉朝令调回京城，升任刑部尚书。义山也随即离开扬州。健康问题使他丧失了最后一丝对未来的期盼，他没有跟随柳仲郢回京，而是直接回到了老家河南荥阳。

他需要静静地休养身心。也或许，他知道大限的日子已经临近。无论如何，他要回到故地，他一生流浪漂泊，没有衣锦还乡，却可以魂归故里。他的生命生养于斯，最后，他要将自己的肉体和灵魂还给这片土地，这里有他的血脉，有他的亲人，有他年少时纯真无邪的初心。

冬天，很快又到了。一场漫天大雪，飘飘扬扬，把荥阳的草木山川织成一片银白的世界。雪光返照在屋内的病榻上，使得义山的病容瞬间闪现出一层淡淡的光芒。也许他等这场雪等得太久，他累了，于是轻轻地，合上了双眼……

屋外，雪花狂舞不绝，像一场无声的葬礼。

此时是唐宣宗大和十二年，即公元858年，义山享年四十六岁。

虚负凌云万丈才，一生襟抱未曾开。
鸟啼花落人何在，竹死桐枯凤不来。
良马足因无主踠，旧交心为绝弦哀。
九泉莫叹三光隔，又送文星入夜台。

——崔珏《哭李商隐》

虚负凌云万丈才，一生襟抱未曾开。他是姿仪秀伟的李商隐、忧郁多情的李商隐、才冠晚唐的李商隐、半纪漂泊的李商隐。

他爱过痛过、哭过笑过的一生，像夜空里的烟火，已没有半点烟霭可寻；可他在诗里的每一声哀叹、每一次呼吸，都留下了时光生动的影子，在那里，我们看到了一个曾经走过的、真实的灵魂。

◎木兰原是此花身

木兰花

洞庭波冷晓侵云，日日征帆送远人。
几度木兰舟上望，不知元是此花身。

关于这首诗的由来，向来有几种说法。第一种说法比较可信，说义山作于长安馆舍；第二种说法，将这首诗归到了陆龟蒙名下；第三种说法有些许奇幻的色彩，说此诗是义山魂魄所作，彼时义山已离世多年。

前两种说法《古今诗话》中有载：义山游长安，宿旅舍，客赋《木兰花》诗，众皆夸示，义山后成，客尽惊，问之，始知是义山。一云陆龟蒙，误。

游长安宿旅舍的日子，当是义山移居长安之前，那时，他正值年少，虽然清贫，却有满把的青春好年华。试想，那时的义山，才华绝代，意气风发，在哪里，都是那么英秀出众。他住进长安城的旅舍，可能是为了进京应考，既是应考，身边自然少不了各地来京的学子，他们聚在一起吟诗作赋，是很自然的事情。

他入住的那家客馆，聚集了很多学子，其中有人作了一首《木兰花》诗，那诗一定也还是不错的，否则不会引来那么多人的夸赞。但紧随其后，义山也作了一首，高下立判。彼时由义山造成的震撼效应，用“客尽惊”三个字来描述，实在是非常过瘾。明明还在为前一首诗高声喝彩，此诗一出，众人方才惊觉，前首诗不过是浮云。如此神妙惊艳之作，出自谁人之手？一问方知，李义山是也。

第三种说法奇是奇了点，但私下认为更具美学效应。南宋姚宽编著的《西溪丛语》记载了这样一个他称之为小说的奇谈：唐末，馆阁数公泛舟，以木兰舟为题。忽一贫士，登舟作此，诸公览诗大惊，物色之，乃李义山之魄，时义山下世久矣。

那是在义山去世多年后的某一天。那一日天气有些阴冷，烟波浩渺的洞庭湖上，云水茫茫，晓雾侵云。目光所及处，只见迎来送往的船只在湖面上穿梭不停。此时，一只惹眼的游船悠然驶来，游船上是一群闲雅文士，他们高谈阔论，饮酒赋诗，逸兴飞遄，纵情游乐。其中一人提议：今日既然泛舟湖上，诸位兴致正浓，不如以木兰舟为题，各人赋诗一首吧。于是众人纷纷埋头苦吟。

船近岸边时，忽然走来一位白衣贫士，不待舟中人相邀，便径自上船。听舟中人正在吟咏木兰诗，也不答话，提起笔来在稿笺上一气呵成，一首《木兰花》如行云流水，随意而就。白衣贫士留诗后即下船飘然离去，顷刻不知所踪。

舟中文士拿起那墨迹未干的诗笺，一遍读过，大惊失色。有人擅长玄学，细细考量辨别之下，认定中途上船的贫士是李义山魂魄化身。也只有李义山，才有这般婉转天成、回味无穷的诗韵。

我之所以私下觉得第三种说法更具艺术美感，是因为这说法本身的玄妙，如同李义山亦真亦幻、扑朔迷离的一生。

唐人李跃所著的《岚斋集》中，记载这首诗的作者为陆龟蒙。苏州刺史张抟爱极自家庭院中的木兰树，每次花开总要邀友人赏花小聚。有一次陆龟蒙姗姗来迟，被张抟罚酒赋诗。酒醉的陆龟蒙写下前两句“洞庭波浪渺无津，日日征帆送远人”，便醉倒在桌上。有人想续，却又不知如何下笔。顷刻陆龟蒙酒醒后又接着写下后两句，“几度木兰舟上望，不知元是此花身。”

这一说法在《古今诗话》中被予以否定。想来在晚唐，陆龟蒙与皮日休因才名相当合称皮陆，而皮日休有《宿木兰院》一诗，因此将《木兰花》误为陆龟蒙所作，可能性极大，况且两诗的起首第一句便有差池。因义山离世后陆龟蒙尚在人间二十多年，所以即便陆龟蒙写了一首相似的诗，那也是之前受义山《木兰花》的影响罢了。

洞庭波冷晓侵云，日日征帆送远人。送远人，是惆怅伤感的话题。涕泪沾巾，长亭送远，年年柳色，灞陵伤别。送别怀远之情，鱼玄机的《折杨柳》诗表现得极为凄柔，"朝朝送别泣花钿，折尽春风杨柳烟。"不知道义山有没有灞桥折柳相送别的时刻。长安城的杨柳，在他的眼中，一回回地青了，他却一回回地，在这青青柳色中辞别家人，游幕四海。

那是长安城。那是春天。在洞庭湖，在深秋，在初冬，依然到处弥漫着送别的惆怅离情。义山此生，有多少离别时分？有几多漂泊旅程？举目望去，洞庭湖上往来的船只载着异乡游子，驶向不可知的前路，他们辞别亲人，带着惆怅和思念，在遥远的时空里辗转奔波。

几度木兰舟上望，不知元是此花身。诗的后两句照应了诗题，是要将题目与内容对应着来读的。木兰花，是木兰树开出的花朵。木兰舟，是木兰树制作的华美小船。关于木兰树，古籍中多有记载。《述异记》中说："木兰洲在浔阳，江中多木兰树。昔吴王阖闾植木兰于此，用构宫殿。又说：木兰舟在浔阳江中，多木兰树……鲁班刻木兰为舟。"

木兰树，材质坚硬，又有馥郁香气，所以吴王阖闾曾用它建构宫殿，鲁班也用它来制作舟船。朝饮木兰之坠露兮，夕餐秋菊之落英。这是《离骚》中的名句。用木兰树制作的小船也称作兰舟，在宋词中屡见不鲜，甚至成为婉约派诗词中的典型意象。柳永在《雨霖铃》中说："都门帐饮无绪，留恋处、兰舟催发。"李清照在《一剪梅》里说："红藕香残玉簟秋，轻解罗裳，独上兰舟。”

木兰舟与木兰花，本是一树连根，可是又有谁，让木兰舟与木兰花在诗词中相逢？是义山，是义山的《木兰花》。

几度木兰舟上望，不知元是此花身。多少人，曾经迎风站立木兰舟上，执手泪眼相看，一朝别后，累月经年，一任生死两茫茫。这境地，多像同根而生的木兰花和木兰舟，曾经是手足至亲，曾经以为能安静地终老于高地山林，殊不知，一朝分别，便是山长水远，一个是流水落花，一个是天涯漂泊。

送别的人啊，当你站立木兰舟头，可曾想到，这华美的木兰舟，原是你庭前灼然开放的木兰花的化身吗？此刻的送别怀远，便是木兰舟辞别了木兰花，便是从此后孤舟独系，浪迹天涯！

义山的一生都在漂泊中。如一叶不系之舟，辞别了兰花枝头。那一缕幽若兰馨的诗魂便也流浪着，飘荡着，没有了根，却散入羁旅天涯，落在无数多愁失意人的心底，开出了忧郁却清丽的兰。

《木兰花》的由来，第三种说法虽不可信，虽只是一段缥缈得失去真相的传说，却让人惆怅无端。也许，是因了义山已逝，他已经远离了那个给了他太多伤痛和刻骨情爱的晚唐，他渐渐淡入历史深处的背影，才会让人心底升起隐隐的不舍，每读他的诗，似乎感觉他还在那里呼吸，还在那里，临风而立。他的微笑里，有淡淡泪痕。

几度木兰舟上望，要去哪里，才能找寻诗人远去的背影？

兰花落尽，义山走过的天空下，已留下诗歌的芬芳，幽若兰馨。

◎一篇《锦瑟》解人难

锦瑟

锦瑟无端五十弦，一弦一柱思华年。

庄生晓梦迷蝴蝶，望帝春心托杜鹃。
沧海月明珠有泪，蓝田日暖玉生烟。
此情可待成追忆，只是当时已惘然。

闭幕的时辰终于到了。那个站在舞台聚光灯下的人，已经带着哀愁，挥手作别。

义山写《锦瑟》，是一生结语式的回忆吗？或者，是冥冥中自有安排，他要留下这首谜一样的经典诗作，让后人，重新梳理他的一生。

曾记得年少写诗的日子，不懂得那些意象丛生的新诗，到底要表述什么。一位诗人告诉我，“你觉得它美好吗？你觉得它打动你了吗？如果有，已足够。”

梁启超先生曾说：“义山的《锦瑟》《碧城》《圣女祠》等诗，讲的什么事，我理会不着……但我觉得他美，读起来令我精神上得一种新鲜的愉快。”

启超先生尚且如此说，那么我年少时的懵懂便可忽略。彼时也许我太年轻稚嫩的缘故，只知道它美，却像只浅口瓶子，少了深刻和内涵。我不是考据家，但依然觉得，对于美的认知，需要时间打磨。

有些文字，要等到岁月堆叠到一定程度才能看懂，有些事情，也要等到生命有了一定厚度才可以厘清。就像《锦瑟》，是要等到读懂了义山的一生，才可以循着他情感的起伏，去慢慢品味，以至渐渐明朗。

他一生的回忆，一生的苦心孤诣，一生的诗，一生的情，像一部高度浓缩的写意默片，都在这首《锦瑟》里了。

很多意象，很多凄美的令人沉醉的片段，像散落一地的珠玉，在诗里熠熠生辉。

闭上眼轻轻吟诵，潜意识中梦幻般映现的，是鼓瑟的佳人，是不绝的繁弦悲音；是庄周梦里蝴蝶翩跹，是望帝魂化杜鹃啼血；是海底鲛人在明月之夜泣泪成珠；是蓝田山中的美玉在暖阳下散发淡淡烟霭；是一位清瘦的诗人，在追忆他的逝水流年。

这么多美艳哀婉的意象，义山，你要诉说些什么？

《锦瑟》，像一座美轮美奂的迷宫，古往今来多少人为之惊叹心驰，却寻不到进入的路径，他们一开始便迷失在路口，恍惚猜测，未知所踪。

元好问在《论诗绝句三十首》中写："望帝春心托杜鹃，佳人锦瑟怨华年。诗家总爱西昆好，独恨无人作郑笺。"

清朝诗论家、一代诗宗王士禛也在诗论中说："一篇《锦瑟》解人难。"

即便是今天，古典文学研究专家叶嘉莹也还在感叹，"千年沧海遗珠泪，未许人笺锦瑟诗。"

有人甚至说，《锦瑟》是中国诗歌史上解人最多、争论最大、聚讼最繁的一首诗，古往今来解读这首诗的作品不下数百，解读的派别多达十余种。晚唐以来留有姓名的解家就达百位以上，包括刘克庄、苏东坡、黄庭坚、计有功、胡应麟、元好问、纪晓岚、王士禛、程梦星、冯浩、张采田、苏雪林、钱锺书、王蒙、钟来茵、郑在瀛、刘学锴、余恕诚、宋宁娜……

关于《锦瑟》的诗意，最新的资料总结竟达十四解以上，大致包括令狐青衣说、音乐说、悼亡说、自伤身世说、哀唐室衰亡说、诗序说、情场忏悔说等，各种说法都列举了大量史实和李商隐的生平及诗文加以佐证，各执己见，聚讼纷纭。

义山一定不曾想到，在他离世后一千多年间，这首诗，居然受到这么多人的热捧和求索，甚至被解出了那么多千奇百怪的内容！沧海一声笑啊，怎奈身后事，只留待人说。

一千人眼中有一千部《红楼梦》，一千人眼中也有一千首《锦瑟》，这大概是任何一部杰出作品所能达到的效应，也是必须要面对的吧。只是，时光的漠漠黄沙掩埋得太深太久，再智慧理性的解读也不过是无限接近真相而已，当时情境，已无人得以复原。

有人猜测，当年令狐绹府中有个叫锦瑟的侍妾，擅长歌舞音律，义山于是以她的名字作诗，写内心婉曲复杂的情愫，这便是“令狐青衣说”。这么简单地对号入座，在我看来，同情场忏悔说一样，不过是三流小说家的纯属虚构而已。

关于音乐说，有人借《缃素杂记》中苏东坡和黄庭坚的一段对话加以证明，但今本的《缃素杂记》已找不到与此相关的内容。话说黄庭坚因看不懂《锦瑟》诗意，于是向苏东坡请教。东坡先生说：“锦瑟之为器也，其弦五十，其柱如之，其声也适、怨、清、和。”意思是锦瑟为乐器，有五十弦，乐柱也和弦一样，乐声听起来大致为适、怨、清、和四种。于是，《锦瑟》的音乐说便专门成了一派，研究者认为，《锦瑟》中间四句的意境，恰好可以同瑟声的适、怨、清、和相对应。

诚如斯言，那么，说义山是精通音律的高手一点也不为过。音乐说后来被许多研究者否定，但我读这首诗，总隐隐感觉，诗中的情境完全可以由音乐带来，每一个片段都是蒙太奇式的拼接，每一种意象都可以从婉转的乐曲声中浮现。或者，这只是一种巧合。以义山的才情，他完全可以做到。艺术门类是可以互通的，艺术摇曳多姿的美感，有着高超的音乐性、美术性、建筑性，它们轻而易举构成了一座华美的宫殿。

又有人说，《锦瑟》为悼亡诗。王氏病故后，义山在《房中曲》中有“归来已不见，锦瑟长于人”的诗句。可见义山的妻王氏在有生之年，确实有瑟为伴，并且，她是可以鼓瑟的。这种说法虽然得到很多人的支持，但更多人还是倾向自伤身世说。他们认为，义山在追忆自己曲折的一生，感叹身世飘零，美人迟暮，是一种婉致凝练的伤感总结。

钟来茵沿袭钱锺书先生“李商隐《锦瑟》则作者自道”的观点，主张《锦瑟》是《玉溪生诗集》的序诗，被义山编订诗集时置于开篇。但很快这一说法便遭到质疑，质疑者认为，首先，古代文集的序一般放在书尾压卷，其次，《玉溪生诗集》三卷也是后人整理编订的。

即便如此，还有令狐恩怨说、寄托君臣说、无解说、情诗说等等，由《锦瑟》引起的学术论战你方唱罢我登场，由唐以来，热热闹闹地延至今朝。

以做学问严谨的态度，学术的争论似乎是必要和正常的，但同一首诗，竟有数不胜数翻来覆去的说法，有如此之多佐证——反驳——再佐证……对如我这般以诗歌感觉为重的人来说，真有可能将脑子看爆掉。

如果不是义山留下文字亲自说明，谁又能断定谁的观点正确？也许，他们都是对的。义山写《锦瑟》，包罗了太多的感慨。彼时，他站在人生最后的峰顶，回望生命中历历过往的幽谷沟壑，心底潮水般涌起的是一场浩大的交响。大幕，将要拉合。他知道的。唯有此时，回忆才有颂诗般的神圣和洁净，他用一种史诗般的激情，去吟诵他一生独有的篇章，去挥毫为一生做绝美的收官。

既然永无可能知晓义山心底的答案，那么此刻，请放下那些考据和索解，如我这般，去静静领会《锦瑟》的美妙。

锦瑟无端五十弦，一弦一柱思华年。这两句为起兴之笔。锦瑟二字，不是无端入诗。古籍《周礼乐器图》载：“雅瑟二十三弦，颂瑟二十五弦，饰以宝玉者曰宝瑟，绘文如锦者曰锦瑟。”《史记·封禅书》又说：“太帝使素女鼓五十弦瑟，悲，帝禁不止，故破其瑟为二十五弦。”

唐代诗人钱起在《归雁》中写过“二十五弦弹夜月，不胜清怨却飞来”的诗句，二十五弦指的就是瑟。义山感叹，明明是二十五弦的锦瑟，为什么偏要作五十弦的悲音啊！他的一生，为何要像五十弦的悲瑟那样，那一弦一柱，弹奏的都是哀婉凄美之音，都是他对前尘往事的追忆。

如今，那曾经像锦缎般华美的青春年少，那如烟云般飘散的刻骨情缘，在他眼前一一飞掠，让他在沉醉中伤怀不已！

用典是义山所长，但用典太繁或太涩，会让一般读者不知所云。义山写诗喜欢用典，曾被人善意地嘲讽为“獭祭鱼”，意思是查阅这些典故的书籍摊在桌上，就像獭将捕到的鱼铺在岸上一样多。但庄周梦蝶和杜鹃啼血的典故却是唯美经典的，并广为流传，现在不妨再温习一遍。

庄生晓梦迷蝴蝶。《庄子·齐物论》：“庄周梦为蝴蝶，栩栩然蝴蝶也；自喻适志欤！不知周也。俄然觉，则蘧蘧然周也。不知周之梦为蝴蝶欤，蝴蝶之梦为周欤？”庄子梦见自己是一只蝴蝶，翩翩起舞，不知道自己是个叫庄周的人。梦醒后，才忽然发现自己原来是庄周。也不知道是庄周梦中变成了蝴蝶，还是蝴蝶在梦中变成了庄周。

义山的一生，也像庄周梦蝶一样，交织在梦幻与现实，缥缈与真切之间。回忆过往遭际，恍惚间，竟梦里不知身是客，如生死轮回，前尘隔海。

他曾经思而不得的爱情，他身不由己陷入的党争，他游幕四海漂泊一生的经历，都是梦一场了，都过去了，像烟雾一般，散尽了。

望帝春心托杜鹃。义山用“春心”二字，让我感觉，这与望帝的壮志未酬并无多少关涉，倒是与爱情有密切联系。

望帝化鹃啼血的故事版本较多，其中有一说是，望帝爱上了大臣的妻子，思而不得，死后化为杜鹃鸟，至春则啼血而鸣。

与宋华阳的缠绵情爱，那样美好炽烈，却中途夭折。我愿意相信，在义山一生经历的女人当中，包括王氏，包括柳枝，宋华阳是最令他难以忘怀的那个，也是最让他心痛的那个。当时已走到了人生的末端，他回忆那青葱美妙的情感，内心仍然会心动，会沉醉，也仍然会痛惜。此生不再，那么，等到来世，即便像望帝那样化作一只鸟儿，他也要啼血呼唤着她的芳名，要在人海中找到她，去修那一世的情缘。

沧海月明珠有泪——这一句的意境凄美至极。沧海、月明、珠泪，组成一个神话般空寂辽远的图画。明月夜，浩渺苍蓝的海水，在月光照耀下散发寂寞幽明的辉光。神秘唯美的自然之景已让人心动神驰，然而，在这明月之下，海上鲛人却泣泪成珠，又是多么让人伤感啊！

珠有泪的意象，出自《博物志》，“南海外有鲛人，水居如鱼，不废绩织，其眼泣则能出珠。”《新唐书·狄仁杰传》中，工部尚书阎立本非常欣赏狄仁杰的才干，评价他，“君可谓沧海遗珠矣。”

沧海月明，一个多么清明洁净、飒然幽远的境界，可是沧海之中那颗珍贵的珠玉，却是鲛人泣泪而成，即便是泣泪成珠，也是在远离人世的宁静沧海，无人识得它的光辉，更无人赏佩珍重。

这美丽的寂寞，似乎是义山一生的写照。还是崔珏说得好：虚负凌云万丈才，一生襟抱未曾开。他这颗珠玉，光辉夺目，却湮灭在晚唐的风摧云裂中。念及此，怎不令人有泪如倾？

关于蓝田日暖玉生烟这一句，我还是相信很多研究者的说法，义山写的是对艺术之美的感悟，包括对自己一生所作诗文的总结性评价。

“诗家美景，如蓝田日暖，良玉生烟，可望而不可置于眉睫之前也。”这是中唐诗人戴叔伦评论作诗艺术时，说过的很著名的一句话。戴叔伦的诗，被后人评为“雄浑不足”，但他这句论诗之语却极为妙曼，其实说透了，也就是诗贵朦胧缥缈之美。

蓝田，位于陕西省境内，以产美玉出名。《汉书·地理志》曾说美玉产自京北蓝田山。相传蓝田山遍布玉石，但寻常肉眼很难看出，只有当蓝田山沐浴在暖阳之下，这时远远望去，玉石散发出淡淡烟霭，走近前，却又什么都看不见。戴叔伦认为，好的诗歌也如蓝田日暖，良玉生烟一样，意境朦胧，意韵深远，妙处难与人说。

义山化用戴叔伦的句子，一定是用来总结自己毕生的创作。

他对自己的创作水平有清醒的认知。他觉得自己的诗歌正契合了戴叔伦的诗观，朦胧玄美，悠然心会，便是妙处了。

只是，似这般的美好，却是寂寞沧海，明珠有泪，也像他思而不得的爱情，像他洁净却误入泥淖的一生，本是一朵莲出水，却遭逢雨打漂萍，这份唯美的哀伤和凄凉，曾经多么让人不甘。

可是，行到水穷，坐看云起。写《锦瑟》时的义山，已是淡然从容的心境。

想起佛祖的拈花微笑。佛祖拈起一朵金婆罗花，神态安详，却什么也不说。众人不解其意，只摩诃迦叶展颜微微一笑。于是佛祖将衣钵授予迦叶。只有迦叶，领会了佛祖的精深佛法，安详、宁静、豁达、纯净无瑕、无拘无束、超脱一切。

回望过去，义山感觉曾经是那么美好，曾经也是那般的凄凉。太美好，因为凄凉，是会让人心痛的。沧海月明珠有泪，蓝田日暖玉生烟。这不单单是爱情，不单单是诗境，是人世的一切真善美，是义山一生经历的所有凄美缥缈、至死不渝的情感，几十年过去，它们低回萦绕在义山心中，却已是开在彼岸的曼珠沙华，隔着前世今生，再也无法亲近。

此情可待，却只任追忆成风。忆往昔青葱年少，垂杨岸边，如花美眷。“愿为西南风，长逝入君怀”，彼时的少年情怀，满腔的温柔情意，是灿烂明媚的朝霞，是美丽得让人疼惜的韶光啊！

而彼时，却因年少，只把珍贵当了寻常。

锦瑟无端五十弦，一弦一柱思华年。义山在追忆，追忆他的似水流年。

绘有华美锦纹的瑟啊，你本是二十五弦，却为何要作五十弦的悲音呢？那一弦一柱流淌的音乐，让我沉入对美好年华的追忆中。那时的我，曾像庄周梦蝶一样，梦里不知身是客，恍惚犹疑，在梦幻与现实中，不知今夕何夕。还有那让我无法忘却的爱情，那个在我心底不曾淡去容颜的女子，但愿我能像望帝托身杜鹃啼血哀鸣一样，来世再去寻找她的身影。此生，我的才情像高悬的明月般洁净柔美，像辽阔的沧海般广博静远，但我的际遇却是鲛人的眼泪，是沧海的遗珠，寂寞孤独，无人识得。我的诗正如戴叔伦所说那样，如蓝田日暖，良玉生烟。可是，谁又能真正读懂我的心思？往事不堪提。如今想起前尘旧事，仍然不能忘怀那些美好的瞬间，当期待它再次出现时，却只剩下徒然追忆了。而当年的我，却因年少懵懂，竟不知道那是多么美好的时光！

《锦瑟》，是义山一生的流光碎影。

《锦瑟》，是幽谷升起的雾岚，朦胧玄美，笼罩着义山的一生。

它是一曲哀婉繁弦，是明月夜，鲛人泣泪成珠；是蓝田日暖，良玉生了烟霭。

是一曲绝美的交响，是千人万人瞩目的舞台上，义山最后的绝唱。

大中十二年冬，晚唐诗人李商隐，在故乡荥阳，完成了他生命的谢幕。他留下一首又一首《无题》，带着不为人知的秘密，遁入了时空深处。

紧随其后，李唐王朝，气息奄奄，末世来临。

公元859年，唐宣宗崩。公元875年，王仙之起兵反唐。公元878年，黄巢起义爆发。公元907年，梁王朱全忠逼哀帝退位，建梁称帝，唐朝灭亡。

历史，进入一个新的王朝更迭期——五代十国。

所幸，乱世的烽火狼烟，义山没有看到。末世的哀音绝响，义山未曾听到。

但他始终在那里，始终在那个寂寞浮靡的晚唐，浑身散发着忧郁多情的气质，目光深邃地站在那里眺望远方。

大幕，徐徐拉合。台下，依然十丈红尘，依然千年苍生。

时光的漠漠黄沙席卷过来，他在时光那一头，露出神秘的微笑。